ー文庫

シタフォードの秘密

アガサ・クリスティー

田村隆一訳

早 川 書 房

5363

THE SITTAFORD MYSTERY

by

Agatha Christie

Translated by
Ryuichi Tamura
Published 2022 in Japan by
HAYAKAWA PUBLISHING, INC.
This book is published in Japan by
arrangement with
AGATHA CHRISTIE LIMITED
through TIMO ASSOCIATES, INC.

目次

シタフォードの秘密

登場人物

トリヴェリアン大佐	シタフォード荘の持主
バーナビー少佐	大佐の友人
ウィリット夫人	シタフォード荘の住人
ヴァイオレット	夫人の娘
エヴァンズ	大佐の下男
レベッカ	エヴァンズの妻
ワイアット大尉 ライクロフト ミス・パーシハウス カーティス夫妻 デューク	シタフォード荘の隣人
ロナルド・ガーフィールド	ミス・パーシハウスの甥
ベリング夫人	スリー・クラウン館の女主人
ジェニファー・ガードナー メリー・ピアソン	大佐の妹
ロバート	ジェニファーの夫
ジェイムズ シルヴィア ブライアン	メリーの子ども
マーチン・ディアリング	シルヴィアの夫
エミリー・トレファシス	ジェイムズの婚約者
チャールズ・エンダビー	新聞記者
ナラコット	警部

1 シタフォード荘

バーナビー少佐はゴム長靴をはき、コートのえりを立ててボタンでとめると、入口の棚から強風用《ハリケーン》のランタンを取り、彼が住んでいる小さなバンガローのドアを用心深く開けながら、外を眺めた。

彼の目にうつったものは、クリスマス・カードや古風なメロドラマによく描かれている、あの典型的な英国の片田舎の雪景色だった。見渡すかぎりどこもかしこも深い雪でおおわれていた——わずか四、五センチ積もったのではない。この四日間というもの、雪はイギリス中をおそって、このダートムア近辺も一メートル近い積雪量に達していたのである。イギリス中の亭主という亭主は、水道管の破裂に悩まされ、鉛管工を（いや、鉛管工の下働きでさえも）友人に持つということを、この際なににも増して熱望した。

しかも日頃から人里離れており、その上、いまは完全に隔離されてしまった、このシタフォードの僻村にとって、厳寒の冬は容易ならぬものだった。

だが、バーナビー少佐は、なにものも怖れぬといった様子だった。二度、鼻を鳴らし、一声うめくと、吹雪の中を突進していった。

少佐の目指すところは、さほど遠くではなかった。曲がりくねった小道を数歩行くと門があり、ところどころ除雪した車道が、花崗岩《かこうがん》でできているかなり大きな邸宅に通じていた。

小ざっぱりとした服を身に着けた小間使いが、ドアを開けた。少佐は英国陸軍の短いコートとゴム長靴と何年も使い古したマフラーをとった。

ドアが開けられると、まるで芝居の早変わりの場面を思わせるような部屋の中に、彼は入っていった。

まだ三時半だというのに、カーテンはおろされているし、電灯は輝き、暖炉には火が心地よく燃えさかっていた。昼間用の普段着を身につけている二人の婦人が、この筋金入りの老兵を迎えるために椅子から立ち上がった。

「まあ、よくおいでくださいましたわ、バーナビー少佐」と年上の婦人が挨拶した。

「なあに、ウィリット夫人、お招きにあずかって、私こそ恐縮ですよ」少佐は婦人たちと握手をした。

「ガーフィールドさんもいらっしゃいますの」とウィリット夫人は言葉をつづけた。「それにデュークさんやライクロフトさんもお見えになるとおっしゃってましたが、でも、ライクロフトさんのお齢《とし》では、こんなお天気じゃご無理でございましょうね。ほんとに大吹雪ですもの。こんなときには、元気をつけるためになにかやらなくちゃ――あ、ヴァイオレット、もっと薪《まき》をくべてちょうだい」

少佐は自分がこの任務を遂行しようと、さっと椅子から身を起こした。

「私がやりましょう、ヴァイオレットさん」

そう言って、少佐は手際よく薪をくべると、夫人が勧めた肘掛け椅子にまた腰をおろしてから、人に気づかれないように部屋の中をそっと見渡した。驚いたことに、この婦人たちは、とくにこれといったものをなに一つ動かさずに、部屋全体の雰囲気をがらりと変えてしまっていたのだった。

このシタフォード荘は、十年も前に海軍大佐のジョセフ・トリヴェリアンが海軍を退役したときに建てたものなのである。大佐は資産家で、このダートムアに住みたいものだと常日頃から心にかけていたので、シタフォードの小村に居を定めることになったのだ。このシタフォード村は都合のいいことに、たいていの村や農園のように谷間にあるのではなくて、シタフォード台地《ビーコン》の陰にあたる荒地をあがったところにあった。大佐は広大な土地を手に入れると、水を汲み上げる労力をはぶくために、発電装置と電気ポンプを備えつけた住み心地のよい家を建てた。それから、投機のために、小道に沿って、小さなバンガローを四分の一エーカーの土地に一軒ずつ、六戸造った。

その最初の一軒、つまり大佐の家のすぐそばのバンガローは、昔からの親友であるジョン・バーナビー少佐に与えられていたが、そのほかのバンガローは徐々に売られていって、大佐の好みからか、あるいはなにかの必要から、世間と交渉を絶って暮らしたいと思っている人たちばかりが住んでいた。この村には、見た目には美しいが荒廃している三軒の小さな家と、鍛冶屋と、郵便局をかねた菓子屋とがあった。一番近い村といえばエクスハンプトンだが、それも〝自動車は徐行せよ〟という、ダートムア街道の誰でも知っている標識のあるたんたんとした下り坂を、六マイルも行かなければならなかった。

前にも言ったようにトリヴェリアン大佐は資産家であったが、それにもかかわらず、いや、それだからこそ、お金といえば目の色が変わるといった人だった。十月の末に、エクスハンプトンの不動産屋が大佐に、シタフォード荘を貸す気持ちがあるかどうかと手紙で問い合わせてきた。不動産屋に依頼した借り主は、冬のあいだだけ山荘を借りたいと言っているのだった。

トリヴェリアン大佐は最初、断わるつもりだったが、ふと考えを変えて、もっと詳しい事情を尋ねることにした。その借り主というのは、ひとり娘のいるウィリット夫人という未亡人だということがわかった。夫人は最近、南アフリカから来たばかりで、冬のあいだだけダートムアに住みたいということだった。

「こいつは驚いたね。きっとその女は気でも狂っているんだよ」とトリヴェリアン大佐は言った。「なあ、バーナビー、そうは思わないかね?」

バーナビーもそう思って、大佐と同じように吐き出すように言った。

「そうさ、まあどのみち、きみは貸すまいがね。このばか女、頭を冷やしたいんなら、どこかほかのところへ行けばいいんだ。南アフリカくんだりからやって来てさ!」

だが、このとき、大佐の持ち前の拝金病がムクムクと頭を持ち上げてきた。この厳寒の真冬に家を貸せるなんて、千載一遇のチャンスじゃないか、といった具合だ。そこで大佐は、借り主がいったいどのくらい家賃を払えるものか、尋ねてみた。

家賃は週に十二ギニーということで話がまとまり、トリヴェリアン大佐はエクスハンプトンに移り、週二ギニーで町はずれに小さな家を借りることにした。それから家賃の半額を前金で受け取って、ウィリット夫人に家を明け渡したのだ。

「あの女ときたら、金の遣いみちもわからんのだから」と大佐はつぶやいたものだ。

しかし、この午後、バーナビーがひそかにウィリット夫人を観察したところによると、ばかな女というふうには思えなかった。夫人は、どちらかと言えば、おっとりとした感じの背の高い女《ひと》で、しかも彼女の顔つきは、抜け目がなさそうだった。それに服装もなかなかの派手好みで、言葉に植民地なまりのアクセントがはっきりと聞きとれるこの夫人は、この契約について心から満足しているように見受けられた。夫人は明らかに裕福な人で、それゆえにバーナビーには、この厳寒に夫人が家を借りるということがどうにも奇妙に思えてならなかった。なぜなら、この夫人は孤独を熱愛するといったたちの人間には見えなかったからだ。

隣人としての彼女の交際ぶりは、こちらが当惑するぐらい馴れ馴れしい親しみを示した。そして、だれかれを問わずシタフォード荘に招待するのである。トリヴェリアン大佐も、「大家さんだと堅苦しく考えずに、お気軽にどうぞ」といった具合にいつも口説かれるのだが、あいにくトリヴェリアンは女というやつがどうにも好かない。それは、若いときに女に振られたからだという風評もあった。とにかく、大佐は頑としてあらゆる招待を断わってきた。

ウィリット夫人たちが越してきてから二カ月も経つと、この一家の転居騒ぎの噂も静まっていった。

バーナビーは無口な男だったが、ウィリット夫人をひそかに観察しつづけて、世間の取るに足りない噂話を聞き流していた。一見、愚かそうにしているウィリット夫人は、じつは眼から鼻に抜けるような女だ。これがバーナビー少佐の観察の結論なのである。こんどは娘のヴァイオレット・ウィリットに少佐は眼を移した。美しい娘だ——むろん、痩せてはいるが、痩せっぽちなのが当世の流行《はやり》なのだ。女が女らしくなくなったら、女なんて、なんの役に立つんだ？　新聞では、また曲線美が流行しはじめたといっているが、まあそれも当然のことだろう。

バーナビー少佐は我に返って、ここでなにか話しかけなければまずいなと思った。

「わたし、あなたはお見えになれないと、最初は思っておりましたの」とウィリット夫人が口を開いた。「そうおっしゃったじゃありません？　でも、結局いらっしゃるとあなたがおっしゃったときは、わたしども、とても嬉しゅうございましたわ」

「金曜日ですね」バーナビー少佐ははっきりした調子で言った。

ウィリット夫人は、ちょっととまどったようだった。

「金曜日？」

「いつも金曜日にはトリヴェリアンのところへ行くことになっているのです。火曜日には彼が私の家に来る。もう何年も、二人でそうしてきたのです」

「まあ、そうですの。ええ、そうでございましょうとも、なにしろご近所だから――」

「なあに、習慣みたいなものです」

「でも、今でもそうなさってますの？　だって、あの方はいま、エクスハンプトンにお住まいじゃございません？」

「習慣を破るのは残念なことです。週に二度のこの習慣がなくなったら、二人とも後悔することになるでしょうね」とバーナビー。

「勝負事でもなさりにいらっしゃいますの？」とヴァイオレットが尋ねた。「アクロスティック（各行の文字をつづると詩になる文字あそび）だとか、クロスワードでも――」

少佐はうなずいた。

「私はクロスワードをします。トリヴェリアンはアクロスティックです。二人とも自分の得意分野に夢中ですよ。先月ですが、私はクロスワード大会で三冊の本を褒美にもらいましたよ」彼は自分から進んで話をした。

「まあ、すてき！　面白いご本ですの？」

「わかりませんな。まだ読んでないのです。どうも面白そうじゃありませんな」

「勝負に勝つことが大事なんでございましょう？」とウィリット夫人は興味なさそうで

ある。

「エクスハンプトンへはどうやっていらっしゃいますの？　自動車、お持ちじゃないんだから――」とヴァイオレットが訊いた。

「歩くんです」

「まあ！　十キロも」

「いい運動になります。往復二十キロがなんですか、男の足だったらちょうどいいところでしょう。体の調子がいいですよ」

「すごいわ！　二十キロなんて。あなたもトリヴェリアン大佐も、スポーツマンなんですね」

「よく二人でスイスに行ったものです。冬はウインタースポーツ、夏は登山、それにトリヴェリアンはスケートの名手ですよ。もっとも、今じゃそういったスポーツをやるには齢をとり過ぎてしまいましたが――」

「それに、あなたは陸軍のラケットボール選手権もおとりになったのね？」とヴァイオレットが尋ねた。

少佐は少女のように赤くなった。

「誰がそんなことを言ったのです？」と口の中でつぶやくように言った。

「トリヴェリアン大佐ですわ」

「ジョーは口を慎む必要がありますな。口が軽いんですよ。ところで天気はどうでしょう?」とバーナビー。

少佐がすっかり照れてしまっているので、ヴァイオレットは窓際まで彼について行き、カーテンを引き開けて、荒涼とした雪景色を見渡した。

「もっと降りますな。すごく積もりますよ、きっと」とバーナビーが言った。

「ほんとにわくわくするわ。雪って、とってもロマンチックだと思うわ。わたし、はじめて雪を見るんです」とヴァイオレット。

「水道管まで凍ってしまうんだから、ロマンチックどころの騒ぎじゃないわよ。ほんとにおばかさんね」と彼女の母親が言った。

「お嬢さん、あなたは南アフリカでしか暮らしたことがないのですか?」と少佐が尋ねた。

するとヴァイオレットの生き生きとした感じがすうーっと消えて、答えるときの様子にぎごちないものが感じられる。

「ええ——はじめてですの、こんなに遠くまでまいりましたのは——ほんとにわくわくするわ」

人里離れたこの荒涼の地に閉じこめられるのが、わくわくするって？　どうも妙だ。少佐には、この二人の女性の気持ちが呑みこめなかった。

ドアが開き、小間使いが、「ライクロフト様とガーフィールド様がお見えになりました」と告げた。

やがて、小柄なひからびたような感じの老人と、いかにも元気そうな血色のいい青年が入ってくると、まず青年のほうが口を切った。

「ライクロフトさんを引っぱってきましたよ、ウィリット夫人。吹雪の中に生埋めにしやしませんからと口説きましてね、ハッハハ……こりゃあすてきだ。薪もどんどん燃えているし」

「いや、まったくそのとおりですよ。ガーフィールド君が親切に案内してくれたので大助かりです」そう言いながら、ライクロフト氏は仰々しく握手をした。「こんにちは、ヴァイオレットさん。冬とはいえ、こう寒くてはやりきれませんね」

それからライクロフト氏はウィリット夫人に話しかけながら、火のそばに寄っていった。ロナルド・ガーフィールドはさかんにヴァイオレットに話しかけている。

「ねえ、どこかへ二人でスケートに行きませんか？　近くに池でもありませんかね？」

「まあ、あなたにお似合いのスポーツなら、道の雪掻きでもなさるのね」

「それなら、ぼくは毎朝やっていますよ」

「あらっ！　見直したわ」

「からかわないでくださいよ。どうです、ぼくの手ときたらシモヤケだらけでしょう」

「伯母さまの具合はいかが？」

「相変わらずですよ。いつも、今日は調子がいいと言ったかと思うと、また悪いと言うんですからね、まあ結局のところ同じことだとぼくは思うんですよ。これも恐ろしい生活ですね。毎年、ぼくは、いったいどうしたら我慢していけるだろうかと、考えてしまうんですよ。だけど実際問題として、もしクリスマスにでもチヤホヤしなけりゃ、彼女は財産を猫の家に寄附してしまうくらいのことはやりかねないですからね。それに猫を五匹も飼っているんですよ。ぼくはいつもその猫どもをなでてやっては、いかにもかわいがっているように見せかけているんです」

「あたし、猫より犬のほうがずうっと好き」

「ぼくもそうなんですよ。どう考えたってね。犬は、つまりその――犬は犬ですからね」

「あなたの伯母さま、猫をしょっちゅうかわいがっているの？」

「きっと、伯母のような年寄りは、なにより猫と性が合うんでしょうね。ウエッ！　ですよ。ぼくは大嫌いなんだ、あんな猫は」

「でも、あなたの伯母さま、とてもすてきよ。ちょっと怖い感じがするときがあるけど」

「ぼくも同感ですよ。ときどき頭の上に雷を落とすんですからね。まるでぼくには脳味噌がないと思っているんだから」

「ないんでしょう?」

「ちょっと待って、そんなふうに言わないでください。まぬけ面をした男がずいぶんいると思っても、こういった連中に腹ん中で笑われていることだってあるんだから」

「デューク様がお見えになりました」と小間使いが告げた。

デューク氏はつい最近、こちらに来たばかりだった。この九月に、彼は六軒のバンガローのうちの、一つだけ残っていたのを手に入れたのである。大柄で、もの静かなデューク氏は、造園に熱中していた。小鳥を飼うのがなによりも好きで、このデューク氏のバンガローの隣に住んでいるライクロフト氏は、デューク氏がとても好人物で控え目な人であるという近所の噂話を自分の眼でたしかめようと、見守っていた——デュークはほんとに噂どおりの人間なのだろうか？　ことによったら、隠居した商人なのかもしれない——

だが、誰もデュークにそれを尋ねようともしなかった——実際、そんなことは知らないほうがいいと思われた。もしそこまで首を突っこめば、かえって厄介なことになるだろう。こんな狭い土地では、ここに住んでいる人たちについて、万遍《まんべん》なく浅く知っておくに越したことはない。

「この吹雪じゃ、エクスハンプトンまで歩いては行かれませんね」と、バーナビー少佐にデューク氏は話しかけた。

「そうですな。トリヴェリアンも、今晩だけは私を待ってはおりますまい」

「ほんとに大変ですわ！」ウィリット夫人が身体を震わせた。「毎年毎年、こんなところに閉じこめられるなんて——生きた心地もいたしませんわ」

デューク氏がちらっと夫人を見た。バーナビー少佐もまた、夫人の顔を不思議そうに見入っていた。

だが、そのとき、お茶が運ばれてきた。

2　メッセージ

　お茶が終わると、ウィリット夫人はブリッジをやろうと言い出した。

「六人ですから、二人はあとからですね」

　すると、ロニー・ガーフィールドが眼を輝かした。「じゃ、みなさんからお先にどうぞ。ぼくとミス・ウィリットはあとから入れてもらいますよ」

　ところが、デューク氏がブリッジができないと言うので、ロニーはがっかりしてしまった。

「それでは、ラウンド・ゲームをしましょうよ」とウィリット夫人。

「あるいは、テーブル・ターニング（霊の力によってテーブルを動かす降霊術）はどうです」とロニーが提案した。

「なにしろ幽霊の出そうな晩ですからね。このあいだ、お話ししたじゃありませんか。ライクロフトさんと一緒にここへ来る途中、そのことをしゃべってたんですよ」

「私は心霊研究会の会員なので――」とライクロフト氏は几帳面な調子で説明をはじめ

た。「ガーフィールド君のような若い人の心は一度でピタリと当てることができますよ」

「ばかげた話だ！」とバーナビー少佐ははっきりと言ってのけた。

「あらっ！　でもずいぶんおもしろそうじゃなくって？」とヴァイオレット・ウィリットが口を出した。「つまりね、そんなこと頭から信じない人と、そうじゃない人とがあって、おもしろいじゃないの。デュークさんはどうです？」

「あなたにおまかせしますよ、ヴァイオレットさん」

「じゃあ、電気を消さなくちゃ。それから、ちょうどいいテーブルを見つけて……あらお母さん、だめよ、そのテーブルじゃ。重くてとてもだめよ」

やがて用意万端整った。表面がピカピカに磨かれた小さな丸いテーブルが隣室から運ばれた。テーブルを炉の正面に置くと、電気を消して、テーブルを囲んでみんなが席についた。

バーナビー少佐はウィリット夫人とヴァイオレットのあいだに坐った。ヴァイオレットの向こう隣にはロニー・ガーフィールド。少佐の唇には皮肉な微笑が浮かんでいた。彼は心の中でつぶやいた。

「私の若い時分には、アップ・ジェンキンスをやったものだ」そして彼は、昔そんなゲームをして遊んだとき、テーブルの下でかなり長いこと手を握り合っていた娘——あのやわらかい髪の少女の名を思い出そうとしていた。ずいぶん昔のことだ。とにかくあのアップ・ジェンキンスというゲームは楽しかったっけ。

　こんな場合によく起こる、あの笑い声やヒソヒソとささやき合う声、それにきまり文句の言葉などが次々に飛び出した。

「霊魂は永遠なり」

「でも、やって来るのに時間がかかるよ」

「しっ！　真面目にならなくちゃ、霊魂は現われませんよ」

「お静かにお願いします、みなさん」

「なんにも起こらないじゃない」

「むろんですとも——はなっからそんなことはわかっていますよ」

「どうか黙っててくださいな」

　やがて、しばらくするうちに、ひそひそしゃべり合っていた声が静まっていった。

　静寂……

「このテーブルときたら、ウンともスンとも言いませんね」とロニー・ガーフィールドがうんざりしたように言った。

「黙って！」

かすかな振動が磨かれたテーブルの上を走った。テーブルがカタカタと揺れはじめた
……

「さあ質問してください。どなたから？　ロニー、あなた、いかが？」

「ぼ、ぼくからですか？　なにを訊いたらいいんです？」

「霊よ！　いますなら、答えたまえ！」とヴァイオレットが口をはさんだ。

「ええと、もしもし、霊よ、いるなら、答えてください！」とロニー。

テーブルがはっきりと揺れた。

「霊が答えたのよ」とヴァイオレット。

「うわっ！　霊よ、あなたは誰です？」

答えがなかった。

「名前のスペルをお訊きなさい」

テーブルが激しく鳴りはじめた。

「ABCDEFGHI――ねえ、いまのはIかな、それともJ？」

「訊いてみましょう。いまのはIですか？」

一つ振動した。

「わかりました。次の文字をどうぞ」

霊の名は〝アイダ〟だとわかった。

「アイダさん、ここにいる誰かにメッセージがありますか？」

「イエス」

「誰にです？　ミス・ウィリットにですか？」

「ノー」

「ウィリット夫人？」

「ノー」

「ライクロフトさんですか？」

「ノー」

「このぼくに？」

「イエス」

「まあ、あなたにですって、ロニー。さあ、続けて！　スペルを数えるから」

テーブルは、〝ダイアナ〟と鳴った。

「ダイアナって、誰のこと？　あなた、ダイアナって名前の方、ご存じなの？」

「いや、ぼくは知りませんよ、ちっとも――」

「だって霊が告げたのよ」

「ダイアナが未亡人かどうか訊いてみたら？」

こういった冗談がつづいた。ライクロフト氏は父親のような微笑を浮かべている。まあ、若いものたちには、こんな気晴らしも必要なものだ。すると、そのとき、パッと炉の火が燃え上がった光で、ライクロフト氏の眼にウィリット夫人の顔が映った。その顔には、深い悩みとなにかに心を奪われているような影があった。夫人は、はるか遠くのものに心を占められているのだ。

バーナビー少佐は雪のことで頭が一杯だった。今夜もまた雪になりそうだ。思いだせる限りで一番厳しい冬である。

デューク氏はテーブル・ターニングにひどく大真面目になっていた。それにもかかわらず、残念なことに霊は、デューク氏にひと言の言葉もたまわらず、メッセージはすべてヴァイオレットとロニーにばかり向けられるという始末である。

ヴァイオレットは、イタリアに行くことになると告げられた。それに同伴者がいて、しかもそれは女性ではなく、男で、レオナルドという名前だと告げられた。これにはみんな腹を抱えて笑ってしまった。

またテーブルが鳴りだして、こんどは町の名を告げた。それはちっともイタリアの町の名らしくはなく、ロシア語まがいのものだったので、たちまち非難の声が浴びせられた。

「ああ、ヴァイオレット。（もうミス・ウィリットとは呼ばなくなっていた）あなたがテーブルを押していたんですね」

「あたしじゃないわよ。ほら、あたしがテーブルから手を離していても、やっぱり鳴ってるじゃないの」

「私はね、コツコツと鳴る音が好きなんですよ。もっと大きな音をお願いしたいですな」

「きっと鳴りますよ」とロニーがライクロフト氏のほうを向いて言った。

「こんな調子では、どうも真に迫りませんよ」と、ライクロフト氏はそっけない。

ここでしばらく沈黙がつづいた。テーブルも申し訳程度に鳴るだけで、何を尋ねてもろくに返事をしようとしない。

「アイダは消えてしまったのかな？」

すると、テーブルが鈍い音を立てた。

「ほかの霊よ！　どうか現われたまえ」

だが、なんの返事もない。すると突然、テーブルがガタガタと揺れて激しく鳴りはじめた。

「すごいぞ！　あなたは別の霊ですね？」

「イエス」

「誰かにメッセージがあるんですか？」

「イエス」

「ぼくにですか？」

「ノー」

「じゃあ、ヴァイオレットに？」

「ノー」

「それでは――バーナビー少佐にですか？」

「イエス」

「あなたにですって、バーナビー少佐。どうかスペルを教えてください」

テーブルがゆっくりと揺れはじめた。

「TREV……たしかにVですね？　どうもTREVだけじゃ、意味がわからないな」

「そりゃあ、きっと、トレヴェリアンだわ。トリヴェリアン大佐のことですよ」とウィリット夫人が言った。

「霊よ、トリヴェリアン大佐のことですか？」

「イエス」

「では、トリヴェリアン大佐にメッセージがあるんですね？」

「ノー」

「じゃあ、なんですか？」

するとテーブルがゆっくりと、しかもリズミカルに揺れはじめた。ゆっくりと揺れるので、文字を数えるのに骨を折らなかった。

〝D〟と鳴ってから、しばらくして〝E――AD〟

「死んだ《デッド》」

「誰が死んだんです？」

〝イエス〟とも〝ノー〟とも答えずに、その代わりにまたテーブルが〝T〟という数まで鳴った。

「〝T〟……トリヴェリアンのことですか？」

「イエス」

「つまり、トリヴェリアンが死んだとでも――」

「イエス」とはっきり揺れて答える。

誰かがあえぐように息をした。気が遠くなるような重苦しい空気が、テーブルの周りに覆いかぶさった。

気をとりなおしてふたたび質問を発したロニーの声には、それまでと違った調子が――なにかに怯えるような不安の影がしみついていた。

「つまり――その――トリヴェリアン大佐は死んだのですか？」

「イエス」

ここで話の糸は途切れてしまった。それは、つづいてどんな質問をすればよいのか誰にもわからなかったし、この思いがけないメッセージをどう受けとってよいものか、みんな迷っていたからだった。

そして、一座のものがためらっているうちに、ふたたびテーブルが揺れはじめた――リズミカルにゆっくりと……ロニーは声を出しながらスペルを読んでいく――

M―U―R―D―E―R（殺人）……

思わずウィリット夫人は悲鳴を上げて、テーブルから手を離してしまった。

「やめて！　もうよしてちょうだい！　ああ、恐ろしい、もうたくさんだわ」

デューク氏の声が、夫人の悲鳴に呼応するかのようにひびき渡った。彼はテーブルに向かって問いかけた――

「トリヴェリアン大佐が殺されたと言われるんですね？」

そう言い終わらないうちに、返事が音となって返ってきた。テーブルが激しく、絶対に間違いがないといった調子で揺れたので、ほとんど倒れんばかりだった。しかもただ一言——

「イエス」

「なあに、くだらん冗談ですよ」と、ロニーが口を開いてテーブルから手を離しはしたものの、その声は震えていた。

「さあ、電気をつけましょう」とライクロフト氏が言うと、バーナビー少佐が椅子から立ち上がって、明かりをつけた。まぶしいばかりの光の下に、青ざめた、不安におののいている一座の人たちの顔が照らしだされた。

みんな、お互いに顔を見合わせたものの、なにをどう口に出して言ってよいものか、見当もつかないといった様子だった。

「ふん、たわごとですよ」とロニーは言ったものの、口のあたりには気味悪そうな微笑がただよっていた。

「ほんとにばかげたお話ですわ。こういった冗談は、嘘にもするもんじゃございませんわ」とウィリット夫人。

「ああ、ほんとにぞっとするわ！　人が死ぬなんて――」とヴァイオレット。

「ぼくがやったんじゃありませんよ、絶対に誓ってもいいです」と、ロニーは、暗黙のうちに浴びせられている非難を身にひしひしと感じながら言った。

「私も同じですよ。ライクロフトさんはどうです？」とデューク氏。

「絶対にやってません！」とライクロフト氏は興奮して言った。

「だいたい、この私にこんなばかばかしいことができるかどうか、考えてもみてください。じつに愚劣極まる悪趣味だ！」とバーナビー少佐はひどく不満そうである。

「ヴァイオレット。おまえ……」

「まあひどいわ、お母さんったら。あたし、そんなことするもんですか」

彼女は泣きだしそうである。

一座のものはみんな、当惑しきってしまった。不意に重苦しい黒い雲が、この楽しいパーティに覆いかぶさってきたという感じだった。

バーナビー少佐は椅子を後ろに押しのけると、窓際に歩み寄って、カーテンを開けた。そして部屋に背中を向けたまま、窓の外をじっと眺めている。

「五時二十五分」とライクロフト氏がちらっと時計を見上げてつぶやきながら、自分の腕時計と合わせた。この取るに足りない動作が、そこに居合わせている人たちには意味ありげなものに映った。

「さあ、みなさん、カクテルでも召し上がりません？　ガーフィールドさん、ちょっとベルを鳴らしてくださいな」と、いかにも楽しげに装ってウィリット夫人が声をかけた。

ロニーが言われたとおりにベルを鳴らした。

やがてカクテル用の各種の酒が運ばれ、ロニーがカクテルをつくる役を仰せつかった。おかげで重苦しい雰囲気もいくらか薄らいで、なごやかな気分になってきた。

「みなさん、いかがです？」ロニーが自分のグラスを上げながら言った。

みんなもそれに応じた。窓のそばに黙って立っている人物をのぞいては――

「バーナビー少佐、さあ、あなたのカクテルですわ」

少佐は言葉をかけられて、我に返った。そしてゆっくり向きなおった。

「恐れ入ります、ウィリット夫人。でも、結構です」そう言ったかと思うと、少佐はもう一度窓の外の闇を眺めていたが、やがて、暖炉を囲んでいるみんなのそばに重い足どりで戻ってきた。「楽しいひとときをありがとうございました。さて、失礼いたしましょう」

「まさかお帰りではないでしょうね？」

「残念ですが、失礼させていただきます」

「でも、まだ早いじゃございませんか、それにこんな晩は――」

「残念ですが、奥さん。しかし、まだやらなくちゃならんことがありますので――もし電話でもあれば――」

「電話？」

「そうです――じつを言いますと――その――ジョー・トリヴェリアンに変わりがないかどうか、たしかめたいのです。いや、ばかげた迷信だとは、この私にもよくわかるんですが――たしかにそんなものは信じちゃおらんのです――だが、どうも気がかりで――」

「そうおっしゃっても、どこからも電話はかけられませんよ。シタフォードには電話はございませんし」

「そうですな。電話がないとすると、行かにゃなりませんな」

「いらっしゃるって？　だけど、この道は自動車ではご無理でございますよ。それに、こんな吹雪の夜では、エルマーも車を出してはくれませんわ」

エルマーというのは、この村でただ一人の自動車の持ち主で、エクスハンプトンに行きたいと思う人に、かなりの値段で古ぼけたフォードを貸していた。

「いやいや、自動車なんて問題外ですよ。この二本の脚があれば充分です、ウィリット夫人」

この少佐の言葉に、みんながいっせいに反対した。

「まあ！　バーナビー少佐——それは無茶ですよ。あなたご自身で、雪になりそうだとおっしゃっていたではありませんか」

「一時間じゃちょっと無理だと思いますが、なんとかたどり着けますから、心配はご無用です」

「いけませんわ。いけませんわ、おやめになって！」

夫人は必死に引きとめようとして、無我夢中だった。

だが、どんなに説得しようとしても、また懇願しても、岩のごとく頑固なバーナビー少佐には、なんの効果もなかった。彼は一度こうと決めたら、どんなことがあっても絶対に言うことをきかないといったたちの人間なのだ。

彼はエクスハンプトンまで歩いて行くことに決心したのだ。そして、自分の目で老友の無事な姿をたしかめないことには気が済まないと六回も繰り返して主張した。とうとう一座の人たちも彼の言葉を受け入れざるを得なかった。

少佐はコートに身を固め、強風用《ハリケーン》のランタンに灯をつけて、闇の中に出ていった。

「酒壜《フラスコ》をとりに私の家へ寄ってから、まっすぐ出かけることにしますよ。私が行けば、トリヴェリアンも今晩は泊めてくれるでしょう。まあ、ばか騒ぎだとは私も承知していますが、無事だとわかればそれに越したことはありませんからな。ご心配は無用ですよ、ウィリット夫人。雪が降っても降らなくても——二時間もあれば向こうに着くでしょう。じゃ、行ってまいります」

そう元気よく言って、少佐は大股に歩いて行った。ほかの人たちはまた暖炉の周りに戻ってきた。

ライクロフト氏は空を見上げて、「この分ではきっと降りますな。これじゃあエクスハンプトンまで相当かかりますよ。ああ、無事で着いてくれればいいが——」とデューク氏につぶやくように言うと、デューク氏も心配そうに眉をひそめながら言った。「ほんとにそうですね。私も、少佐について行くべきだったかもしれません。とにかく、誰か一緒に行くべきだったですな」

「ああ、どうしましょう。ほんとに心配ですわ。ねえ、ヴァイオレット。もう二度と、あんなばかげたゲームはしませんよ。お気の毒にバーナビー少佐は吹雪の中を歩いていらっしゃるんだわ——それとも——まさか凍え死ぬようなことはないでしょうね。お齢もお齢だから——とにかく、あの方ときたら、行くと言い出したらきかないんですもの。トリヴェリアン大佐のご無事なことは、わかりきっているのに——」とウィリット夫人が言った。

「そうですとも」と誰も彼も口を揃えて答えるのだが――しかし、今になってもまだ、なにか割りきれない感じが――万が一、トリヴェリアン大佐の身になにか変わったことが起きていたとしたら――もしかしたら……

3　五時二十五分

それから二時間半ののち、つまり八時になるほんの少し前に、手にハリケーン・ランタンを持ち、吹雪のすさまじい攻撃を避けるような形で頭の前のほうに提げながら、バーナビー少佐はトリヴェリアン大佐が借りている〝ヘイゼルムア〟という小さな家の戸口に通じている小道に、よろめくように立っていた。

雪は一時間ほど前から降り出して、目もあいていられないほどの吹雪となっていた。バーナビー少佐はすっかり疲れきってしまって、肩で大きく息をつきながらあえいでいる。それに酷寒のためにすっかり凍えきっていた。彼は疲労と寒さに脹れあがった足を踏みならし、凍えきった指先でなんとかしてベルを押そうとしていた。

ベルがけたたましく鳴った。

バーナビーはドアが開くのを待っていた。だが、二、三分待っていたのに、なんの気配もしないので、少佐はもう一度ベルを押した。しかし、まだ静まりかえったままだった。

彼は三度目のベルを鳴らした。今度はベルに指を押しあてたままにした。ベルは鳴りつづけた。だがこの家はまるでどのような生き物もいないかのように、なんの反応も示さないのだ。

ドアにはノッカーがついていた。バーナビー少佐はそれをつかむと、雷鳴のような音を立てて、激しく打ち鳴らした。だが依然として、この小さな〝ヘイゼルムア〟は死人のように押し黙ったままだった。

少佐は断念した。すっかり途方に暮れたまま、しばらくのあいだたたずんでいたが——やがて小道をとぼとぼと引き返して、いままで歩いてきたエクスハンプトンに通じる街道に面している門の外に出て行った。百メートルも歩いて行くと、小さな派出所があった。

彼は少したためらったが、やがて心を決するとその中に入っていった。

少佐の顔をよく知っている巡査のグレイブズは、びっくりして椅子から立ち上がった。

「どうなさったのです、こんな晩においでになるなんて？」

「じつはね、大佐の家のベルを鳴らしても、たたいても、ウンともスンとも言わないんだ」と少佐はぶっきらぼうに言った。

「ははあ、なるほど、今日は金曜ですね」仲の良い二人が訪ね合う習慣をよく知っているグレイブズはそう言った。「しかしですね、まさかこんな晩にシタフォードからおいでになるなんてことは、おっしゃってないんでしょう？　きっと大佐は、あなたがおいでになるなんて夢にも思っちゃいないんですよ」

「いや、彼が思っていようがいまいがだね、現に私はやって来ているんだ」といらだちながら少佐は言った。「いま言ったように、中に入れないんだ。ベルを鳴らしても、ドアをたたいても、返事一つないんだからな」

少佐のいらいらした不安な様子が巡査にも自然と伝わったものか、グレイブズは眉をひそめながら、「たしかに変ですな」とつぶやいた。

「そうだとも、たしかに妙だよ」とバーナビー。

「まさか、こんな晩に外出されたとも思えないし――」

「むろん、外出するようなことはしないよ」

「変ですな」とグレイブズ巡査は繰り返した。

バーナビーは、この巡査のスローモーぶりにすっかり腹を立ててしまった。

「きみに打つ手は何もないのかね！」とどなった。

「打つ手ですか？」

「そうだよ、なにか打つ手がありそうなもんじゃないか」

巡査はまた考えこんでしまったが、「つまり、その――大佐になにか悪いことでも起きたのじゃないかとお考えになるんですな?」そう言うと、彼は顔を輝かして、「ひとつ電話をかけてみましょう」と、手近にある電話をとりあげて、番号を告げた。

しかし、ドアのベルを鳴らしたときのように、この電話にも、大佐は出てこなかった。

「病気にでもなったのかもしれませんね」そう言って、グレイブズは受話器を置いた。

「それにおひとりで住んでいらっしゃいますからね。とにかくドクター・ウォーレンに一緒に行ってもらうのが一番いいと思います」

ウォーレン医師の家は派出所のすぐ隣といってもいいくらい、近いところにあった。

医者はちょうど、夫人と夜の食卓についている最中だったので、警察からの呼び出しに、少しばかり機嫌を悪くした。それでも彼は重い腰を上げ、同行することを承諾して、着古したコートに身を包み、ゴム長靴をはき、手編みの襟巻を首に巻きつけた。

雪は依然として降りやまなかった。

「ひどい晩ですな」と医者はつぶやくように言った。「まあ、そうやたらに急《せ》かさないでくださいよ。あのトリヴェリアンは馬のように頑丈なんですからな。病気になんぞなるものですか」

バーナビーはそれに答えようともしなかった。

ふたたびトリヴェリアンの〝ヘイゼルムア〟にたどりついて、もう一度ベルを鳴らし、ドア・ノッカーでたたいてみたりしたが、まったく梨のつぶてだった。

医者は、家の裏手の窓にまわってみようと言い出した。

「あの窓だったら、このドアをこじあけるより楽ですからな」

グレイブズも同意して、一同は裏手にまわった。途中にサイド・ドアがあったが、これにもやっぱり鍵がかかっていたので、裏手の窓につづいている、雪で覆われた芝生に彼らは踏みこんで行った。不意にウォーレンが叫び声をあげた。

「開いている！ ほら、書斎のガラス・ドアが開いてますよ」

まさにそのとおりだった、フランス窓（テラスのガラス・ドア）が半開きになったままだった。三人は思わず駆け寄ってみた。こんな吹雪の夜に、正気の人間だったらガラス・ドアを開けておくはずがない。しかも部屋の中には電気がついていて、その光が淡い黄色の帯のように外に流れ出ていた。

三人は同時にドアに近寄ると、バーナビー少佐が真っ先に飛びこみ、巡査がすぐそのあとにつづいた。

二人は中に入ると思わず足を止め、元軍人の口から、叫びともつかぬ押しつぶされた声がほとばしった。次の瞬間、ウォーレン医師が二人のそばにたどりつくと、彼もまたその場の光景に眼を見張った。

トリヴェリアン大佐は、うつぶせに、床の上に両腕を投げ出して倒れていた。部屋の中は散らかっていた——簞笥の引出しは引き出され、紙類が床の上に散乱していた。三人が入ってきたすぐわきのガラス・ドアは、鍵の近くを無理にこじ開けられており、倒れているトリヴェリアン大佐のすぐそばには、太さ五センチほどの暗緑色をした羅紗巻きの管が落ちていた。

ウォーレンは前に跳び出すと、倒れている大佐のそばにひざまずいた。

診察には一分も要しなかった。彼はすっくと立ち上がったが、顔色は青ざめていた。

「死んでますか?」とバーナビーが尋ねると、医者はうなずいて見せてから、グレイブズ巡査のほうに振り返った。

「どうしたもんでしょうな。私にできることといったら、死体を調べることしかないし、それに警部が来るまでは触ってもいかんでしょう。もっとも、死因はわかっていますがね。頭蓋骨骨折ですよ。それに凶器も推定できると思いますが」

そう言って、彼は暗緑色の羅紗巻きの管を指さした。

「トリヴェリアンはそいつをいつもドアの下に差しこんでおいたのだが——隙間風を防

ぐのにね」とバーナビーが言ったが、その声はかすれていた。

「なるほど——サンド・バッグに似ているから、これなら効果的だ」

「ああ、気の毒に……」

「そうしますと——」ようやく事情が呑み込めたといった巡査のグレイブズが口をはさんだ。「その——これは殺人ということになりますね」

巡査は電話のあるテーブルのほうにあわてて近寄っていった。

バーナビー少佐は医者のほうに歩み寄ると、「死後、どのぐらい経っていますか？」と、息をはずませながら尋ねた。

「そうですね——およそ二時間、ことによると三時間は経っているかもしれませんな。もっともこれは大雑把《おおざっぱ》なところですが」

バーナビーは、乾いた唇を舌でしめらせた。

「そうしますと、殺されたのは五時二十五分ごろと言えますね？」

医者は驚いたような顔をして少佐をまじまじと眺めた。

「時間を明確にお答えするとなると、そうですな、それくらいの時刻になるかもしれませんね」

「ああ、なんということだ！」

バーナビーが叫ぶと、ウォーレンは驚いて彼を見つめた。

少佐は、まるで目が見えないかのように手探りで椅子のほうへ近寄って行くと、崩れ落ちるように腰をおろした。そして激しい恐怖の色を顔面に浮かべながら、ブツブツとつぶやいた——

「——五時二十五分——ああ、あれはピタリと当たっていたのだ——」

4　ナラコット警部

惨劇のあった翌朝、二人の男が〝ヘイゼルムア〟の小さな書斎に立っていた。

ナラコット警部はあたりを見まわしていた。

額《ひたい》に深い皺を寄せて、「なるほど、そうか」と考え深げにつぶやいた。

ナラコット警部は非常に有能な人物だった。彼の並はずれた粘り強さと論理的な推理力、それに細部まで行きとどく鋭い注意力は、ほかの多くの同僚が失敗に終わるような難事件を見事に解決してきたのである。

背の高い、静かなものごしの彼は、灰色がかった眼とデヴォンシャー地方特有のゆったりとした柔らかみのある声をしていた。

この事件の担当を命ぜられてエクセターから呼ばれたナラコット警部は、朝一番の列車で到着したばかりだった。なにしろ道路は自動車のタイヤにチェーンを着けてさえ走ることができない有様だったので、そうでなければ前の晩のうちに着くこともできたのだが。

いま彼はトリヴェリアン大佐の書斎に立って、室内の検証を終えたところだった。彼と一緒にいるのは、エクスハンプトン警察署の部長刑事ポロックだった。

「なるほど――」ナラコット警部はまたつぶやいた。

冬の青白い太陽の光が窓から射しこんでいた。外は一面の雪景色なのだ。窓から百メートルも離れたところに垣根があって、その向こうに雪に覆われた急勾配の山腹が見えていた。

ナラコット警部は検死のために、まだそのままにしてある死体にもう一度かがみこんだ。警部自身も運動家だったので、広い肩幅、引きしまった横腹、それに非常に発達している筋肉などから推して、死体がスポーツマン・タイプの人間であったことがよくわかった。頭は小さくて、両肩の上にしっかりと支えられている。そして、ぴんと張った海軍髭は手入れがよくゆきとどいていた。また、彼が調査したところによると、トリヴェリアン大佐は六十歳だったが、どう見ても五十一、二歳より上だとは思えなかった。

「ああ」ポロック部長刑事が声をあげた。

警部は部長刑事のほうに顔を向けて、「きみの意見はどうなんだね?」と尋ねた。

「はあ――」とポロック部長刑事は頭を掻いた。この部長刑事はよほどのことがないかぎり余計なことに口を出さないという慎重な男だった。

「まあ、私が見たところでは、ある男がガラス・ドアに忍び寄り、鍵をこじあけて、室内を物色しはじめたのだと思うのです。これは想像ですが、そのときトリヴェリアン大佐は二階にいたに違いないと思います。もちろん、この泥棒は誰もこの家にいないと思って——」

「トリヴェリアン大佐の寝室はどこだね？」

「二階です。この部屋の上になりますが——」

「一年中でも今ごろは、四時になると、もう暗くなるものだが、かりに大佐が寝室に上がっていたとすると、電気がついていたことになるし、泥棒がガラス・ドアに近寄ってくれば、当然その明かりを見たと思うがね」

「じゃあ、大佐は誰かを待っていたんだとおっしゃるんですね」

「まさか正気の人間が、電気のついている家に押し入るようなことはないよ。だから、もし誰かがこのガラス・ドアをこじあけたとするならばだね、その人間はこの家がからっぽだと思ったからだよ」

ポロック部長刑事は頭を掻いた。

「あ、そうか。たしかに少し変ですね。しかしですね、その——」

「では、まあその問題はあと回しにして――続けてくれたまえ」

「それで、大佐は階下の物音を聞きつけたのだと思うんです。なんだろうと思って、たしかめに大佐は下に降りてくる。泥棒は大佐が階段を降りてくる足音を耳にして、凶器を持ってドアの背後に身をひそめる。そして、大佐が部屋に入ってくるや、背後から打ち倒したのだと思いますが――」

ナラコット警部はうなずいて見せた。

「そうだ、きみの言うとおりかもしれないね。大佐はガラス・ドアのほうを向いたときにやられたんだ。だがね、ポロック、私の考えはきみの意見とはちょっと違うんだ」

「違うと言いますと？」

「そう、違うんだ。ぼくにはね、午後の五時に家に押し入ったとは、どうしても思えないんだよ」

「そうですねえ、でも泥棒は、その時刻が絶好のチャンスだと考えたのかもしれません」

「いや、チャンスの問題じゃないね――つまり、いいかね、たまたまガラス・ドアに鍵がかかっていないと知って忍びこんだんじゃないんだ。これは考えに考えを重ねた上でやった仕事なんだよ。見たまえ、この散らかし放題のありさまを。たんなる泥棒なら、まず最初に何を探すかね？　銀器のあるところは食器室に決まっている」

「ほんとに、そのとおりです」と部長刑事は認めた。

「それにどうだね、この滅茶苦茶な乱雑さ——どの引出しも引き抜いて、中味をぶちまけている。ふん！　じつにばかげた狂言だよ」

「狂言？」

「このガラス・ドアを見たまえ、ポロック。ガラス・ドアに鍵がかかってもいないのに、こじあけてあるじゃないか！　鍵もなくただ閉まっていたものを、まるでこじあけたように見せかけるために、外側から傷をつけたのだよ」

　ポロックはガラス・ドアの掛金をそばに寄って調べてみて、思わず感嘆の声を放った。

「あなたのおっしゃるとおりです」部長刑事の声には尊敬の念が入りまじっていた。

「普通の人間だったら気がつきませんなあ！」

「われわれの眼をごまかそうとしたって、そうはいかないよ」

　ポロック部長刑事は、〝われわれ〟という警部の言葉を心から嬉しく思った。このようなちょっとした心遣いで、ナラコット警部は自分の部下から慕われていたのである。

「そうだとすると、泥棒の仕業じゃなくて、内情に通じた人間の仕業だとおっしゃるんですね」

ナラコット警部はうなずいた。「そうなんだよ。ところが、一つ腑に落ちないことは、犯人が実際にガラス・ドアから入ってきたと考えられることなのだ。きみやグレイブズの報告でも、それに、ぼく自身この眼で見たところによると、雪がとけて、犯人が長靴で踏み歩いたところには、まだじめじめした斑点がはっきりと残っているのがわかる。しかもこのじめじめした斑点は、この部屋の中だけしかない。グレイブズ巡査はウォーレン医師とホールを通ったときには、こんな斑点のようなものは一つもなかったと断言しているんだよ。この部屋で、グレイブズはすぐ気がついたのだ。だから、この場合明らかなことは、犯人がガラス・ドアから入ることを大佐が許したことになる。したがって、犯人は大佐の知人に違いないと思うね。きみはこの土地の人だからよく知っていると思うが、このトリヴェリアン大佐はすぐに敵をつくるような男なのかね？」

「いいえ、大佐を憎んでいるものは一人もいないと言っていいと思います。もっとも金のことになると少し細かいし、それに軍人として規律に厳しいところがあって、怠慢や無作法なことにはビシビシ言うほうでしたが——かえってそんなことで尊敬されていたくらいですよ」

「敵はいない——」ナラコットは思案深くつぶやいた。

「少なくともこの土地にはおりません」

「そうか——しかし、大佐が海軍時代に敵がいたかどうかはわからないね。まあ、ぼくの経験ではね、ポロック、敵をつくるような人間は、どこの土地へ行ってもつくるものだが、しかしまた、例外ということもあるからね。じゃあ、次の動機を考えてみよう——あらゆる犯罪のもっともありふれた動機といえば——金だね。ところでトリヴェリアン大佐は金持ちだったとぼくは思うが？」

「そうですね、いろいろな点を総合してみますと、金持ちということになりますが、なかなかの締まり屋でした。喜んで寄付などする男じゃなかったですね」

「そうかね——」とナラコットは言ったまま、考えこんだ。

「雪が降ったのは残念でした。そうでなければ、犯人の足跡を見つけて、手がかりにすることができたでしょうに——」

「大佐の家にはほかに誰もいないんだね？」

「いえ、この五年ばかりのあいだ、たった一人使用人がおりました——もと海軍にいた男ですが。それから上のシタフォード荘では毎日のように一人の女が通っておりました。しかし、このエヴァンズという男が料理をしたり、大佐の世話をしていたようです。ところが一カ月ほど前にエヴァンズが結婚してしまいました——これには大佐もだいぶ困ったようでした。このこともあって、シタフォード荘を南アフリカから来た婦人に貸したんじゃないかと、私は思います。大佐は、どうも女というと家に入れたがらないたちでしてね。エヴァンズは女房といっしょにフォア・ストリートの角に住んでいて、そこから大佐の世話をしに毎日通ってきているのです。その男をここに連れてきました。なんでも、昨日の午後は用事も済んだので、二時半にこの家を出たと申しております」

「そうか、会ってみたいね。なにか、役立つようなことをしゃべるかもしれない」

ポロック部長刑事は驚いたような顔つきで、警部を見た。警部の口調に尋常でないひびきがあったからだ。

「あなたの、お考えでは――」と問いかけた。

「うん、この事件は見かけより複雑なものだと思うよ」ナラコット警部は考え深げに言った。

「どういうところがですか？」

だが警部はそれに応じなかった。

「その、エヴァンズという男はどこにいるんだね？」

「食堂で待たせてありますが」

「そうか。いますぐ会ってみよう。どんな男だね？」

ポロック部長刑事はどちらかというと、正確に描写することよりも、事実を報告するほうが得意らしい。

「はあ、もと海軍にいた男で――ありきたりの不細工な男と言えるでしょう」

「酒呑みかね？」

「私の知っているかぎりでは、べつに酒癖の悪いほうじゃないと思います」

「女房というのはどんな女だね？　大佐となにか噂があるとか――」

「いや、とんでもありません。トリヴェリアン大佐にかぎって、そんなことはないはずです。とにかく大佐ときたら、女嫌いで通っているんですから」

「で、エヴァンズは大佐に忠実に仕えていたと思うんだね？」

「まあ、そう考えるのが普通でしょう。もしそうでなかったとしたら、すぐ知れ渡ってしまいますよ。なにしろエクスハンプトンは狭い土地ですからね」

ナラコット警部はうなずいた。

「これでよしと、もうべつに訊いておくこともないから、エヴァンズに会ってみよう。それから、この家でまだ見てないところを調べて、スリー・クラウン館までバーナビー少佐に会いに行くことにしよう。どうも、少佐がつぶやいた時間のことが気になるんだ。五時二十五分、たしかそうだったね？　口には出さないが、きっとなにか知っているに違いないな、そうでなければ、ああまで犯行時間をピタリと当てるはずがないからね」

二人はドアに向かって歩き出した。

「じつに奇っ怪な事件です」ポロック部長刑事は、ひどく散らかっている床に目を向けながらつぶやいた。「狂言強盗とは！」

「だが、妙なのはそのことじゃないよ、きみ。事件には、こんなことはよくあることだ。むしろ、不思議でならないのは、このガラス・ドアなんだがね」

「ガラス・ドア？」

「そう。なぜ犯人はわざわざこのガラス・ドアへ来るようなことをしたんだろう？　犯人がトリヴェリアンと知り合いで、わけなく入れてもらえるような人間だと仮定すると、どうして玄関のドアに行かなかったのか？　第一、昨晩のような吹雪の夜に、わざわざ道を通らずにこのガラス・ドアまでまわりこんでくるなんて厄介だし、しかも厚く降り積もった雪の上を歩くなんて骨が折れるのにね。それにはなにか理由があるはずだ」

「たぶん、そいつは道を通って家に入るのを人に見られたくなかったのでしょう」ポロックがそれとなく言った。

「昨日のような吹雪じゃ見てる人間もいないさ。あの天気じゃ、みんな家に引きこもっていたよ。なにかほかに理由があるな。まあいいさ。そのうちにすっかりわかることだろうからね」

5　エヴァンズ

エヴァンズは食堂で待っていた。警部と部長刑事の二人が入ってくると、彼はうやうやしく椅子から立ち上がった。

彼は小柄な、ずんぐりと太った男だった。人一倍長い両腕を、いつも組むようにして立っているのが、この男の癖である。きれいにかみそりをあてている顔に、ちょっと豚の眼を思わせる小さな眼がついていて、持ち前の明朗さと実直な感じとが、ブルドッグのような印象からどうにか救っている――

ナラコット警部は胸の中で、この男の印象を要約してみた――小利口で抜け目のない実際家で、ペラペラしゃべる。

「きみがエヴァンズだね」警部が口をひらいた。

「さようでございます」

「洗礼名は？」

「ロバート・ヘンリーでございます」

「こんどの事件のことで、きみの知っていることを話してくれたまえ」

「申し上げることはなにもございません。うちの旦那《だんな》が殺されたと聞いただけで、もう気絶しそうでございますよ」

「最後にご主人に会ったのは何時だね？」

「さっきも申し上げましたように、二時でございます。お昼の片づけをして、夕食の用意をそこのテーブルの上にして、旦那がもう戻ってくる必要はないからと申されましたんで——」

「いつもそうするのかね？」

「いいえ、通常は七時頃に、また二時間ほど戻ってまいります。年中そういうわけじゃございませんが——まあときには、旦那がもう戻ってこなくてもいいからと申されることもございます」

「じゃあ、昨日主人にそういわれても、べつに気にとめなかったわけだね？」

「はあ、そのとおりでございます。それに昨日のような天気のときには、戻ってまいりません。こちらが仕事を怠けさえしなければ、うちの旦那はとても思いやりのある方なのです。旦那のことでしたら、私はよく気性を呑みこんでおりますんで」

「正確に、ご主人が言ったとおりに言ってごらん」

「はい。旦那は窓から外を眺めていらっしゃいましたが、そのとき、『今日のような天気じゃ、バーナビーも来られまい』とおっしゃって、それから、『シタフォードが雪で埋もれないまでも、まあ無理だろうな。物心がついて以来というもの、こんなにひどい大雪は一度もなかった』と言われていました。そのバーナビー様という方はシタフォードにいらっしゃる旦那のご友人でして、いつも金曜日になりますとこちらにお見えになり、旦那とチェスやアクロスティックをなさいました。火曜日には、うちの旦那がバーナビー様のお宅へいらっしゃるはずで、ほんとに判でも押すように行ったり来たりなさっておりましたです。それで旦那がおっしゃいますには、『エヴァンズ、もう帰ってもいいよ。明日の朝までは用事がないから』と、こうでした」

「バーナビー少佐のこととはべつに、誰かが昨日の午後来るようなことをご主人は言っていなかったかね？」

「いいえ、べつになんにも」

「ご主人の様子になにか変わったところはなかったかな？」

「はい、私の見たところではちっともございませんでした」

「そうか、ところでエヴァンズ、きみは結婚したばかりなんだね」

「はい。スリー・クラウン館のベリング夫人の娘と、いまから二カ月ばかり前に一緒になりました」

「だが、トリヴェリアン大佐は、あまりこころよく思わなかったというじゃないか」

エヴァンズは相好をちょっとくずして、にやにや笑いながら言った。

「そうなんでございますよ。旦那ときたら怒りましてね。女房のレベッカは、私の口から申すのもなんですが、美人でございましてね、それに料理がとても上手なんで。それで、私たち夫婦で旦那のお世話をしようと申しましたんですが、うちの旦那ときたら、どうしても聞き入れてくださらないんでございますよ。家には女の使用人は置かないことにしているんだと、こうおっしゃいましてね。南アフリカからあのご婦人たちがこちらにいらっしゃって、冬のあいだだけシタフォード荘を借りたいと申し出られたときも、話がこわれそうになったくらいでして——でまあ、どうにか旦那がこのヘイゼルムアを借りることになり、毎日私がここへやって来てお世話することになりましたものの、正直を申しますと、この冬が終わるまでに旦那のお気持ちが変わって、女房と一緒に旦那のお供をしてシタフォードに戻りたいとばかり思っておりました。もっとも、女房は旦那の知らないうちに、ここの台所に入りこんで、結構やっておりましたです——なにしろ、うちの旦那は二階にいらっしゃいましたから、見つかるようなことはございませんでした」

「いったい、トリヴェリアン大佐の女嫌いの原因はなんだね？　きみに心当たりはないかね」

「いいえ、ございませんです。ただ、その――たちなんじゃございませんか。前にも私、そういった方をたくさん知っておりますんで。まあ、はにかみ屋とでも申しましょうか。若い時分に女の子にでも振られてみると、みなさん、そういった性質になるもので――」

「大佐はまだ結婚していなかったんだね？」

「さようでございます」

「大佐に親戚がいたか、知っているかね？」

「なんでもエクセターに住んでいる妹さんがいらっしゃると思いました。それから、甥ごさんたちのお話を聞いたことがございますよ」

「誰も訪ねて来たことはないんだね？」

「はい。それにエクセターの妹さんとは、たしか仲違いをしていらっしゃったと存じます」

「妹さんの名前は？」

「なんでもガードナーとかいうお名前でしたが、たしかではございません」

「住所はわからないだろうね？」

「あいにくと存じませんが」

「そうか。まあ、大佐の書類を調べればきっとわかるだろう。ところでエヴァンズ、きみは昨日の午後四時以後、何をしていたね？」

「家におりました」

「家はどこかね？」

「ちょうど通りの角にあたります。はい、フォア・ストリート八十五番地で」

「一歩も外には出なかったんだな？」

「ああ雪が降っていましては、外に出ようと思っても出られませんでした」

「そうか、そうか。で、きみの言葉を裏づけられるものが誰かいるかね？」

「とおっしゃいますと――？」

「つまり、四時以後にきみが家にいたことを知っている人間だよ」

「それなら、女房がおります」

「じゃあ、きみの奥さんと二人っきりで家にいたんだね？」

「そのとおりでございます」

「そうか。まあそれに間違いないだろう。今のところはそれだけだ、エヴァンズ」

もと水兵は、ここでためらった。それから、足の位置を変えてから尋ねた。

「なにか、私にできることはございますか――ここをきれいにするとか？」

「いや、この場は、そのままにして置いてくれないと困るんだよ」

「そうでございますか」

「ほかのところを調べてくるまで、待っててくれたまえ。きみに尋ねるようなことがあるかもしれないからね」とナラコットが言った。

「お待ちしております」

ナラコット警部はエヴァンズから、いままで訊問していたこの食堂の中に眼を転じた。テーブルの上には、夕食の用意がしてあった。コールド・タン、ピクルス、スティルトンチーズとビスケットなどがあり、それにガス台にはスープの入った深なべがかけられていた。食器棚には酒壜台とソーダ水のサイホン、それにビールが二本あった。さらにまた、おびただしい銀の優勝カップがずらりと並んでいるのだが、それとまた不調和な三冊の新刊小説が一緒に並んでいた。

ナラコット警部はその優勝カップを一つ二つ手にとって調べてみた。そして、そこに刻まれている文字を読んだ。

「相当なスポーツマンなんだね、トリヴェリアン大佐は」とナラコット警部が口に出して言うと、「ほんとにそうなんです。お亡くなりになるまで運動家でならしたものでございますよ」とエヴァンズが応じた。

それから警部は三冊の小説を手にとって題名を読んでみた。『恋の合鍵』『リンカーンの取り巻きたち』『恋のとりこ』

「こいつは驚いたね。大佐の文学趣味ときたら、ずいぶん軍人らしくないんだな」と警部がつぶやいた。

「ああ、それは違うんです！」エヴァンズは笑った。「旦那の読む本じゃないんで、これは旦那が鉄道写真の題名当てに応募してもらった賞品でございますよ。旦那は、十種類もの回答を、それぞれ違った名前でお出しになったんでございますよ。フォア・ストリート八十五番地という住所はどうも当選しそうだとおっしゃって、手前どもの名前もおつかいになりましてね。名前だの住所なんてものは、ありきたりのものがいちばんよく懸賞に当たるもんだ、これが旦那のご意見でしてね。で、ご覧のとおり、みごとに当選いたしましたんですよ。ところが、そうやすやすと二千ポンドというわけにはまいりませんで、代わりにもらったのが、たった三冊の新刊本——それに私に言わせれば、およそ誰だってお金まで出して買う気になんぞならないような代物《しろもの》でございますよ」

ナラコット警部は思わず微笑を洩らしながら、もう一度、待っているようにとエヴァンズに言いふくめて、部屋の点検をつづけていった。部屋の一隅に食器戸棚のような大きな戸棚があった。それだけで充分、小部屋ぐらいの広さがある。その中には、二組のスキーと軽漕艇の一組のオール、十本か十二本のカバの歯牙、釣り竿や糸や毛針《フライ》入れまであるいろいろな釣り道具類、ゴルフ・バッグ、テニス・ラケット、それに剝製《はくせい》の象の足や虎の皮などが一緒くたになって詰めこまれていた。トリヴェリアン大佐がシタフォード荘を家具付きで貸したとき、大佐が大事にしていた品物を、女たちの手でいじくりまわされるのを恐れて、こちらに移したのは明らかだった。

「変だね、みんなこっちへ持ってくるなんて――あの山荘は、わずか二、三カ月貸しただけなのに。そうじゃないかね？」と警部が訊いた。

「そのとおりでございますよ」

「それなら、鍵でもかけてシタフォード荘にしまっておけたじゃないか」

こんどもまた、エヴァンズはにやにや笑って言った。

「そうするのが、一番面倒がなくてよろしいんですが。あのシタフォード荘ときたら、戸棚があまりないんでございますよ。旦那は設計者といろいろ相談なすったんですが、なんといっても戸棚室のありがた味がわかるのは女性だけですからね。でも、たしかにあなたのおっしゃるとおりで、山荘の戸棚にでも残しておくのが、まあ当たり前だと思いますがねえ。ともかく、品物をここまで運んでくるのが大仕事でございましたよ！　なにしろ旦那ときたら、ご自分の品物を見ず知らずの人間にむやみにいじりまわされるのがたまらないのですから。それにあなたのように鍵でもかけておけばと言おうものなら、旦那は、〝女なんてものは、なんとかして入りこんで見てやろうとするものだ。それが女のせんさく好きというやつだ。女たちにいじられるのがいやだったら、鍵をかけないほうがまだましだ〟とおっしゃいますよ。で、とにかく、品物を運んで安全な場所に置くのが一番だというわけで、移したのでございますが、実際の話が、大変な骨折り仕事で、しかもお金がうんとかかりましたよ。なにしろ、うちの旦那は、まるでこの品物を自分の子どものように大切にしていたんでございますから――」

そこでエヴァンズは一息入れた。

ナラコット警部は考え深げにうなずいてみせた。どうしても訊き出してみたいと警部が思っていた問題があって、しかも自然と話題がその点に触れてきたので、これはいいきっかけになるぞと警部は心の中で思った。

「ウィリット夫人のことなんだが、夫人は大佐の昔からの友だちか、知人にでも当たるのかね？」と、警部はさり気ない調子で訊いた。

「いいえ、いいえ、まったくの赤の他人でございますよ」

「どうしてまた、きみが知っているんだ?」警部は鋭く尋ね返した。

「はい、その——」海軍上がりのエヴァンズは警部の鋭い語気に面喰らった。「うちの旦那は、一度もそうおっしゃいませんでしたし、ええ、そうですとも——たしかに赤の他人に間違いはないんでございますよ」

「ぼくが訊いたのはだね——」説明するように警部は言った。「よりによって、こんな冬の最中に家を貸したりするとは、ずいぶん時期はずれじゃないかと思うんだよ。だけど、ウィリット夫人がもし大佐の知人で、山荘のことを知っていたとしたら、夫人が大佐に手紙を出して、家を借りたいと言ってきたのじゃないかと思ってね」

エヴァンズは首を振った。

「いいえ、不動産屋のウイリアムスンが手紙を寄越したんで——その——婦人が山荘を借りたいと言っていると紹介してきたのでございますよ」

ナラコット警部は額にシワを寄せた。シタフォード荘を人に貸すということ自体が、どうにも腑に落ちなかった。

「トリヴェリアン大佐はウィリット夫人に会ったんだね?」

「はい、夫人が山荘をご覧においでになり、大佐が案内したんですから」

「で、きみは、二人がそれ以前に会ったことがあるとは絶対に思えないというんだね？」

「そうでございますとも」

「二人が会ったとき――」警部は率直に質問しようとして、ちょっと間を置いてから訊いた。「二人のあいだはうまくいったのかね、その――つまり、親しそうだったかい？」

「ええ、ご婦人のほうは――」エヴァンズは唇に微かな笑いを浮かべた。「あなたのおっしゃいますように、すっかり親しまれましてね、山荘を絶賛したかと思いますと、こんどは、あなたがご設計になりましたの、といった具合に大佐にお尋ねになったりして、盛んにお世辞を振りまいていらっしゃいました」

「で、大佐のほうは？」

エヴァンズの笑みが広がった。

「うちの旦那には、どんなご婦人のお世辞だろうと、まるっきり効き目はございませんですよ。旦那は丁重に応じるだけで、夫人の招待も体よく断わってしまったくらいでございます」

「招待？」

「はい。いつでもご自分の家とお思いになってちょいちょいお寄りくださいませ、なんて夫人はさかんにおっしゃっておられました。まさか十キロも離れたところからじゃ、ちょいちょい寄るわけにもいきませんよ」

「夫人はなにか――つまりだ――大佐のことをなにか知りたがっているようだったかね？」

ナラコット警部には不審でならないのである。どういうわけで、ウィリット夫人は山荘を借りたのか？トリヴェリアン大佐と知り合いになるということは、単になにかの前提にすぎないのか？夫人の真の目的は？大佐が十キロも離れたエクスハンプトンに移ってしまったということは、おそらく夫人の予期していないことだったのだ。夫人の腹では、きっと大佐が自分の小さなバンガローに、つまりバーナビー少佐とでも同居することにして、移るのじゃないかと予想していたのかもしれない。

ところが、エヴァンズの答えときたら、警部の不審を少しも解いてはくれなかった。

「ウィリット夫人はお客様を招くのがなによりも大好きだといったたちの女《ひと》で、誰かが食事に招かれていない日はございません」

ナラコットはうなずいた。もうここから得るものはなさそうだった。それよりも、近いうちにウィリット夫人に会ってみようと思った。どうして夫人がこの厳寒の地に突然来ることになったのか、それを調べるほうが先決問題なのだ。

「ポロック、こんどは二階へ行ってみよう」

警部と部長刑事はエヴァンズを食堂に残して、二階に上がっていった。

「大丈夫ですかね、あの男は?」閉めきった食堂のドアのほうを肩越しに頭で示しながら、声をひそめて部長刑事のポロックが訊いた。

「まあ、大丈夫だろうよ。もっとも、これぱかりはなんともいえないがね。とにかくあの男、ばかじゃないことだけはたしかだよ」

「たしかにそうですね。なかなか頭のいいやつですよ」

「やつの証言は、なかなかどうして筋が通っている。話に一点の曇りもなく、隠し立てもしてないようだし——だがいまも言ったように、これぱかりはなんとも言えないがね」

いかにもナラコット警部らしい、細心の注意力と気が済むまで疑ってみるという持ち前の気性が溢れている言葉で答えながら、彼は二階の部屋を調べていった。

二階には寝室が三部屋と浴室が一つあった。寝室のうち二部屋は空いていて、この数週間というもの、人が入った形跡はなかった。残りの一つは、トリヴェリアン大佐が使っていたもので、きわめて整然と片づいていた。ナラコット警部は大佐の寝室の中を歩きまわって、引出しを開けてみたり、戸棚を開いてみたりしたが、すべてがきちんと整理してあった。これから推してみても、この寝室の使用者であるトリヴェリアン大佐は、病的と言ってもいいくらいきれい好きな人間だということがわかる。ナラコットは寝室を調べ終わって、隣の浴室を覗いてみたが、これもまた、きちんと片づいているのだった。彼は最後に、大佐のベッドのカヴァーがきちんと折り返されており、その上にたたんだパジャマが用意されているのに眼をやった。

警部は頭を横に振りながら、「ここにはなにもないね」と言った。

「そうですな、なにもかも整然としているばかりで――」

「書斎の机に書類があったけれど、それを持っていったほうがいいね、ポロック。それからエヴァンズに帰るように言おう。あとでエヴァンズの家にまわってみるかもしれないが」

「それがいいですね」

「死体はもう動かしてもかまわないからね。ところで、医者のウォーレンにも会いたいと思うんだが、彼はこの近所に住んでいるんじゃないかね？」

「そうです」

「スリー・クラウン館よりも手前かね、それとも先かね？」

「先です」

「じゃあ、まずスリー・クラウン館に行ってみよう。たのんだよ、ポロック」

ポロックはエヴァンズを帰すために食堂に降りていった。警部は玄関のドアから表に出ると、スリー・クラウン館に向かって、急ぎ足に歩いていった。

6　スリー・クラウン館にて

ナラコット警部は、スリー・クラウン館の営業主であるベリング夫人の長話のおかげで、目指すバーナビー少佐になかなか会えなかった。ベリング夫人は脂肪の塊といった感じの、しかも興奮しやすいたちの女で、その上、夫人がしゃべり疲れてしまうまでじっと聞いているより手のほどこす術《すべ》がないという、おしゃべりなのだ。

「ほんとにあんな晩は、生まれてはじめてでございますわ。しかもこんな災難が、あのお気の毒な方の身にふりかかろうとは、夢にも思いませんでしたよ。もうなんべんも口がすっぱくなるほど言ってるんですけどね、ほんとにああいうけがらわしい浮浪者には、我慢がなりませんよ。せめて大佐のところに番犬でもいたらねえ、浮浪者ときたら犬が大の苦手なんでございますよ、でもまあ、すぐ近所で何が起こっているかなんて、意外にわからないものですわねえ」と夫人は結びに言った。

「ああ、ナラコットさん」ここで彼女ははじめて警部の質問にもどった。「少佐はいま朝食をとっていらっしゃいますの。喫茶室においでになれば、お会いできると存じますわ。昨晩は、パジャマもお召しにならないでお過ごしになりましたのよ。だって、あたしみたいな未亡人には、お貸しするようなものはございませんもの。『かまいませんよ』とおっしゃってらっしゃいますものの、どことなく取り乱されているような感じが――いいえ、それはご無理もないと存じますの、なんと申しましても、親友が人手にかかって――そうですとも、お二人ともほんとにご立派な方ですわ、もっとも大佐はお金のほうにはちょっと細かいという噂でしたけれど――それはそうとして、あたし、常日頃から思っておりましたの――どこへ行くのにも、何キロも歩かなくちゃならないようなシタフォードに住んでいらっしゃるなんて、とても危険じゃないかしらと――ところがあなた、まさかエクスハンプトンのようなところで殺されるなんて――ほんとに一寸先は闇でございますわね、ナラコットさん」

警部は、「ほんとにそうですな」と相槌を打ってから尋ねた。「昨日、どんな人がこのスリー・クラウン館に泊まりましたか？　はじめてのお客さんはいました？」

「そうでございますねえ――お泊まりはモーズビーさんとジョーンズさん、この方たちは商人で、それからロンドンからおいでになった若い方が一人、そのぐらいでございますわ。とにかく厳寒の時候でございますからね、ここはほんとに静かですよ――そうそう、あと一人お泊まりになりました——やっぱり若い男の方で最終の汽車でお着きになったんですよ。〝おせっかい屋〟と、あたし陰で呼んでいるんですの。まだお起きになりませんわ」

「最終列車でねえ——？　たしか着く時間は十時でしたね？　それじゃ関係がないわけだが、もう一人の、ロンドンから来たという若い男は？　よくご存じなんですか？」

「いいえ、はじめての方なんですよ。商人といったタイプの方じゃないし——そうですわねえ、もうちょっと立派な感じの方ですの。いま名前をうまく思い出せませんけど、宿帳を見ればおわかりになりますわ。今朝一番の列車でエクセターへお発ちになりました。六時十分の汽車なんですが、ちょっとおかしいですわねえ——どういうわけで、ここで降りたのか——」

「職業は言いませんでしたか？」

「一言もおっしゃいませんでした」

「外へ出かけましたか？」

「そうでございますねえ——ちょうどお昼どきにお着きになって、それから午後の四時半頃に外出なさって、たしか六時二十分頃おもどりになりましたわ」

「どこへ行ってたんでしょうな？」

「さっぱり見当がつきませんわ。散歩にでも出かけたのではないでしょうか。そのときはまだ雪の降りはじめる前でしたが、散歩日和だとも申せませんでしたわね」

「四時半にここを出て、六時二十分に戻ってきたんですな」警部は考え深げにつぶやいた。「これは臭いぞ——その男はトリヴェリアン大佐のことを、なにか言っていませんでしたか？」

ベリング夫人は首を強く振った。「いいえ、ナラコットさん、誰のことも口にはしませんでしたわ。それに人目を避けるようなところがあって——なかなかの好男子でございましたが、なんだかひどく心配事でもあるような——」

警部はうなずいて、宿帳を調べにいった。

「ジェイムズ・ピアソン。ロンドン。これだけではどうにもならんが、まあ、この男を少し当たってみよう」

やがて警部は、バーナビー少佐を探しに喫茶室のほうへと大股で歩いていった。

少佐は、たったひとりで喫茶室に坐っていた。濃すぎるようなコーヒーを飲みながら、《タイムズ》を自分の目の前に広げていた。

「バーナビー少佐ですね？」

「そうです」

「私はエクセターから参りましたナラコット警部です」

「やあ、おはよう。事件のほうはどうです？」

「少しははかどっているように思うんですが――」

「それは結構ですな」少佐は素っ気なく応じた。とても信じられんといった、なげやりな感じだ。

「で、あなたにお訊きしたい二、三の点があるのですが――お答えになってくださいますね？」

「ああ、知っていることだったら――」

「それでは――トリヴェリアン大佐に敵があったか、ご存じですか？」

「一人もおらんね」バーナビー少佐はきっぱりと言いきった。

「あの――エヴァンズという男のことですが、信用のできる男でしょうか？」

「まあ、できると思うね。とにかく、トリヴェリアンはエヴァンズを信用していたよ」

「エヴァンズの結婚を、あまりよく思わなかったそうですが？」

「いや、そんなことはないね。ただトリヴェリアンは、ながいあいだの習慣がこわれるといったようなことがいやだったんだ。とにかく年寄りの独身者だったからね」

「独身者とおっしゃいましたが、その点についてもお尋ねしたいのです。トリヴェリアン大佐は結婚されたことがありませんね、それで、遺言書を作られたかどうかご存じですか？　で、もし遺言書を作ってないとしますと、誰が大佐の遺産を相続することになるんでしょうか？」

「大佐は遺言書を作りましたよ」バーナビーはすぐさま答えた。

「ご存じなんですか――」

「この私を遺言執行人にしたのですよ。大佐はそう言っていた」

「では、遺産の分配方法をご存じですね？」

「私の口からは言えないね」

「大佐はたいそう暮しむきがよかったと聞いておりますが」

「トリヴェリアンは金持ちだったよ。このあたりでは一番だと、私はにらんでいるが――」

「大佐のご親戚は――ご存じですか？」

「たしか、妹が一人と、甥や姪たちがいると思ったが。ほとんど会っている様子もなかったが、べつに仲違いをしているようでもなかったね」

「その遺言書はどこに保管されているんですか？」

「エクスハンプトンの弁護士、ウォルターズ&カークウッドの事務所にあるはずだが。

彼らが作成したのですよ」

「それでは今から、遺言書の執行人として、ウォルターズ&カークウッド事務所まで一緒に行っていただけないでしょうか。とにかく、一刻も早く遺言書の内容が知りたいのですが——」

バーナビーはまるで警戒するように警部を見上げた。

「どうして遺言書が問題になるんだね？　事件とどんな関係があるんです？」

ナラコット警部は、そうやすやすと本心を打ち明けたくなかった。

「この事件は、私どもが考えているような簡単なものではないのですよ。ところで、もう一つお尋ねしたい点があるのです。聞くところによりますと、少佐はウォーレン医師に、死亡時刻が五時二十五分かどうかをお尋ねになったそうですが？」

「それが？」少佐は声を荒だてて聞き返した。

「つまりですね、どうしてぴったりと時間をお当てになることができたんです？」

「当ててはいけないのかね？」

「その——なにかお隠しになっていらっしゃるのだとにらんでいるのですが——」

バーナビー少佐はしばらくのあいだ、口ごもったままだった。ナラコット警部の興味は燃え上がった。少佐は明らかに、なにかを隠そうとしているのだ。困りきっている少佐は、むしろおかしいくらいだった。

「五時二十五分と言ったのがなぜいけないんだね？　ひょっとしたら、六時二十五分前と言ったかもしれないし――四時二十分と言ったかもわからんのだ」少佐は恐ろしい勢いで尋ね返した。

「まったくそのとおりです」と、ナラコット警部はなだめるように言った。

彼はこのようなときに少佐に逆らってはまずいと思ったし、それに今日じゅうに事件の真相をつかまねばならないと心に決めていたのだ。

「いま一つ、どうしても腑に落ちないことがあるのですが――」と警部は言葉をつづけた。

「なんだね？」

「シタフォード荘を貸したということなのです。あなたがどう思われているかは存じませんが、どうも私には、このことが解せないのです」

「いや、じつは私も変に思っているんだが」

「じゃあ、あなたのご意見もそうなんですね？」

「私ばかりじゃないよ、みんなそう思っている」

「シタフォードの人たちがですか？」

「シタフォードの人たちも、このエクスハンプトンの人たちもだ。借りた婦人はきっと頭がどうかしているのだ」

「まあ、趣味はひとそれぞれですから――」と警部。

「ああいったご婦人によくある趣味だよ」

「その婦人をご存じなんですか？」

「ああ知っている。あのとき、その女の家にいたんだから――」

「あのときと申しますと？」少佐が不意に言葉を切ってしまったので、ナラコット警部が訊き返した。

「べつになんでもない」とバーナビー。

警部は鋭く少佐を見つめた。ナラコットがどうしてもつかみたいと思っているものが、少佐の言葉の中に隠れているのだ。少佐が明らかに混乱し狼狽している様子を、警部は抜かりなく見て取った。彼はいったいなにを言おうとしていたのか？

チャンスはいくらでもあるのだ。今はそっとしておいたほうがいいだろう――とナラコット警部は胸の中で自分に言いきかせた。

警部はべつに気にも止めないふりをして、明るい大きな声で言った。

「シタフォード荘にいたとおっしゃいましたが、その婦人は、来てからどのくらいになるんです？」

「二カ月だね」

少佐は、さっき思わず洩らしてしまった言葉をなんとかごまかそうとして、かえって普段よりも口数が多くなっていった。

「娘さんと一緒にいる未亡人ですね？」

「そうだよ」

「夫人は、どうしてあの山荘を借りる気になったのか、なにか説明しましたか？」

「そうだねえ——」少佐は自分の鼻をいぶかしそうにこすっていた。「まあ、なんのかのと言っていたが、自分のような女は俗世間から離れて、自然の美を眺めて暮らすのがいい——そんなふうなことを言ってたと思うが——どうも——」

少佐は頼りなさそうに言いよどんでしまったので、警部が言葉をはさんだ。

「夫人の言葉どおりには受けとれないとおっしゃりたいのですね？」

「うむ、そうなんだ。あの夫人ときたら、流行に浮身をやつすといった女で——すっかりめかし込んでいたよ。それに娘も洗練された美しい女の子だし、リッツとかクラリッジあたりの一流のホテルに滞在しているほうがずっと似つかわしいくらいだ。そういった母子《おやこ》だよ」

ナラコットはうなずいた。

「なにか人目を避けているようなところはないですかね、その母子は？　つまりですね、なにか隠していることでもあるとはお思いになりませんか？」

バーナビー少佐は首を強く横に振った。

「いやいや、そんなことは絶対にないよ。あの二人はなかなかの社交家で——いや、むしろ社交好きすぎるくらいだ。つまりだね、先約なんかありっこないシタフォードのような狭い土地で、ひっきりなしに招待されるのだから、かえってうるさい感じだ。まあ、非常に至れり尽せりのもてなしをしてくれる女《ひと》たちだが——イギリス人の考え方からすれば、くどい感じだな」

「やり方が植民地流なんですね」

「まあ、そうなんだね」

「あの夫人たちが、前からトリヴェリアン大佐と知り合いだったとは考えられませんか？」

「絶対にそんなことはないね」

「ずいぶん確信がおありになるんですな」

「ジョーが私にじかにしゃべったのだよ」

「それではですね、大佐と知り合いになろうとする動機が、あの夫人たちにあったとは考えられませんか？」

この警部の質問は明らかに、少佐に新しい考え方を示したようだった。しばらくのあいだ、少佐は考えこんでいた。

「なるほど、この私も、そこまでは考えてみなかったが――そういえば、あの二人は、手を替え品を替えて、ジョーに近づこうとしていたが、あのジョーにはさすがに手を焼いていたようだった。もっとも、私は植民地流のありふれた社交だぐらいにしか考えてもみなかったが――」と、この超島国気質の軍人はつけくわえた。

「なるほど。では、山荘のことですが、人の話では、トリヴェリアン大佐が建てたということですね？」

「そう」

「今まで、誰も住まなかったのですか？　つまりですね、夫人の前には誰にも貸さなかったのですか？　という意味なのですが」

「そういうことは一度もなかったね」

「としますと、山荘そのものにはなんの魅力もないということになりますな。どうもわからないな――では、十中八、九まで、あの山荘は事件となんの関係もないとしますと、不思議な暗合のような気がするのですよ。トリヴェリアン大佐が借りていた、あのヘイゼルムアは、誰の所有なんです？」

「ミス・ラーペントという中年女の持ち家だがね。その女は冬のあいだだけチェルトナムの下宿屋に行っているんだよ、毎年のことだが。たいていの場合は閉め切って行くんだがね、折があれば、たまにああやって貸すこともあるんだ」

もう少佐から訊き出すこともなさそうに思えた。警部はがっかりした様子で首を振った。

「ウイリアムスンというのが不動産屋だときいていますが？」

「そうです」

「事務所はエクスハンプトンにあるのですか？」

「ウォルターズ＆カークウッド弁護士事務所の隣だ」

「そうですか、じゃあ一つ、よろしかったら一緒に行っていただけますね」

「いいとも。だが十時前に行ったところで、カークウッドには会えないよ。弁護士なんて、みんなそんなものだからねえ」

「じゃあ、まいりましょうか」

朝食をちょっと前に終えたバーナビー少佐はうなずいて、椅子から腰を上げた。

7 遺言書

ウイリアムスンの事務所に少佐と警部が入って行くと、機敏そうな若い男が椅子から立ち上がった。

「おはようございます、バーナビー少佐」

「やあ、おはよう」

「どうもほんとに恐ろしい事件でございました、ここ何年というもの、このエクスハンプトンにはとんとなかったような——」若い男はべらべらとしゃべりだした。

あんまりこの男が夢中になって話しかけるので、少佐はいいかげんうんざりした。

「こちらはナラコット警部」と、少佐が紹介した。

「おや、さようでございますか！」と、若い男はいかにも嬉しそうに興奮して叫んだ。

「きみだったらなにか話してもらえると思うんだが——」と警部は口を開いた。「聞いたところによると、きみの紹介でシタフォード荘を貸したそうだね？」

「ウィリット夫人にですか？　そのとおりです」

「で、そこのところをもっと詳しく聞かせてくれないか。その婦人は自分で申し込みに来たのですか、それとも手紙かなにかで？」

「手紙で申し込まれてきたのです。ちょっとお待ちください」若い男は引出しを開けると、ファイルを探し出した。「これでございます。ロンドンのカールトン・ホテルからお出しになった手紙で――」

「シタフォード荘といって、名指してきたのですか？」

「いいえ、冬のあいだだけ家を借りたいのだが、とこうおっしゃってきただけでございます。ダートムアの近くで、寝室が少なくとも八つはある家というのが条件でございました。駅や街の近くでなくてもかまわないからということでした――」

「シタフォード荘は、きみのところの名簿に載っていたんだね？」

「いいえ、そうじゃございません。実際の話が、夫人の条件にあてはまるという家は、この近くではあの山荘だけしかございませんでした。お手紙によりますと、十二ギニーまでならお出しになるというお話で、そういうわけなら、トリヴェリアン大佐にこちらから手紙で貸していただけるかどうか問い合わせてみる甲斐もあると思ったのでございます。で、大佐からご承諾のご返事をいただきましたので、私どもはさっそく手続きを整えましたので——」

「ウィリット夫人が山荘も見ないでかね？」

「見ないでもいいからと夫人はおっしゃいまして、契約書にサインをなさったのでございます。それから、一日こちらへ夫人がお見えになりまして、車でシタフォードまで行かれて、トレヴェリアン大佐にお会いになり、いろいろと手筈をご相談になって、家を検分なさったのでございます」

「すっかり気に入ったようでしたか？」

「家にお入りになるなり、すばらしいわとおっしゃいました」

「で、きみはどんなふうに思った？」ナラコット警部は鋭い眼差しで見つめながら尋ねた。

若い男は肩をすくめながら言った。

「不動産屋をやっていて、いちいち変に思っていたら商売になりませんよ」

すっかり商売哲学を聞かされた二人は事務所をあとにした。警部は若い男に礼を言った。

「どういたしまして、少しもお役に立ちませんで——」

若い男はドアまで二人を丁重に送ってくれた。

ウォルターズ&カークウッド弁護士事務所は、少佐が言ったとおり、不動産屋の隣にあった。ちょうどカークウッドが出社してきたばかりのところで、二人は彼の部屋に案内された。

カークウッド氏は温厚な顔つきをしている年輩の男だった。エクスハンプトンの生まれで、祖父も父も代々この仕事で成功してきたのである。

彼は顔に哀悼の表情をたたえて椅子から立ち上がると、少佐と握手を交わした。

「おはようございます、バーナビー少佐。それにしても、今回の事件については、一言も申し上げる言葉もございません。じつに痛ましいかぎりです」

彼がもの問いたげに警部を眺めるので、バーナビー少佐はやって来た理由を簡潔な言葉で説明した。

「では、あなたがこの事件を担当されるのですね、ナラコット警部?」

「そうなのです、カークウッドさん。で、事件の調査にあたっておりますが、あなたにもお尋ねしたいことがあるのです」

「そうですか、少しでもお役に立てば嬉しいです」と弁護士が答えた。

「じつはトリヴェリアン大佐の遺言書のことなのです。で、その遺言書は、こちらに保管されているというお話ですが——」とナラコット警部。

「そのとおりです」

「どのくらい前に作られたものでしょうか？」

「そう、五、六年前でしょう。いま、正確にその日時は申せませんが――」

「そうですか！　それで、じつはカークウッドさん、遺言の内容をできるだけ早く知りたいのですが。きっとこの事件に重要な手がかりを与えてくれるものとにらんでいるのです」

「ほんとですか？――いや、そこまでは私も考えてみませんでしたが、あなたのお仕事とあれば、さあどうぞ――」弁護士はそう言うと、ちらっと少佐のほうに視線を走らせた。「バーナビー少佐とこの私が連名で遺言執行人になっているのです。少佐にご異存がなければ――」

「ありません」

「では、私もあなたの要求をお断わりする理由はございませんから――」

そう言うと、弁護士は卓上の電話をとりあげて、何か命じると受話器を下ろした。二、三分ほどで事務員が部屋に入ってくると、弁護士の前に密封してある封筒を置いて出ていった。カークウッド氏はその封筒を取り上げて、ペーパーナイフで口をひらくと、中から、いかにも重要書類らしい大きな文書を引き出した。そして咳払いをしてから、それを読みはじめた――

デヴォン州シタフォード、シタフォード荘の所有者である私ことジョセフ・アーサー・トリヴェリアンが、一九二六年八月十三日、この遺言書を作成するものとする。

1　シタフォードのコテージ1号のジョン・エドワード・バーナビーと、エクスハンプトンのフレデリック・カークウッドを、この遺言書の執行人および保管人とする。

2　長年のあいだ忠実に仕えたロバート・ヘンリー・エヴァンズに百ポンドを与え、その実収益に対する相続税を免除するものとする。ただし、私が死ぬまで仕えていることと、それ以前に解雇されないことを条件とする。

3　前記のジョン・エドワード・バーナビーへの友情と愛情の感謝の気持ちとして、各種目のスポーツで私が獲得した優勝カップと賞品、狩猟で手に入れた鳥獣の頭、皮革のコレクションを含むすべての記念品を贈与するものとする。

4　私の動産および不動産のすべてを前保管人に委託し、保管人は私の遺言書によって、もしくは遺言附属書によってこれを処理し、売却、回収して、現金に換えることする。

5　保管人は売却、回収した金で私の葬式および遺言執行費用、ならびに債務、遺言書もしくは遺言附属書によって定められている遺産、相続税、その他を支払うこととする。

6　保管人は前記支払い後、残余額を保管し、それを均等に四等分するものとする。

7　保管人は前記の如く均等に四等分した残余額の一を私の妹、ジェニファー・ガードナーに与え、本人の使用と享有に委ねるものとする。なお、保管人は残余の四分の三を私の亡き妹メリー・ピアソンの三人の子どもたちに等分に与え、その自由なる使用に委ねるものとする。

私こと、ジョセフ・アーサー・トリヴェリアンは証人立会いの下に、右の如く宣誓、署名す。

前記遺言人は、私たち二名の立会いの下に遺言書に署名し、同時に私たち二名は、遺言人の要求により、証人として署名す。

読み終わったカークウッド氏は警部にその遺言書を手渡した。

「この事務所の事務員が二人、証人になったのです」

警部は遺言書に目を走らせた。

「私の亡き妹メリー・ピアソン」とつぶやくと、「カークウッドさん、このピアソンという人について、なにかご存じですか？」と尋ねた。

「知っているというほどではないのですが――彼女は十年ほど前に亡くなったのだと思います。それに、株式仲買人だった彼女の夫も、彼女より先にこの世を去っているのです。私の知るかぎりでは、彼女がトリヴェリアン大佐を訪ねてきたことは一度もありませんでした」

「ピアソン……」警部はまたつぶやくように言った。「それから、もう一つお尋ねしたいのですが――大佐の遺産の総額が明記してありませんな。どのくらいのものでしょうか？」

「正確に申すとなると、なかなか面倒なのですが」とカークウッドは、弁護士がよくやるように、簡単な質問をいかにも難かしそうにこねまわしながら返事をした。「まあ、動産か不動産ということになりますが――トリヴェリアン大佐は、シタフォード荘のほかに、プリマスの近くに若干の地所を持っていて、さらにいろいろな投資によってちょいちょい儲けておりました」

「概算で結構なのですが――」と警部。

「私自身で言質を与えたくはないのですが――」

「いや、ほんの見積もりでいいのです。そうですね、二万ポンドぐらいというのは見当はずれですか？」

「二万ポンド！　とんでもない！　トリヴェリアン大佐の財産は、少なくともその四倍はありますよ。八万ポンド、ことによったら九万ポンドというところでしょうな」

「トリヴェリアンは金持ちだとあなたに言ったはずだ」とバーナビー少佐も口をはさむ。

ナラコット警部は椅子から立ち上がった。

「いろいろと教えていただいて、ありがとうございました、カークウッドさん」

「なにか手がかりでもつかめましたかな、いかがです？」

弁護士は明らかに好奇心にかられていたが、ナラコット警部はその好奇心に応える気はなかった。

「こういった事件ですと、いろいろなことを勘定に入れなければならないのです」と警部は言葉を濁して、「ところで、ジェニファー・ガードナーさんとピアソンさんの家族の名前と住所をご存じですか？」と尋ねた。

「ピアソンさんの家族のほうはなにもわかっておりませんが、ガードナー夫人の住所はエクセターのウォルドン・ロードのローレル館です」

警部は手帳にそれを記入した。

「これは今後の捜査の役に立ちますよ――ピアソンさんの遺児は何人かご存じありませんか？」

「三人だったと思います。女が二人に男が一人――いや男が二人に女が一人かもしれません。どっちだったかよく覚えておりませんな」

警部はうなずいて見せると、手帳をしまって、もう一度弁護士に礼を述べ、事務所を出た。

二人が通りに出た途端に、警部は不意に振り向いて、少佐の顔を正視した。

「さあ、あの〝五時二十五分〟の真相をおっしゃってください」

バーナビー少佐は当惑して顔を赤らめた。

「前に言ったと思うが――」

「あれでは納得がゆきませんね。あなたはなにか隠していらっしゃるんです、バーナビー少佐。ウォーレン医師にわざわざあの時間を言われたのには、なにかわけがなければなりません。それに――この私にだって、それがなんであるかぐらいのことは見当がついているんですよ」

「じゃあ、なぜこの私に訊《き》くんだね？」と少佐は噛みつくように言った。

「ある人間があの時間にどこかで大佐と会う約束でもしたのを、あなたは感づいていたのだと思うんです。どうです？　そうじゃありませんか？」

バーナビー少佐はびくっとして警部を見つめた。

「そんなことじゃない――」と少佐はうなった。

「いいですか、バーナビー少佐、ジェイムズ・ピアソンという男をご存じないですか？」

「ジェイムズ・ピアソン？　ジェイムズ・ピアソン、誰だねそれは？　トリヴェリアンの甥の一人かな？」

「私も甥じゃないかと思うんです。ジェイムズという名を大佐が口にしたことはありませんか？」

「全然覚えがないね。トリヴェリアンに甥がいることは知っているが――どんな名前なのか、私にはさっぱり見当がつかないね」

「そのジェイムズという若い男は、昨夜、スリー・クラウン館に泊まっていたのです。きっと、そこで見かけたと思いますが」

「いや、誰も見かけなかったよ」と吐き出すように少佐は言った。「なんと言おうと、トリヴェリアンの甥には一度も会ったことがないんだから」

「しかしですね、昨日の午後、彼が訪ねて来るのを大佐が待っていたことはご存じだったのでしょう？」

「いや全然！」少佐が吼《ほ》えるように言ったので、通りがかりの何人かが振り返って見たくらいだった。

「私の言うことが信じられんのかね？　会う約束のことなんか、私は何も知らないのだ。私の知っていることといったら、トリヴェリアンの甥たちがどこかひどく遠いところにいたことがあるというぐらいのものだ」

ナラコット警部は思わずはっとした。少佐の否定するその言葉のうちには、もはや疑う余地のないきびしい調子がこもっていた。

「で、五時二十五分というのは――？」

「そうだな――これは言ってしまったほうがよいかもしれんな」といかにもきまり悪そうに咳ばらいをした。「――だが、どうにもこうにも話がばかばかしすぎる！　たわごとなんだよ。こんな話を誰が信じるものか！」

ナラコット警部はますますあきれ返った顔つきで眺めていた。バーナビー少佐はいっそう不愉快になり、恥ずかしくてとてもしゃべれないといった様子だった。

「いったいなんだと思います、警部。一人の女性を喜ばせるために、あんな真似をしなけりゃならなかったのだ。むろん、こんなことになろうとは、夢にも思ってはみなかったのだが」

「なんです、バーナビー少佐？」

「降霊術《テーブル・ターニング》だよ」

「テーブル・ターニング？」

さすがのナラコットも、これだけは思いもよらないことだった。少佐は自分から話をつづけていった。ときどき、私はそんな事は信じないがねと前置きしながら、昨日の午後の出来事や、自分に向けて伝えられたお告げのことを話した。

「つまり、こうなんですね、バーナビー少佐、そのテーブルがトリヴェリアンの名前だけ音を鳴らし、大佐が死んだ——殺されたとあなたに告げた——？」

バーナビー少佐は額の汗をぬぐった。

「そのとおりなんだ。むろん、私は信じないがね、そんなことは——でも、まあ金曜日だったし、とにかく気になるので、出かけていって、大丈夫かたしかめてみようと思ったのだよ」

警部は、大吹雪の中を十キロも歩いて行く困難さを思い浮かべた。そして彼は、バーナビー少佐がテーブル・ターニングのお告げに深く心を動かされたとしか思えなかった。

ナラコットは我に返った。じつに不思議なことがあればあるものだ。こういったことは、誰にだって満足に説明できるようなものじゃない。結局のところ、心霊現象のなにかによるものかもしれない。彼の経験から言っても、こういうことが目の当たりで実証されたのは、これがはじめてだった。

まったく奇々怪々な事件だ。しかも彼の見るかぎりでは、少佐のとってきた態度がこのことで説明できても、この事件そのものを解決することにはならないのだ。彼は現実の世界に生きているのであって、心霊の世界で暮らしているわけではない。

とにかく、犯人を探し出すことが警部の仕事だった。それに、このことに霊界の助けを借りるわけにはいかないのだ。

8　チャールズ・エンダビー氏

ナラコット警部は腕時計を見ながら、急げばエクセター行きの汽車にどうにか間に合うなと思った。できるだけ早くトリヴェリアン大佐の妹に会って、なんとかして大佐の甥や姪たちの住所を知りたいとあせっているのだ。そこで、そそくさとバーナビー少佐に別れを告げると、警部は駅のほうへ駆けて行った。少佐はスリー・クラウン館に引き返した。彼が玄関の戸口に着くや、髪の毛をテカテカに光らせた丸顔の、少年のような顔つきの若い男に呼びとめられた。

「バーナビー少佐ですか？」と若い男が尋ねた。

「そうだが――」

「シタフォード・コテージ一号にいらっしゃる――？」

「そうだ」バーナビー少佐が答えた。

「ぼく、デイリー・ワイヤー紙のものですが、つきましては――」

と言い出すか出さないうちに、古い軍人気質の少佐はどなり出した。

「黙れ！　新聞記者などたくさんだ。無礼千万で、べらべらしゃべりおって！　まるで死体のまわりに群がる禿鷹《ハゲタカ》だ！　殺人ばかり追いかけまわして。だがな、若いの、この私から何か聞き出そうとしたって、だめだ！　一言も言わんぞ。きみのくだらん新聞に載せる話なんぞあるものか。どうしても記事にしたいなら、警察へでも行くがいい。殺された男の友人ぐらいは、せめてそっとしておくぐらいの礼儀があってもよかろうが」

だが、そう言われても、この若い男は少しも驚く様子がなかった。いやむしろ、かえって愉快そうに微笑しているくらいだった。

「ちがいますよ少佐、あなたは誤解しているんです。ぼくは殺人事件のことなんか、全然知らないのですよ」

そんなことはありえないはずだ。この静かで荒涼とした町中を真底から慄え上がらせた大事件を、エクスハンプトンにいる人間が知らないなんて、まったく不可能なことだ。

「ぼくはデイリー・ワイヤー紙を代表して、わが社主催のフットボール競技会の勝敗予想の唯一の正解者であるあなたに、五千ポンドの小切手をお贈りして、感謝の意を表しにまいったのです」

これにはさすがのバーナビー少佐もすっかり面食らってしまった。

「昨日の朝、あなたのお手元までこの吉報を知らせる手紙が届いたことと思いますが――」とこの若者はつづけた。

「手紙？　おいきみ、シタフォードに三メートルも雪が積もったのを知らないのかね。この二、三日、手紙がきちんと配達されているとでも、きみは思っているのか？」

「でも、今朝のデイリー・ワイヤー紙に受賞者としてあなたのお名前が出ていたのは、ご覧になったでしょう？」

「いや、今朝は新聞も見なかったのだ」

「ああ！　そうですね。あんな悲しい事件があったんですから――なんでも殺された人は、あなたのご友人だそうですね」

「親友だよ」

「ほんとにお気の毒だと思います」と、いかにも如才なさそうに眼を落とすと、ポケットから小さくたたんである薄紫色の紙を取り出して、一礼してからそれを少佐に手渡した。

「デイリー・ワイヤー紙の賞品です」

　バーナビー少佐はそれを受け取って、こういうときには誰でも言いそうなことを言った。

「酒でもどうです、えーと……？」

「エンダビー……チャールズ・エンダビーと申します。昨晩、着いたばかりです。シタフォードまで行って、直接受賞者に小切手をお渡ししようと思いまして。ちょっとしたインタヴューをいつも載せることにしております、読者が喜ぶものですから。だけど、雪が降っておりましたし、一人でシタフォードまで出かけるなんてもってのほかだとみんなに言われましてね。でもほんとに幸運でしたよ、あなたがスリー・クラウン館に泊まっていらっしゃるのがわかって——」そう言いながらチャールズは微笑した。「それに、あなたを見つけるのに、手間はとりませんでしたよ。実際ここじゃ、お互いに知らない人はいないようですね」

「なにを飲むかね」と少佐が尋ねた。

「ビールをいただきます」

少佐はビールを二本たのんだ。

「ここの人たちはみんな、殺人事件ですっかりおかしくなっているようですね。どう考えても奇っ怪な事件ですからね」

少佐は不平そうに鼻をならした。なにか思い余っている様子だ。新聞記者というものについて抱いている少佐の考えは少しも変わらなかったが、たった今、五千ポンドの小切手をくれたこの若い男は話が別だろう。邪険にあつかうわけにもいくまい。

「大佐に敵はなかったのですか？」とその若者が尋ねた。

「ないね」と少佐。

「でも、強盗の仕業じゃないと警察ではにらんでいるそうですが——」とエンダビーはつづけた。

「そんなことを、どうして知ってるんだね？」と少佐が尋ねる。

だがエンダビーはどこで聞いたか、情報源は明かさなかった。

「死体を見つけたのはあなただそうですね」

「そう」

「ほんとにびっくりなさったでしょうね」

こんな具合に会話は進んでいった。バーナビー少佐は依然として、なにも話してやるまいと決めてはいたものの、如才のないエンダビーの手にかかってはどうしようもなかった。エンダビーは、少佐がイエスかノーで答えざるをえないように話を運んでいって、聞き出したいと思っていることを少佐にしゃべらせてしまうのだった。しかも聞き手の感じがとてもよかったので、少佐はしゃべるのに苦痛を感じることもなく、かえってこの率直な若い男に好感をもったくらいだった。

　やがてエンダビーは椅子から立ち上がると、郵便局まで行かなくちゃなりませんからと言った。

「よろしければ、小切手の受け取りをいただきたいのですが――」

　少佐は机のところまで行って受け取りを書き、記者にそれを渡した。

「ああ、どうも」と青年は言って、それをポケットにすべりこませた。

「今日、きみはロンドンに帰るんでしょう？」とバーナビー少佐が言った。

「いいえ、シタフォードのあなたのコテージや、あなたが豚に餌をやったりタンポポをむしったり、まあ、いかにもあなたらしいと思うようなことをなさっている写真を少し撮りたいと思っているのです。あなたには想像もつかないと思いますが、読者というものは、そういった写真を喜ぶものなんです。それから、あなたから〝私は五千ポンドで何をする〟というような話を伺えたらと思っています。はったりで結構ですから。これがないと読者には物足りないんですね」

「そうか――だがこんな天候のときにシタフォードまで行くのはちょっと無理だね。とにかくものすごい雪なのだから。この二、三日、乗り物はいうこともきかないし、雪がとけるのにも、まだ三日はかかるだろうからね」

「それは困りましたね。ああ、そうですね、エクスハンプトンでなんとかするより仕方ないですね。スリー・クラウン館でうまくやれるでしょう。ではのちほど、またお目にかかります」

そう言うと、彼はエクスハンプトンの表通りを一目散に走って郵便局に駆けこんで、エクスハンプトン殺人事件の特ダネをうまくつかんだ旨の電報を新聞社に打った。

それから彼は次の行動を考えて、まずトリヴェリアン大佐の使用人だったエヴァンズに会ってみることに決めた。エヴァンズの名前は、さっき話をしている最中にバーナビー少佐がふと洩らしてしまったのだ。

二、三度、人に尋ねるだけで、エヴァンズの住んでいるフォア・ストリート八十五番地はすぐにわかった。殺された大佐の使用人だったというだけで、すっかり有名になってしまったので、誰にエヴァンズの家を訊いても、喜んですぐに教えてくれるのだ。

エンダビーはドアを軽くノックすると、いかにも以前に水兵だったと一見してわかる男がドアを開けたので、エンダビーにはこれがエヴァンズだとすぐにわかった。

「やあ、きみがエヴァンズだね？　ぼくはバーナビー少佐のところから来たものです」

とエンダビーは快活に言った。

エヴァンズはちょっとためらってから、「まあ、お入りください」と言った。

エンダビーはその言葉に従った。髪の黒い、赤い頬をした肉づきのいい女が物陰にうろうろしていた。一緒になったばかりのエヴァンズの細君だな、とエンダビーは思った。

「ご主人はほんとにお気の毒でしたね」とエンダビーが言った。

「はあ、ただもう仰天しただけで――」

「誰がやったと思います?」エンダビーは言葉を飾らずに探りを入れた。

「浮浪者じゃないでしょうか」とエヴァンズが答えた。

「とんでもない! ねえきみ、もうそんなことを考えている人間なんか誰もいませんよ」

「えっ?」

「すべてが計画的な犯行なんだ。警察じゃ、一目でそうだと見破ったんですよ」

「誰がそんなことを言ったんです?」

エンダビーがこの情報を手に入れたのは、スリー・クラウン館のメイドからだった。彼女の姉はグレイブズ巡査の妻なのだ。だが彼は、こう答えた。

「なにね、捜査本部からちょっと耳に入れたんだが――とにかく押し込みのように見えたのは、見せかけだったんですよ」

「じゃあ、誰がやったと警察では考えてるんです?」エヴァンズの女房が、眼に恐怖の色を浮かべながらこちらに近寄ってきて叫んだ。

「おい、レベッカ、そう騒ぐなよ」と亭主がなだめた。

「警察なんて、ほんとにどうかしているんだわ。でも誰を捕まえようとあたしたちの知ったことじゃないけど」レベッカはちらっとエンダビーに眼をやった。

「あなた、警察の関係？」

「ぼくが？　とんでもない！　デイリー・ワイヤーの記者ですよ。バーナビー少佐に会いに来たんです。フットボール競技会勝敗予想の賞金五千ポンドを少佐がとったんですね」

「なんですって！」とエヴァンズが声を張り上げた。「じゃあ、そういう懸賞はインチキじゃないんですね」

「インチキだと思っていたんですか？」エンダビーが訊いた。

「そうですよ、とにかくひどい世の中ですからね」エヴァンズは、思わず突拍子のない声を張り上げてしまったことに気がついて、すっかりまごついてしまった。「ずいぶんインチキがあると聞いていたんです。亡くなった主人はよく、賞金なんてものは当たった人間のところへは決して行かないと言っていたものですから。それでときたま私の名前をお使いになっておりました」

と言ってエヴァンズは、大佐が賞品に三冊の新刊本をもらった話まで、自分から話し出した。

エンダビーは特ダネになるかもしれないとにらんで、巧みに煽《あお》ってはエヴァンズにもっとしゃべらせようとしていた――忠実な使用人。昔ながらの水兵気質。エンダビーは、どうしてエヴァンズの妻が神経過敏になっているのか気にかかったが、結局、こういう階級の人たちの疑り深い無知のせいにした。

「なあに、犯人は浮浪者にきまっていますよ。犯人を捕まえるには、新聞記事が、たいへんな役割をするんだそうですね」とエヴァンズ。

「泥棒にちがいないわ」とレベッカ。

「そうだとも、きっと泥棒ですよ。それよりほかに主人を殺そうなんて思う人間は、このエクスハンプトンには一人もおりませんからね」

エンダビーは椅子から立ち上がった。

「じゃあ、これで行かなくちゃなりません。できれば、ときどき寄っていろいろとお話ししたいものです。大佐がデイリー・ワイヤーの懸賞で新刊本を三冊も勝ち取ったとなると、その意味からもわが社で犯人を捕まえねばなりませんな」

「いや本当にいいことを言ってくださいました。まったくそのとおりでございますよ」

チャールズ・エンダビーは挨拶をすませて、エヴァンズの家から出た。

——やっぱり、犯人は浮浪者かもしれないぞ——とエンダビーは胸の中でつぶやいていた——わが友エヴァンズがやったとは思えない。きっと泥棒の仕業だ！　だが、そうなるとつまらないな。それに残念なことは、この事件に女がからまっていないことだ。一刻も早くすばらしい特ダネでもつかまないことには、この事件もつまらないままで立ち消えになってしまうだろう。つかめたらすごいぞ！　とにかく殺人事件の現場に居合わせたなんて、生まれてはじめてだからな。うまくやらなくちゃ。おい、チャールズ君、絶好のチャンスなんだぜ。しっかりしろ！　あのバーナビー少佐なら、大いに敬意を払って、ときどき〝閣下〟とでも呼んでやれば、もうこっちのものだ。少佐はインドの暴動には出陣したのかな？　いや、違う、それほど齢は食っていない。うん、そうだ、南ア戦争なら行っているぞ。一つご機嫌取りに南ア戦争のことでも訊いてやることにしよう——

エンダビーは胸の中で作戦を練りながら、スリー・クラウン館にゆっくりと戻っていった。

9　ローレル館

エクスハンプトンからエクセターまで汽車で三十分ばかりかかる。十二時五分前にナラコット警部は、ローレル館の玄関の呼鈴を鳴らしていた。

ローレル館は、表側だけでも塗り替えなければ仕方がないというほど、荒れはてた感じのする家だった。また家のまわりの庭にはぼうぼうと雑草が生い繁り、門はガタガタになっていた。

――金がないんだな、よほど生活が苦しいにちがいない――ナラコット警部は胸の中でそう思った。

警部は偏見というものにとらわれない人間だったが、大佐が彼を憎んでいる人間に殺されたと考えられるようなふしはどこにも見当たらないように思われるのだった。また一方、警部がたしかめ得た範囲では、大佐の死によって相当の金額を手に入れることのできる立場の人間が四人いる。そこで、この四人のそれぞれの動静をしらべてみなければばならないのだ。ホテルの宿帳はなかなか暗示に富んでいたが、ピアソンという名前はまた、あまりにもありふれた名前だった。ナラコット警部は結論をあせらずに、傍証を固めるあいだはできるだけ公平な心でいようと努めていた。

ベルに応じて、ちょっとだらしなさそうなメイドが出てきた。

「こんにちは、ガードナー夫人にお会いしたいのですが。夫人のお兄さんに当たる、エクスハンプトンのトリヴェリアン大佐がお亡くなりになったことで来たのです」

警部はわざとメイドに公務用の名刺を出さなかった。いままでの経験で、警察の人間であることがわかると、相手に警戒され口を閉ざされてしまうにきまっているからだ。

「夫人はお兄さんがお亡くなりになったことをご存じでしょうね？」メイドがホールに警部を案内したとき、何気なく訊いてみた。

「はい、電報で。弁護士のカークウッドさんからまいりました」

「そうですか」

メイドは彼を応接室に通した。その部屋は、ちょうど家の外側のようにきわめてお粗末なものだったが、なんとも言うに言われぬ魅惑的な雰囲気がこの部屋に漂っているのを、警部は感じとった。

「さぞかし夫人は驚かれたでしょうね」

このメイドは、そのことについてはっきりしないようだと警部は気づいた。

「はあ、でもお兄様とはあまりお会いになりませんでしたから」と答えただけだった。

「ドアを閉めて、こちらへいらっしゃい」ナラコット警部がそう言った。

警部は、メイドを驚かしてみて、その反応をたしかめてみたいと思っていた。

「その電報には、殺されたと書いてありましたか？」

「殺された！」

彼女の大きく見開かれた眼には恐怖と激しい好奇心が入りまじっていた。「奥様のお兄様が殺されたんですって？」

「そうなんです。まだご存じないと私も思っていた。カークウッドさんだって、突然そんなことを知らせて夫人を驚かせたくなかったのでしょう。それはそうと、きみの名前は？」

「ビアトリスと申します」

「じゃあビアトリスさん、今晩の夕刊にきっと出ますよ」

「まあ恐ろしい！　頭をなぐりつけられたんですの？　それともピストルかなんかで——？」

警部は事件の模様を詳しく話してメイドの好奇心を満たしてやってから、何気なくつけくわえた。「昨日の午後、夫人はエクスハンプトンに行くことになっていたと思いますが、それにしては天気がひどすぎましたね」

「さあ、あたし、そんなこと奥様から聞いておりませんけど。なにかの間違いだと思いますわ。昨日の午後は、奥様、お買物にお出かけになって、映画をご覧にいらっしゃいました」

「何時頃、お帰りになりましたか?」

「たしか六時ごろでした」

こんなふうに話はガードナー夫人のことに移っていった。

「私はこちらのお宅のことを、よく知らないのですが――ガードナー夫人は未亡人?」と何気ない調子で警部はつづける。

「いいえ、ご主人がいらっしゃいます」

「ご主人はなにをなさっているんですか?」

「なにもなさってません。ご病人ですから、なにもおできにならないんですの」ビアトリスはじっと見つめるような眼差しになって答えた。

「ご病気ですか? それはお気の毒ですね。全然知らなかった」

「お歩きになれませんの。一日中、ベッドの中にいらっしゃいますわ。ですから、この家にはいつも看護婦がおります。おなじ屋根の下で、朝から晩まで病院の看護婦なんかと一緒にいられる女の子なんて、そうざらにはいませんよ。やれ、お茶を沸かせだの、二階へ運べだのといつも注文を出すんですからねえ」

「骨の折れることですね」と警部はなぐさめるように言った。「そうですか、じゃあ、奥へ行って、エクスハンプトンのカークウッド氏のところから来たものだと夫人に伝えてくれませんか」

ビアトリスが部屋から出て行ってしばらくすると、ドアが開いて、背が高く堂々とした婦人が応接室に入ってきた。ひどく個性的な容貌で、広い額、それにこめかみのあたりは灰色がかっているが真っ黒な髪の毛を額から後ろにまっすぐになでつけている。夫人は警部を探るように見つめた。

「エクスハンプトンのカークウッドさんのところからお見えになったそうですね？」

「いいえ、メイドさんにはそう申しましたが。じつはあなたのお兄さんにあたるトリヴェリアン大佐が昨日の午後、殺害されたのです。私はこの事件の担当に当たっております、ナラコット警部というものです」

どんなことがあっても、このガードナー夫人は鉄のような神経をもっているらしい。夫人は眼を細めると、息を激しく吸いこんだ。それから警部に身ぶりで椅子を勧めると、自分も椅子に腰をおろしてから言った。

「殺害！　これはまた、なんということでしょう！　ジョーを殺そうなんて、いったいどこの誰なんです？」

「私こそ、それが知りたいのです、ガードナー夫人」

「そうですか――わたしがお役に立てばいいのですが、でもどうですか。なにしろ、この十年というもの、兄とはほとんど会ったことがございません。ですから、兄のお友だちのことやそのほかの関係のことなど、皆目見当もつきませんの」

「このようなことをお尋ねして、大変失礼なのですが、ガードナー夫人、お兄さんと仲違いでもなさったのですか？」

「いいえ、仲違いなどいたしませんわ。わたしたちの仲を説明するんでしたら〝なんとなく疎遠になった〟とでも申すのが、一番ふさわしいと思いますの。わたし、身内のことなどあまりお話ししたくないのですが――兄はわたしの結婚には反対のようでございました。だいたい兄というものは、妹の選んだ夫をめったに喜んではくれないものですけど、でもたいていは、わたしの兄のように感情に出したりはしないものです。もうご存じじゃないかと思いますが、兄という人は、伯母の遺産で大金持ちになりました。わたしとわたしの妹は、二人とも貧乏人と結婚したのです。大戦後、わたしの夫が戦争神経症がもとで陸軍から還されたとき、少しでも経済的に助けてもらえればずいぶん楽だったでしょうし、一度拒まれた高額の治療も充分に受けさせることができたのです。それで、兄にお金を貸してくれるように頼んでみたのですが、断わられてしまいました。ええ、そうですとも、兄には貸そうと思えば貸せるぐらいの余裕があったのです。ですから、それ以来というもの、ほとんど顔を合わせなくなり、文通もしなくなってしまったのです」

夫人の話は筋が通りすぎるぐらいはっきりとしていた。

——陰謀ぐらい企てられるタイプの女だな、このガードナー夫人は——警部は胸の中でそう思った。だがどういうわけか、警部には彼女の正体をはっきりとつかむことができなかった。夫人は不自然なほど落ち着き払っているし、また話しぶりも前々から用意でもしていたかのようだ。それにもう一つ気がついたことは、殺されたと聞いてあんなに驚いたくせに、兄の死んだ状況をいっこうに尋ねてみようともしないことだ。このことが、警部には変に思えてならなかった。

「エクスハンプトンの事件の模様をお聞きになりたいとは思いませんか」と尋ねてみた。

夫人は眉をひそめた。

「お聞きしなくちゃなりませんの？　兄は殺されました、でもわたしは兄が苦しまなければよかったと、ただそれだけを念じているんですの」

「苦しまれた様子はありませんでした」

「胸が痛くなるようなお話はどうかもう、なさらないでください」

どうも普通じゃないぞ——たしかに変だ、と警部はまた思った。

すると、まるで警部の心中を読んだかのように、夫人はナラコットが胸の中で思ったとおりの言葉を使った。

「ねえ、警部さん、きっとあなたはわたしの態度が普通じゃないと思っていらっしゃるんでしょう。でも——わたし、身の毛のよだつような話をずいぶん聞いてまいりましたの。夫の病気が悪くなったときなど、夫はよくそんな話を——」そう言って夫人は身を震わせた。「警部さん、あなたがわたしの置かれた状況を知ってくださったら、きっとよくおわかりになっていただけると思いますわ」

「いや、ほんとにそのとおりです、ガードナー夫人。じつはこちらにお伺いしましたのは、一、二、三、ご親戚のことについて、あなたにお尋ねしようと思ったからなのです」

「はあ？」

「つまりですね、お兄さんにはあなたのほかに、どのくらい身内の方がいらっしゃるのですか？」

「まあ近親としては、ピアソン家ぐらいのものですわ。わたしの妹のメリーの子どもたちです」

「で、その方たちは？」

「ジェイムズにシルヴィア、それにブライアンです」

「ジェイムズさんは？」

「長男です。保険会社に勤めています」

「おいくつになります？」

「二十八です」

「結婚していますか？」

「まだなんですの。でも婚約はしておりますわ、なんでもとてもすてきなお嬢さんだと聞いてますが、まだ会ったことはございませんの」

「住所はどちらです？」

「ロンドンのクロムウェル街二十一番地です」

警部は手帳に書きとめた。

「わかりました。それから？」

「こんどはシルヴィアですね。シルヴィアはマーチン・ディアリングと結婚しましたの。

ディアリングの本、あなたもお読みになったかも知れませんけど。割合いに売れてきた作家ですわ」

「よくわかりました、で、お二人の住所は?」

「ウィンブルドンのサリ通りのヌック荘です」

「お次は?」

「一番若いのがブライアンですの。でも、彼はオーストラリアにおります。住所は存じませんが、彼の兄か姉がきっと知っていると思いますわ」

「ありがとうございます、ガードナー夫人。そこで、ちょっとお尋ねいたしますが、これは形式にすぎないのですから、どうかご心配にならないでください——昨日の午後、あなたは何をなさってましたか?」

夫人はびくっとしたようだった。

「ええと——そうそう、買物にまいりましたわ、それから——映画を観て、家に帰ってきたのが六時ごろだったと思います。晩ご飯までベッドに横になっておりましたわ——映画を観たら頭が痛くなったものですから」

「いや、どうもありがとうございました」

「ほかに何か?」

「これだけでもう充分です。じゃあ、これから甥ごさんや姪の方たちにお会いしてみましょう。それから、カークウッドさんから何か通知があったかどうか存じませんが、あなたとピアソン家の三人の若い方たちはトリヴェリアン大佐の共同相続人になっております」

夫人の顔に少しずつ赤味がさしてきて、やがて真っ赤になった。

「まあ、すばらしいわ——これまで口で言えないほど、それはとても苦労したんです——いつも節約して、つつましくして、なんとかならないものかと」と静かに言った。

そのとき、男のいらだった声が階段を伝わって聞こえてきたので、夫人ははっとして椅子から立ち上がった。

「ジェニファー、ジェニファー、用があるんだ！」

「ちょっと、ごめんなさい」と言って夫人がドアを開けたとき、男の呼ぶ声がまた前よりも大きく、ますます激しくなってきた。

「ジェニファー、どこにいるんだ！　ジェニファー、用があるんだよ！」

警部はドアのところまで夫人についていって、彼女が階段を駆け上がって行く後ろ姿を見守りながらホールに立っていた。

「いま行きますわ、あなた」と夫人が大声で答えた。

階段を降りてきた看護婦が、上がっていく夫人をよけながら言った。

「早くご主人のところへいらっしゃってください。すっかり興奮していらっしゃるんです。奥様でなければとてもだめですわ」

看護婦が階段の下まで降りてきたところに、ナラコット警部はわざと立っていた。

「ちょっとお話がしたいんですが――ガードナー夫人との話が途切れたものですから――」

看護婦はさっさと応接間に入っていった。

「殺人の話で、あたしの患者さんがすっかり逆上してしまいましたの」と彼女はよく糊のきいた袖口を整えながら説明した。「ほんとにあのビアトリスときたら、ばかなんですよ。駆け上がってくるなり、みんなしゃべってしまうんですもの」

「そうですか、それは申し訳なかった――私のせいですね」

「あら、だってあなたのご存じないことですもの。仕方がありませんわ」と看護婦が愛想よく言った。

「ガードナー氏のご病気は重いんですか？」警部が尋ねた。

「不幸な病状ですわ。いわば、手の施しようがないんです。神経ショックですっかり手足の自由を失ってしまったのです。目に見えない障害なんですの」

「昨日の午後、彼はとくに緊張したとか、何かショックを受けたというようなことはありませんでしたか？」

「さあ、気がつきませんでしたわ――」看護婦はいくぶん驚いているようだった。

「昨日の午後はずうっとそばにいたんですね？」

「ええ、一緒にいたように思いますけど、でも――そうですわ、ガードナーさんは図書館で本を二冊取り換えてきてくれとあたしにさかんにおっしゃいました。奥様がお出かけになる前に頼むのをお忘れになって――で、あたし、本をもって出かけましたの。そのときいっしょに、妻にやるんだから買ってきてくれと、二、三のものをたのまれました。とてもご機嫌がよくて、お金をあげるからお茶でも飲んでこいなんてあたしにおっしゃって――看護婦というものは、とてもお茶の時間抜きじゃいられないんだから、などとご冗談をおっしゃいますんですよ。でもあたしは四時すぎまで外出しませんでした。ちょうどクリスマス前ですから、お店が混んでいて、二、三、買物を済ませてから六時にやっと戻ってまいりましたの。それでもご主人はたいそうご気分がよいらしく、事実、いままでぐっすり眠っていたとあたしにおっしゃいましたわ」

「ガードナー夫人はそれまでに帰ってきていたんですね？」

「ええ、たしか横になっていらっしゃったようですわ」

「夫人はご主人をずいぶん愛していらっしゃるようですね？」

「崇拝なさってらっしゃいますわ。あのご主人のために何かしてあげられる方は、あの方をおいてほかにはございませんわ。ほんとに感動的ですわ、とにかくあたしがこれまでに看護してきたケースとはまるっきり違うんですもの。そういえば先月なんか——」

だがナラコット警部は、まさに始まらんとする先月の物語を巧妙にかわした。彼は腕時計に目をやって、大声を上げた。

「大変だ！　汽車に遅れそうだ、駅までは遠いですか？」

「セント・デイヴィド駅でしたら、歩いて三分ですわ。それともクイン・ストリートですの？」

「駆け足だ。ガードナー夫人によろしく伝えてください、ご挨拶もしないで失礼しますと。あなたといろいろお話ができて、とても楽しかった——」

看護婦は軽く反り身になった。

——ちょっといい男だね——警部が出て行った玄関のドアを閉めながら、彼女はつぶやいた——ほんとにいい男だよ、それに思いやりがあるし——

ほっと軽い溜め息をつきながら、彼女は二階へ上がっていった——患者のところへ。

10　ピアソン家

ナラコット警部の次の行動は、上官のマックスウエル警視に報告することだった。マックスウエルはナラコットの経過報告を傾聴していた。

「どうやら大事件になりそうだな。これは新聞の大見出しになるぞ」と考えこむように言った。

「私もそう思っております」

「とにかく細心の注意を払うことだ。間違いは犯したくないからな。が、私はきみの捜査方針を正しいと思っているよ。とにかく、できるだけ早くジェイムズ・ピアソンにあたってみて、彼の昨日の午後のアリバイをたしかめてみるべきだね。もっともきみの言うとおり、ジェイムズ・ピアソンなんて、まったくありふれた名前だし、洗礼名も同じようなものだからな。もちろん、かりにジェイムズが宿帳に本名を明らさまにサインしたとなると、計画的な殺人をたくらんでいたということにはならんだろうしな。まさかジェイムズだって、それほどばかげたまねはしないだろう。まあ喧嘩でもはじめて、カッとなってやってしまったともとれる。もし泊まった男がわれわれの言うジェイムズだとすると、その晩のうちに伯父の死を耳にしたはずなのに、どうして誰にも一言も言わずに、次の朝の六時の汽車でこっそりと逃げ出すような真似をしたのか？　これはくさいぞ。とにかく話の辻褄《つじつま》が合わない。まあ、できるだけ早く解決することだな」

「私もそう考えているところなのです。とにかく、一時四十五分の汽車でロンドンに行ってみるつもりです。そのうちに、大佐の山荘を借りているウィリットという女とも話してみたいと思っています。なにかきっとあるとにらんでいるんですが。今すぐといっても、雪で道路がすっかりだめになっているので、シタフォードには行けませんし。それにどのみち、彼女は殺人に直接関与することはできません。第一、夫人もその娘も、事件が起こった時間にテーブル・ターニングなんかやって遊んでいたんですから。それにしても、ずいぶんと奇妙なことが起きたものです——」

警部はバーナビー少佐から聞いた霊魂の話などを語った。

「まさに奇っ怪な話だ」と警視も思わず洩《も》らした。「その少佐という人の話はほんとなんだろうな？　よくそういった話は、話しているうちにおまけがつくものだからな」

「いや実際のことだと私は思います」と警部はにやにや笑いながら言った。「少佐からその話を聞き出すのに、いやもうずいぶん骨を折りました。少佐は迷信家じゃありません――むしろその正反対です、ばからしいほどコチコチの老兵ですよ」

警視は、わかったというふうにうなずいた。

「なるほど、不思議な話だ。だがきみ、それじゃあどうにもならんよ」と言って話を打ち切った。

「では、一時四十五分の汽車でロンドンへまいります」

相手はうなずいた。

ロンドンに着くと、ナラコット警部はクロムウェル街二十一番地にまっすぐ向かった。ピアソン氏はオフィスに行っていて、七時ごろには帰ってくるという話だった。

ナラコットは、べつにその情報に気を留めるふうでもなく、ぞんざいにうなずいて見せた。

「そうですか、ついでがあったらまた寄ってみましょう。べつにたいした用事じゃありませんから――」そう言って、名前も告げずに足早に立ち去った。

彼は保険会社には寄らないで、ウィンブルドンにいるシルヴィア・ピアソン、つまり現在のマーチン・ディアリング夫人に会おうと思った。

目指すヌック荘は、〝人目につかない〟という意味の名に似合わず、少しも古ぼけたところがなく、ナラコット警部の観察によれば、その家は今風で、見かけ倒しの感じさえあたえた。

ディアリング夫人は在宅していた。ライラック色の服装をした、いかにも小生意気な感じのするメイドが、警部をごてごてした応接間に通した。警部は夫人にお会いしたいと言って、公務用の名刺をメイドに手渡した。

入れ違いと言っていいくらいすぐに、夫人が彼の名刺を手にしたまま入ってきた。

「お気の毒なトリヴェリアン伯父さまのことでお見えになったのでしょう」と挨拶するなり、「ほんとに驚きましたわ！　泥棒だなんて、あたし恐くて恐くて——ですから、先週からあわてて裏の戸口に二本も閂《かんぬき》をかけましたのよ、それに窓には特別製の鍵もつけて——」

シルヴィア・ディアリングは——警部がガードナー夫人から聞いた話によると——まだ二十五歳になるかならないはずなのに、三十をだいぶ越しているように見える。小柄でなかなかきれいな女だが、どことなく心身ともに疲れ果てているといった無気力な感じが漂っていた。おどおどしている彼女の声には、かすかではあるが何かを訴えようとしているひびきがこもっている。しかも警部に一言も口を入れさせないで彼女はしゃべりつづけるのだ——

「あたしでお役に立つようなことがありますなら、喜んでなんでもいたしますわ。と申しましてもトリヴェリアン伯父にはめったに会いませんでしたの。伯父はいい人だとは言えませんでした——それはたしかですの。いつもアラ探しして、批判ばかりしていて、人の面倒をみてくれるような人じゃありませんでした。それに文学の意味など全然わかろうともしません。成功、真の成功というものは、お金の量で測れるものじゃありませんわね、警部さん」

そこでやっとディアリング夫人が口をつぐんだので、代わって警部はカマをかけるように言った。

「ずいぶん早くあなたのお耳に達したのですね？　ディアリング夫人」

「ジェニファー伯母さまから電報をいただきましたの。それに夕刊にも出ていたと思いますわ。恐ろしいことですよね？」

「この数年、あなたは伯父さまにお会いにならなかったのですね」

「そう、あたしが結婚して以来、二度しか会っておりません。しかも二度目のときなんか、夫のマーチンにずいぶん無作法でしたもの。もちろん伯父ときたらいつだって、無教養まるだしの人でしたからね——ただもうスポーツにばかり熱を上げていて。いまも申し上げましたように、文学のぶの字も知らないんですもの」

夫がトリヴェリアンに借金を申し込んで断わられたのだと、ナラコット警部はこの間の事情に自分なりの解釈を下した。

「これはほんの形式に過ぎないのですが――ディアリング夫人、あなたが昨日の午後とられた行動をお聞かせいただけますか？」

「あたしの行動ですって？　奇妙なことをお聞きになるのね、警部。昨日の午後はほとんどブリッジをして遊んでおりましたわ。それからお友だちが来て、一緒に夜を過ごしましたの――夫が外出したものですから」

「外出？　ご主人はずっといらっしゃらなかったのですか？」

「文学の夕食会がございましたの」いかにももったいぶってディアリング夫人は説明した。「お昼はアメリカの出版社と、夜にはその夕食会でした」

「そうですか」

まあ、それはありそうなことだ。彼はつづけた。

「たしかあなたの弟さんは、オーストラリアにいらっしゃると聞きましたが――」

「そうですわ」

「住所をご存じですか？」

「ええ、わかりますよ、必要でしたら探してみますが。ちょっと変わった地名ですの―

―度忘れしてしまいましたわ、ニュー・サウス・ウェールズのどこだったかしら――」

「それから、あなたのお兄さまのことですが――」

「ジムですか？」

「ええ、その方にもお会いしようと思っていますが」

ディアリング夫人はすぐに住所を警部に教えてくれた――それは、ガードナー夫人が彼に教えてくれたとおりだった。

やがて、もうお互いに話すこともないと感じたので、警部は話を打ち切った。

彼は腕時計を見て、いまからロンドンに戻れば七時になっていて、家に帰ったジェイムズ・ピアソンとうまく会えるだろうと思った。

前のときと同じ、品の良い中年の女性が二十一番地のドアを開けてくれた。はい、ピアソンさんは帰っていらっしゃいます。上がって行かれるんでしたら、三階です。

警部の先に立って案内してくれた女性は、ドアをコツコツとたたくと、「男の方がご面会です」と申し訳なさそうな低い声で告げると、身を引いて警部を通した。

夜会服を身につけた若い男が部屋の中央に立っていた。なかなかの好男子で、まあ弱々しい口もとと優柔不断そうな目つきさえ気にかけなかったら、ほんとに美青年と言っていいくらいだった。ひどく憔悴して心配そうな感じで、近頃は夜もろくろく眠れないといった様子だった。

彼は警部のほうを物問いたげに眺めていた。

「私はナラコット警部です」警部はそう言ったきま、あとは黙っていた。

すると、その若い男はしわがれた声を発したかと思うと椅子に身を投げて、テーブルに両腕を投げ出し、その中に頭をうずめたまま、ぶつぶつつぶやいた――

「ああ、もうだめだ……」

やがてしばらくすると、彼は頭をもたげて言った。「さあ、さっさとはじめたらどうですか？」

ナラコット警部はとてもぼんやりとして、愚かしいような様子を見せていた。

「私はあなたの伯父のトリヴェリアン大佐の殺害事件を捜査しているのです。それであなたにいろいろとお尋ねしたいことがあるのですが――」

若い男はゆっくりと立ち上がると、低いけれども張りつめた声で言った。

「逮捕するんですね――ぼくを？」

「いや、そうではありません。逮捕するんだったら、例の警告を与えていますよ。単に、昨日の午後のあなたの行動をお尋ねしたいだけです。お答えになるもならないもあなたの自由ですが――」

「もし答えなかったら――そうだ、もう答える必要はないんですよね。ぼくはちゃんと知っていますよ、あなたがとっくに昨日のぼくのことを調べたぐらいのことは――」

「あなたは宿帳にサインをしていますね、ピアソンさん」

「ええ、べつにそれを否定する必要もありませんね。ぼくはあそこにいましたよ――それがなぜいけないんです？」

「なぜあそこに？」警部は穏やかに尋ねた。

「伯父に会いに行ったまでですよ」

「約束があったのですか？」

「約束って、なんのことです？」

「伯父さんはあなたが来ることを知っていたんですか？」

「いや――知らなかったはずです。突然会いたくなったものですから」

「理由はなかったのですか？」

「理由？　そんなものはありませんよ。ただ伯父に会いたくなったんですから」

「なるほど、で、伯父さんには会いましたか？」

答えがなかった――長いあいだ黙りこんだままだった。若い男の顔には躊躇《ちゅうちょ》の色がありありと浮かんでいた。ナラコット警部は彼の様子を見守りながら、同情の念を禁じえなかった。いかにも言いしぶっている様子が、とりもなおさず事実を告白していることになるということが、この青年にはわからないのだろうか？

とうとうジェイムズ・ピアソンは大きく息を吸いこんだ。「ぼく、ありのままを全部お話ししたほうがいいと思います。ええ、ぼく、伯父に会いました。どうしたらシタフォードに行けるか駅で訊いてみたのです。そしたら、道が悪くて車も通れない、行くなんてまったく不可能だと言われました。とにかく急を要するんだからとぼくが言いますと――」

「急を要する？」警部がつぶやいた。

「そうなんです、一刻も早く伯父に会いたかったのです」

「なるほど」

「それでもポーターは首を横に振って、不可能だと言いつづけていたのですが、伯父の名前をぼくが言うと、ポーターはすぐに思い直して、伯父がエクスハンプトンに住んでいることや伯父が借りている家の詳しい道順まで教えてくれたのです」

「で、それは何時ごろでした？」

「一時ごろだったと思います。それからぼくは旅館に行きました――スリー・クラウン館です。そこで部屋をとって昼食を済ませたのです。それから――ぼく、伯父に会いに出掛けました」

「食事を済ませてからすぐにですか？」

「いや、ええと――すぐではありません」

「何時ごろでした？」

「そうですね――はっきりしたことは申せませんが」

「三時半？　それとも四時？　四時半ですか」

「ぼくは――ぼくは――」彼は前よりもいっそう口ごもった。「ええと――それほど遅くはないと思います」

「旅館のおかみさんのベリング夫人は、あなたが四時半に出て行ったと言っていますよ」

「ぼくがですか？　彼女は間違っていると思いますよ。そんなに遅くはなかったはずです」

「それからどうしました？」

「伯父の家を見つけて、話をしてから宿に戻ってきたのです」

「どうやって伯父さんの家に入りました？」

「ベルを鳴らしたら、伯父が自分でドアを開けてくれたのです」

「伯父さん、あなたを見て驚きませんでしたか？」

「ええ、そうです、ちょっと驚いたようでした」

「で、どのくらいのあいだ、伯父さんと話していたのです、ピアソンさん？」

「十五分か――二十分ぐらいですね。でも伯父はぼくが家を出るときにはピンピンしていたんです。申し分なく伯父は元気だったんですよ、ぼく、誓います」

「何時ごろ、伯父さんの家を出たのです？」

若い男は眼を伏せた。また前のように彼は躊躇しはじめた。「――はっきりと覚えていないのです」

「私はあなたが覚えているとにらんでいるのですが――ピアソンさん」

警部のきっぱりとした口調が功を奏して、ピアソンはかすかな声で答えた。

「五時十五分でした」

「だが、あなたは五時四十五分にスリー・クラウン館に帰ってきています。伯父さんの家から歩いてきたとしても、せいぜい七、八分もあれば充分じゃありませんか、どうです？」

「まっすぐ帰りませんでした。町の中をぶらぶらしていたんです」

「あの寒い最中に――しかも雪の中をですか？」

「でも、そのとき雪は降っていませんでした。それからしばらくたって雪が降りだしたのです」

「そうですか。それで、伯父さんとはどんなお話をしたのです？」

「いいえ、べつにこれといったことは。ぼく――ただ年長の男性と話がしたかっただけ
なんです、訪ねて行って。そういうことなんですよ」

――ふん、つまらん嘘をつくな、おれのほうがまだおまえよりは上手だぞ――ナラコ
ット警部は胸の中でそうつぶやくと、はっきりと口に出して言った。

「そうですか、結構です。ところで、もう一つお尋ねしたいことがあるんですが――な
ぜ、あなたは伯父さんの殺されたことを聞きながら、伯父さんとあなたの関係を明らか
にしないままで、エクスハンプトンを離れたのです？」

「恐かったんです、ちょうどぼくが伯父と別れた時間に殺されたなんて聞いたものです
から――誰だって恐くなるでしょう、そんなことを聞かされたら、そうじゃないです
か？　で、朝一番の汽車で逃げ出したのです。ねえ、警部さん、ほんとにぼくはばかな
真似をしたものです。でもあなたにならわかっていただけると思います、あんな場合、
誰だってあわててしまいますからね」

「それだけなのですね、あなたの言いたいことは？」

「ええ——もちろんそうです」

「じゃあ、あなたに異議はないと思いますが、私と署まで同行してください。あなたの陳述を筆記させて、それを読ませますから、そのあとで署名してください」

「それだけでいいんですか?」

「もしかしたらピアソンさん、検死審問が済むまで、あなたを勾留することになるかもわかりませんね」

「なんですって! ああ!」ジム・ピアソンが言った。「だれもぼくを助けてくれないのか?」

ちょうどそのとき、ドアが開いて、若い女が部屋の中に入ってきた。

彼女は、ナラコット警部が一目で見てとってしまったように、じつにすばらしい女性だった。際立った美人ではなかったが、一度見たら忘れることのできないような、著しく個性美に溢《あふ》れている顔だった。その上、良識的で機転がきき、不屈の意志と人を魅了せずにはおかぬ雰囲気が彼女には漂っていた。

「まあ! ジム、いったいどうしたの?」彼女は声を張り上げた。

「なにもかもおしまいだよ、エミリー。ぼくが伯父を殺したものと決めているんだ」

「誰がそんなことを?」エミリーが尋ねた。

若い男はジェスチュアで訪問者を指し示した。「こちら、ナラコット警部」と言い、さらに、憂鬱さを添えるようにして紹介した。「こちらはエミリー・トレファシス嬢です」

「まあ！」とエミリーは鋭い淡褐色の眼でナラコット警部を見つめながら言った。「ジムはおばかさんかもしれませんが、人殺しをするような人じゃありませんわ」

警部は一言もそれに答えなかった。

「あたし、思うんだけど――」そう言ってエミリーはジムのほうを向いた。「あなたはきっと、ばかなことをしゃべったのね。新聞でも読んでいたら、あなただってもっとうまくしゃべれたでしょうに。ジム、あなたも知ってるでしょう。横にしっかりした弁護士を坐らせて、すべての質問に異議をさしはさませでもしないかぎり、警官にはひとこともしゃべっちゃいけないのに、弁護士もいないところでしゃべるなんて。いったいどうしたんです？　ジムを逮捕なさいますの、ナラコット警部？」

ナラコット警部は、ジムがとった行動を正確に、専門語を使って明快に説明した。

「エミリー、ぼくがやったなんて、きみは信じやしないよね？」とジムが叫んだ。

「とんでもない、このあたしが信じるものですか」エミリーは心をこめて答えた。そして彼女は、静かな祈るような口調でつけくわえた。「あなたにそんな大それたことはできないわ」

「ぼくにはこの世に一人だって味方がいないように思えるんだ」とジムがうめいた。

「いいえ違う、あたしがいるじゃないの。さあ元気を出してちょうだい、ジム。あたしの左の薬指にダイヤモンドが光っているのが見えない？　あなたの忠実なフィアンセがいるのよ。さあ警部さんと一緒に行ってらっしゃい。あとは万事あたしが引き受けるから」

ジム・ピアソンは立ち上がったが、まだ呆然とした表情だった。彼は椅子に投げかけてあったコートを身にまとった。ナラコット警部はそばの書き物机の上に置いてあるジムの帽子を彼に手渡した。警部とジムはドアのほうに歩いていった。警部がていねいに挨拶をした。

「おやすみなさい、トレファシスさん」

「またお目にかかりますわ、警部さん」エミリーも優しくそれに答えた。

だが、ナラコット警部がもっとエミリーという女性を理解していたなら、何気ない彼女の言葉の中に挑戦の響きを聞きとったはずなのだが——

11 エミリー、仕事にとりかかる

トリヴェリアン大佐の検死審問は月曜日の朝に行なわれた。センセーションという点から言えば、これはまったく関心をそぐ出来事だった。というのも、開廷早々一週間先に延期されてしまったので、多くの人たちがすっかり落胆してしまったからである。土曜日から月曜日にかけて、エクスハンプトンは話題の的になっていた。殺された大佐の甥が容疑者として勾留されたというニュースは、この事件を各新聞のほんの小記事から一躍トップを飾る大見出しにまでしてしまっていた。月曜日には新聞記者たちが大挙してエクスハンプトンに乗り込んできた。中でもチャールズ・エンダビーは、〝フットボール競技会懸賞〟で思いがけない幸運なチャンスをものにして、ほかの記者連中よりも有利な地位を占めたことに得意になっていた。

そして記者気質というやつで、まるで蛭《ひる》のようにバーナビー少佐に食い下がっていっては、少佐のコテージの写真を撮るからという口実で、シタフォード荘に住んでいる人たちや、トリヴェリアン大佐と彼らとの関係を聞き込んで、独占記事にしてやろうと狙っていた。

ところでランチタイムに、ドアの近くの小さなテーブルに腰をおろした魅力的な女性を、エンダビーが見逃すはずがなかった。この女性はエクスハンプトンでいったい何をしているのか、エンダビーにも見当がつかなかった。控えめなのに刺激的なスタイルの服装を上手に着こなしているこの女性は、大佐の親戚とも思われず、ましてやもの好きな弥次馬だとは、とても考えられなかった。

――どのぐらいこの女は滞在しているつもりかな？　チェッ！　今日の午後はシタフォードまで行かなくちゃならないし、ええいちくしょう！　二兎を追うものは一兎をも得ずだ――エンダビーは胸の中でこんなことをつぶやいていた。

しかし昼食が終わって間もなく、エンダビーは思いがけないことに出くわした。彼がスリー・クラウン館の階段で立ち止まって、どんどんとけていく雪を眺めながら、冬の日の鈍い陽射しを楽しんでいると、すばらしくチャーミングな声で呼びかけられて、ふと我に返ったのだった。

「あの――失礼ですが、このエクスハンプトンで何か見物するようなものはございますかしら？」

チャールズ・エンダビーは、即座に臨機応変に対応した。

「たしか、お城がありますよ。たいしたものじゃないが、とにかく、あるにはありますよ。よろしかったら私がご案内しましょう」

「まあ！　ほんとにご親切に。お忙しくなかったら、ぜひ――」

エンダビーはあっさりと仕事を放棄した。

二人はそろって外に出た。

「エンダビーさんとおっしゃるんでしょう？」と若い女が言った。

「ええ、どうしてご存じなのです？」

「ベリング夫人が、あたしに教えてくれましたの」

「そうですか」

「あたし、エミリー・トレファシスと申します。あの――じつはあなたに助けていただきたいんです」

「あなたを助ける？　もちろんです――しかし」

「あたし、ジム・ピアソンのフィアンセですの」

「本当ですか！」エンダビーは記者特有の物になりそうだぞという興奮にかられて思わず叫んだ。

「警察ではジムを犯人として逮捕しようとしていますの。でもエンダビーさん、あたしがよく知っていいますわ、ジムが人を殺すような真似をしないことは——あたしはそれを証明しようと思ってエクスハンプトンまで来たのです。でも、誰かに助けていただかねばなりません。男の力がなければ何もできませんもの。だって男の方たちは、女にはとてもできないような方法で情報を集めたりすることができるんですものね」

「そうですね——たしかにそのとおりですよ」エンダビーは得意満面になって答えた。

「あたし今朝、いろいろな新聞記者の方とお会いしてみたんですけれど、みんな、どこか抜けているような顔をしてると思いましたの。でも、あの人たちと違って、あなたならほんとに頭のよさそうな方だと、あたし眼をつけましたのよ」

「これは、これは——どうもぼくにはとてもそうは思えませんけど」とエンダビーは言うものの、ますます悦に入っている様子だった。

「で、あなたにお願いしたいことは、あたしと一種のパートナーシップを組んでいただきたいんです。そうすれば、あなたにとっても、あたしにとっても、都合がいいと思うんです。あたしは犯人を見つけ出してやりたいの。あなたのような、根っからのジャーナリストにお力になっていただければ、あたし、とても助かりますの。それに——」

エミリーはそこで言葉を切った。彼女が心から願っていることは、エンダビーが自分のために私立探偵のような役目を引き受けてくれることだった。行って欲しいと彼女が言う場所へ行き、聞き出したいと思っていることを尋ねてくれる、いわば自分の手足になってもらいたかったのだ。しかしそのためには、エミリーは相手をなだめたりすかしたりしながら、自分の目的を暗にほのめかす必要があるぐらいのことは心得ていた。エミリーがエンダビーのボスになることが肝心だったが、そのためには如才なく振る舞う必要があった――

「あたし、あなただけが頼りなんです」

彼女の声ときたら愛らしく、なめらかで、魅力的だった。そのため、エミリーがまだおしまいまで言い切らないうちに、エンダビーの胸の中には、この美しい無力の娘は窮地に陥って、自分を頼りきっているのだという感情が湧き上がってきたのだった。

「ほんとにご心配でしょうね」エンダビーはそう言いながら、彼女の手をとって、情熱をこめて握りしめた。

「でもご存じのように」と彼は新聞記者らしい態度でつづけた。「ぼくの時間というのは、ぜんぶがぜんぶぼくのものではないのです。つまり、社から派遣されている身ですから、行くところには行かなきゃならないし――」

「わかりますわ。ですから、あたしもそのことは考えていますの。ねえ、いいこと、あなた方がよく言う〝特ダネ〟ね、それはつまりあたしのことじゃなくて？　あなただったら、毎日、このあたしにインタヴューができるわ。それに読者の喜びそうなことを、あたしにしゃべらせることだってできるじゃありませんか。ジム・ピアソンのフィアンセ――彼の無実を心から信じる女――彼女が語るジムの少年時代の回想録――いかが？　ジムの少年時代のことなんか、あたし知らないのよ、だけどそんなこと、問題じゃありませんわ」

「いや、すばらしい！　あなたって、じつにすばらしいですね」とエンダビー。

「それにあたし」とエミリーは、有利な地歩を押し進めながら言った。「ごく自然にジムの親戚の人たちとお近づきになろうと思いますの。そうすれば、あなたをあたしのお友だちだと言って、お連れできるもの。ほかの方法では、行っても締め出しを食らうに決まってるわ」

「こんなすばらしいことに、ぼくは気がつきませんでしたよ」とエンダビーは言った。いままでさんざん拒絶されてきたのを思い出しながら。

　輝かしい前途が彼の前に開けてきたようだった。なにからなにまで幸運に見舞われどおしだ。はじめは〝フットボール競技大会懸賞〟のラッキー・チャンスがあったかと思うと、こんどはこれだ。

「よろしい、これで決まりだ」エンダビーは熱心に言った。

「ありがとう！　じゃあ、何からはじめましょうか？」エミリーはすっかり元気づいて、てきぱきと事務的な口調になった。

「ぼくは午後、シタフォードまで行ってきます」

彼は、バーナビー少佐とのことで、偶然のことから思わぬ有利な立場を得た、あの幸運ないきさつについて話して聞かせた。「だって考えてもごらんなさい。彼は新聞記者ときたらまるで毒虫かなんぞのように毛嫌いする老いぼれなんですよ。だけど、なんといったって、たった今、自分に五千ポンドくれたばかりの男に、そっけなくするわけにはいきませんからね」

「そうね。いくらなんだって、それは具合が悪いわね——じゃあ、シタフォードにいらっしゃるんなら、あたしもご一緒にまいりますわ」

「そいつはすてきだ！　でも泊まれるところがあるかなあ？　ぼくが知っているかぎりでは、シタフォード荘と、バーナビー少佐のような人が住んでいる古いコテージが少しあるだけなんですよ」

「でもなんとかなるでしょう。あたし、いつだってなんとかするんですの」とエミリーが言った。

エミリーのそんな言葉にも、エンダビーは信頼がもてた。まったく彼女はどんな障害だろうが、ゆうゆうと飛び越えてしまうといった性格の持ち主なのだ。

二人は古城に着いた。しかしべつにとりたてて観る気も起こらなかったので、薄日の射している城壁のところに腰をおろした。エミリーは自分の考えをしゃべりつづけていた。

「どんなことがあっても感情的にならずに、ビジネスライクに、この事件をあたしは調べていきたいの。それでね、まずはじめに、ジムが人を殺すようなことはしないという、あたしの言葉を信じていただきたいの。それは、あたしがジムを愛しているからとか、ジムのすばらしい性格を信じているからとか、そういった簡単な理由からじゃないのよ。つまり――そう――よく知っているからなのよ。あたし、十六のときから自分なりにちゃんと暮らしてまいりました。女の方とはあまりお付き合いしなかったものですから、女性のことはあんまり知らないんです。でも男の方のことだったら相当詳しく知っているつもりなのよ。それに、男性と交際して、そのひとを正確に見抜いて扱えないような女の子は、もうこれからは暮らしてゆけないわ。あたしは、これでもちゃんとやってきているのよ。あたし、ルーシーズでファッションモデルもやりました。だから、あなたにきっぱりと申せます、エンダビーさん、こういう結論に達することができたのも、一つの技量じゃないかしら。

でね、いまも言ったように、あたしには男の人をちゃんと見抜く眼があるのよ。まあ、あらゆる点から考えて、ジムという人には性格的に弱いところがあると思うけど」一瞬エミリーは、強い男の礼讃者であるという自分の役割を忘れてしまっていた。「でも、あの人を好きなのは、その弱さのせいじゃないんです。あの人になにかやらせて、きっと一人前にしてみせることができると信じているのよ。いろいろありますわ——そうよ、悪いことだって、人に尻押しされればやりかねないわ——でも人殺しだけはないわ！あの人には、サンド・バッグを拾い上げて、老人の背後から頭を殴りつけるなんて、とてもできやしないわよ。たとえジムがそんなばかな真似をしたとしても、殴りそこなうのが関の山ですわ。エンダビーさん、ジムは、ほんとにやさしい人間なのよ。蜂だって殺せない人なんだわ。殺すどころか窓から逃がしてやろうとして、いつも刺されたりしているくらいですもの。でも、こんなこと、いくらしゃべってもむだですわね。エンダビーさん、あたしの言葉を信じて、ジムが無実だという仮定からあなたに着手していただきたいの」

「じゃあ、あなたは、誰かがジムに罪をなすりつけようとして、たくらんだ仕業だと言うんですね？」とチャールズ・エンダビーはいかにも新聞記者らしい態度で訊いた。

「いいえ、あたしはそうは思わないの。だって、ジムが伯父さんに会いに来るなんて、誰も知らなかったじゃないの。そりゃあたしだって、はっきりしたことはわかりませんけれど、あたしはたまたま偶然の一致でジムはほんとに運が悪かっただけだとにらんでいるのよ。ですから、まず誰がトリヴェリアン大佐を殺す動機をもっているか、それを発見しなければなりませんわ。警察でさえ、〝外部の人間の仕業じゃない〟とにらんでいるくらいですもの。つまりね、強盗の犯行じゃないというのよ。ガラス・ドアが壊れていたのは、あれはトリックなんだわ」

「警察は、そんなことをみんなあなたにしゃべったんですか？」

「事実上」

「事実上って、いったいどういう意味なんです？」

「旅館のメイドから聞いたのよ、メイドのお姉さんがグレイブズ巡査のところへお嫁にいっているので、メイドさん、警察のことならなんでも知っているの」

「そうなんですか。外部の人間の仕業でないとすると――内部の人間の仕業ということになりますね」

「そのとおりなの。警察、というよりも、担当のナラコット警部――この人は、とてもしっかりした人だとあたしは思っているんだけど――その警部がトリヴェリアン大佐が死ぬと利益にあずかる人たちを調べはじめたの、ところがジムのところに来るとどうでしょう、まるで一目瞭然だと言わんばかりに、ほかのいろいろなことを調べようともしなくなったじゃないの。それならいいわ、あたしたちがやるから」

「そうですとも、もしあなたとぼくで真犯人を発見したら、それこそすごい特ダネになりますよ。さしあたり、ぼくなんか、デイリー・ワイヤー紙の犯罪問題エキスパートなんて書かれますよ。でも、あんまり話がうますぎるかな」彼は元気なくつけくわえた。

「とても探偵小説みたいには行きませんよ」

「ばかね。きっとそうなるわ」とエミリー。

「いや、あなたにはカブトを脱ぎますよ」とエンダビー。

エミリーは小さな手帳をとりだした。

「さあ、頭をきちんと整理してみましょう。ジム本人と弟と妹、それにジムの伯母さんにあたるジェニファーは、大佐の死によってそれぞれ利益にあずかる人たちよ。むろんシルヴィアは――ジムの妹のことよ――虫も殺せないような女《ひと》だけど、シルヴィアの夫は見逃せないわ。獣のような感じのするいやな男なのよ。芸術家気どりのやつなんて、よく女のことでもめたりするものだけど、そんな感じの男なのよ。それにいつもお金がなくてピイピイしているらしいわ。遺産はシルヴィアのものになるんですけど、そんなことはあの男の眼中にはないわ、きっとまたたく間にシルヴィアの手から巻き上げてしまうでしょうからね」

「じつに不愉快な男らしいですね」とエンダビー。

「ほんとにそうなのよ！　厚かましくて、ちょっとカッコがいい男なものだから、彼と隅でこそこそとセックスの話までする女もいるんですよ。でもきちんとした男の人たちは、みんな彼を嫌っていますわ」

「なるほど、容疑者第一号というところですね」そう言うと、エンダビーも手帳に書き込んだ。「金曜日の彼の行動を調べましょう――流行作家に犯罪に関したインタヴューをするふりをすれば、簡単でしょう――それでいいですね？」

「名案ね。それからジムの弟のブライアン。彼はオーストラリアにいることになっていますけど、とっくに帰ってきているかもしれませんわ。黙ってなんでもする人がいますからね」

「海外電報を打ってみましょうか」

「そうしましょう。それからジムの伯母さんのジェニファー、この人は関係ないと思うの。あたしの聞いたところによると、なかなかすばらしい人らしいの。ただ変わっているのよ。だけど、なにしろ伯母さんはわりあい近くに住んでいるんです。それもエクセターなのよ。もしかして大佐に会いに来て、尊敬している夫の悪口でも言われ、思わずカッと逆上して、サンド・バッグを振り上げて一撃のもとに兄さんを殴り殺すぐらいのことはしたかもわからないわ」

「ほんとにそう思うんですか？」といぶかしげにエンダビー。

「いいえ、冗談よ。でも、これぱかりはなんとも言えないわね。それから使用人のエヴァンズがいますわね。遺書でほんの百ポンドもらって、すっかり満足しているらしいけど。でも、これだって、ほんとにそうなのかわからないでしょ。彼の奥さんというのは、ベリング夫人の姪なの。ほら、ベリング夫人って、スリー・クラウン館のおかみさんのことよ。今日帰ったら、あたし、あの人の肩に頭をのせてさめざめと泣くわ。あのおかみさん、母性的でロマンチックな女《ひと》じゃない？　だから恋人が刑務所に送られてしまうかもしれないようなあたしの身の上に、とっても同情してくれると思うの。そうしたら、あの人の口から、なにか役に立つことが聞き出せるかもしれないわ——そうそう、問題はシタフォード荘よ。なにが怪しいかわかります？」

「なんです？」

「あそこの人たちよ、ウィリットさん母娘《おやこ》。冬の真っ最中にトリヴェリアン大佐の山荘を借りて、内装をしつらえた人たちのことよ。やることがとても変じゃありませんか」

「そうですね、たしかに変だ。その裏には何かありそうですね――なにか大佐の過去にからんでいる問題でも。それに降霊術の一件も腑に落ちないな。ぼくは新聞に書いてみようかと思っているんですよ。オリヴァー・ロッジやアーサー・コナン・ドイル、それに二、三人の女優なんかから意見を集めてね」

「降霊術の件ってなあに？」

エンダビーはすっかり夢中になってエミリーにその話を詳しく聞かせた。この殺人事件については、彼はなに一つとして聞いていないことはなかった。

「ね、ほんとに妙な話でしょう？　とにかくまあ、いろいろと考えてみてくださいよ。なにかあるかもしれませんよ。こんな実例にぶつかったのは生まれてはじめてなんですから」

エミリーはかすかに身体を震《ふる》わせた。「あたし、超自然的なことなんて、まっぴらだわ。だけど、この話だけには、あなたのおっしゃるように、なにかあるような気がするの――ああ、でもほんとにぞっとするわ！」

「降霊会だなんて、どうも眉唾《まゆつば》ものですよ。だって、大佐が自分は死んだと告げられるくらいなら、なぜ殺した人間の名前を告げることができないんです？　簡単なはずなんだが――」

「あたし、シタフォード荘にきっと手がかりがあると思うわ」エミリーは考え深げにそうつぶやいた。

「そうですね、とにかくあそこを徹底的に調べてみる必要がありますよ。じゃあ、ぼくは車を借りてきて、三十分ばかりのうちに出発します。あなたも一緒に行ったほうがいいでしょう」

「ええ、そうしますわ。で、バーナビー少佐はどうなさるの？」

「あの人はテクテクと歩いて行くんだそうです。検死審問が終わるとすぐに出かけましたよ。それに、少佐はぼくと道づれになるのを嫌がっていましたからね。また、なんだってこんな雪どけの道を、歩いて行く気になんかなれるんでしょうね！」

「車で上まで登れますかしら？」

「大丈夫ですとも！　最初の日も車で通れましたよ」

エミリーは立ち上がりながら言った。「それまでにスリー・クラウン館に戻って荷造りしておきますわ、それからちょっと、ベリング夫人の肩を借りてお涙ちょうだいの一幕を演じてきますからね」

「心配することはないですよ、ぼくにまかせておきなさい」とエンダビーがひとりよがりの愚かな顔で言うと、

「ほんとにお願いしますわ。心から頼りになる方ができて、あたし、嬉しいわ」と、エミリーはまったく心にもない嘘をついた。

エミリー・トレファシスという娘は、なんともあっぱれだ。

12　逮捕

スリー・クラウン館に戻ると、エミリーは運良く玄関に立っていたベリング夫人のもとに、まっすぐ走り寄った。

「ああ、ベリングさん、あたし出発するわ、今日の午後――」

「まあお嬢さん、四時十分のエクセター行きの汽車でございますか？」

「違うの、シタフォードへ行くんです」

「シタフォードへ？」

ベリング夫人は顔に強い好奇の色を浮かべた。

「そうなの、それでお尋ねしたいんですが、シタフォードにあたしの泊まれるようなところ、ご存じないかしら？」

「お泊まりになりたいんですって？」

ベリング夫人の好奇心はますます煽られていった。

「そうなの。あ、それから、ちょっと個人的にお話ししたいことがあるんですけど——いいかしら?」

ベリング夫人は快く自分の私室にエミリーを案内した。そこは火がパチパチと燃えさかっている、こぢんまりとした気持ちのいい部屋だった。

「内緒にしておいてくださいね」相手の興味と同情をそそるには、この手が一番であることを計算しながら、エミリーは話しはじめた。

「ええ、もちろんですわ。お嬢さん、あたしは決して口外なんぞいたしませんよ」ベリング夫人は、黒い瞳を好奇心できらきら輝かせながら言った。

「あの——ピアソンという人、ご存じですわね」

「金曜日にここへお泊まりになった若い男の方でしょう? なんでも警察に逮捕されたとか——」

「逮捕ですって? ほんとに逮捕されたんですか?」

「そうなんですよ、お嬢さん。まだ三十分も経っていませんよ——」

エミリーはすっかり色を失ってしまった。

「それ——ほんとなんですか?」

「ほんとうですとも。うちのエイミーが部長刑事から聞いてきたんですよ」

「ひどすぎるわ！」エミリーは覚悟はしていたものの、やっぱり心の底から驚いてしまった。「ベリングさん、あたし、あたし彼と婚約してるんです。あの人が大佐を殺したりするものですか——ああ、ほんとに、どうしたらいいでしょう！」

エミリーは声をあげて泣きはじめた。ついさっき、彼女はこの計画をチャールズ・エンダビーに話したばかりだった。なのにいまは、なんとすなおに涙が溢れ出ることだろう！　わざと泣いてみせるということは、なまやさしいことじゃない。だが、この涙には実感がこもっていた。彼女は恐ろしかった。いま、くじけちゃいけない。それでは、決してジムのためになりはしない。この勝負に勝つためには、強い意志を持って、あくまで論理的で、明晰であることが必要なのに。めそめそ泣くことが、だれかのためになることは決してないんだから。

とはいうものの、こうして感情を解放するのも、一つの慰めにはなった。いずれにしろ、計画どおりにいったのだから。この際、心ゆくまで泣いていよう。涙は、夫人の同情と助力を保証してくれるだろう。だから、泣きたいと思うあいだは、思いきり泣いていけない理由はないじゃない？　それに、あらゆる心配や疑い、それに言いしれぬ恐怖なども、すっかりぬぐい去ってくれるかもしれないのだから。

「さあさ、お嬢さん、さあ、もう泣かないで——」

ベリング夫人は母親のような大きな腕でエミリーの肩をやさしく抱くと、慰めるように軽くたたいた。

「そうですとも、あたしもはじめっから、犯人はあの方じゃないと言っていたんですよ。ほんとにいい方ですもの。警察なんて、ばかばっかりそろっているんだと、ついさっきも言ってたばかりなんですよ。かっぱらいの浮浪者がやったに決ってますよ。さあ、お嬢さん、そんなにくよくよなさってはいけません。きっとなにもかもうまく行くときがきますからね――」

「あたし、あの人が好きで好きでたまらないのよ」エミリーは泣きじゃくった。

いとしいジム、やさしい、少年のようにか弱く頼りないジム！　ヘマだけはまずいときに間違いなくちゃんとやるんだけど――そんなジムが、いったいどうやってあの頑固一徹のナラコット警部に対抗してゆけるだろうか？

「あたしたち、どうしてもあの人を救わなくちゃ――」エミリーはいっそう泣きじゃくった。

「そうですとも、そうですとも。あたしたちであの方をお救いしなくちゃなりませんわ」ベリング夫人は一生懸命にエミリーを慰めた。

　エミリーは元気に眼をしばたたき、最後にしゃくりあげて大きく息を呑みこむと、頭を持ち上げながら、きっぱりとした口調で尋ねた。

「シタフォードでは、どこで泊まれるかしら？」

「シタフォードで？　ほんとうにあそこにいらっしゃるつもりなんですか？」

「ええ」エミリーは大きくうなずいてみせた。

「そうですねえ——」ベリング夫人はしばらく考えこんでいた。「お泊まりになるんだったら、一カ所しかございませんわね。なにしろシタフォードにはあまりありませんから。あのトリヴェリアン大佐がお建てになった大きな山荘がございますわ。いま、南アフリカから来たご婦人にお貸ししてありますけれど。それから、やっぱり大佐がお建てになった六つのコテージのうちの、五号のコテージには山荘の庭師をしているカーティスさん夫婦が住んでいますわ。毎年夏になると、カーティス夫人はそこで間貸しをしていますよ。大佐はそうするのを許していましたのでね。そのほかにお泊まりになれるようなところはございませんよ、それはたしかです。ほかには鍛冶屋の一家と郵便局がありますけれど、メアリー・ヒバートは六人の子持ちで、義理の妹さんが一緒に住んでいるし、鍛冶屋のおかみさんには近く八人目の赤ちゃんが生まれる予定ですからね、どう考えても両方ともいっぱいでございますよ。ですけど、シタフォードまでどうやっていらっしゃるおつもりですの？　車でも借りるんですか？」

「ええ、エンダビーさんと相乗りで行くつもりです」

「じゃあ、エンダビーさんも滞在なさるのかしら？」

「あの人もカーティスさんのところへ泊まることになると思いますわ。二人分のお部屋あるかしら？」

「さあ、あなたのようなお若い女《ひと》がそんなことをしていいのかどうか——」ベリング夫人が言った。

「エンダビーさんは、あたしの従兄《いとこ》なのよ」エミリーが言った。

彼女は、ベリング夫人の心に訴えるには、なにをおいてもまず男女間のけじめをわきまえておくことが必要だと感じていた。

はたして、夫人の表情が少し明るくなった。

「そうでございましたか、それならよろしいんですが。それにカーティスさんのところが居心地悪ければ、山荘のほうへ案内してくれるかもしれませんわね」としぶしぶ言った。

「ごめんなさい。あたし、すっかり取り乱したりしてしまって……」エミリーはもう一度、目頭を拭きながら言った。

「あたりまえのことですよ、お嬢さん。さあ、これで気分もよくおなりでしょう」

「ええ」とエミリーはすなおに言った。「あたし、少し元気が出てきました」

「たっぷり泣いて、おいしいお茶を飲むこと——これにまさるものはありませんよ！ お茶も、いますぐ用意しますからね。これからまた、寒いドライブにお出かけなんですから」

「ありがとうございます。でもいまは、あんまりいただきたくありませんの」

「ほしいかほしくないか、そんなことは問題じゃありません。ちゃんと召し上がっていただきますよ、お嬢さん」と決めつけるように言うと、ベリング夫人は立ち上がってドアのほうへ歩いていった。「それにアメリア・カーティスに、あたしの紹介で来たのだとおっしゃれば、いろいろとあなたのお世話もしてくれますし、おいしいお料理も作ってくれると思いますわ。それに気がねもいりませんし——」

「ご親切にありがとう」

「あたしもここで、できるだけ人の噂話に気をつけておきますからね」と好奇心でうずうずしているベリング夫人は、エミリーの恋物語に一役買って出た。「些細なことで、警察まで届かないような話がずいぶんたくさん耳に入りますからね。そうしたら、さっそくお嬢さんにお知らせしますよ」

「まあ、ほんとにそうしてくださる？」

「そういたしますとも！　ご心配はいりませんよ、お嬢さん、わたしたちの手ですぐにでもお嬢さんの恋人を救い出してあげますからね」

「じゃあたし、荷造りしなくちゃなりませんから」とエミリーは椅子から立ち上がった。

「お茶はいますぐお持ちするようにいたしますから」とベリング夫人。

エミリーは二階へ上がってスーツケースに身のまわりのものを詰めこむと、冷たい水で目を拭いて、たっぷりと白粉《おしろい》をはたいた。

「すごい顔になっちゃったわ」エミリーは鏡に映している自分の顔に話しかけながら、白粉をもっとつけ、口紅を塗った。

「不思議だわ、気分がずっとよくなった。顔が腫《は》れただけのことはあるわ」

ベルを鳴らすと部屋係のメイドがすぐにやってきた。このメイドはグレイブズ巡査の義妹で、エミリーには同情的だったので、一ポンド紙幣を握らせて、警察関係から入ってくるどんなニュースでも教えてくれるように、熱心にたのんだ。娘はすぐにそうすることを約束した。

「シタフォードのカーティス夫人のところへでございますね？　ええ、なんでもいたしますわ、お嬢さま。わたしたち、心から同情いたしておりますの、ほんとに口では申し上げられないほどでございますよ、お嬢さま。わたし、いつもこう思うんです、もしこれが、わたしとフレッドの身の上に起きたことだったらいったいどうだろうって。わたしだったら、きっと頭がおかしくなっていますわ。いいえ、ほんとうですとも。どんな小さなことだろうと、耳に入り次第、すぐにお嬢さまにご報告いたしますわ」

「ほんとにやさしいのね」

「ついこのあいだ、わたしがウールワースの店で買った探偵小説そっくりでございますよ。シリンガ殺人事件って題でしたけど。真犯人を見つける糸口になったのが、なんだかご想像つきまして？　それがなんと、わずかばかりのありふれた封蠟なんでございますよ。お嬢さまの恋人って、そりゃあ美男子でいらっしゃいますよね？　新聞に載っていた写真は、よく撮れていませんでしたけど。わたし、お嬢さまとその方のためになら、できるだけの努力をいたしますわ」

　こうしてロマンチックな興味の中心となったエミリーは、ベリング夫人がいれてくれたお茶を飲み干すと、スリー・クラウン館を出発した。

　古ぼけたフォードの自動車がガタガタと走りだしたとき、エミリーはエンダビーに言った。「あのね、あなたはあたしの従兄なのよ、忘れないでね」

「どうして？」

「田舎の人は純朴だから、そのほうがいいのよ」

「それがいいね、そういうことなら」といいチャンスだとばかりにエンダビーは言った。

「じゃあ、エミリーって呼び捨てにしたほうがいいね」

「いいわ、従兄ですもの――あなたのお名前は？」

「チャールズ」

「了解、チャールズ」

自動車はシタフォードへの道を登っていった。

13 シタフォード

エミリーはシタフォードの景色を一目見るなり、すっかり魅せられてしまった。エクスハンプトンから三キロばかりの道を横にそれて、荒涼とした野原の道を登りつめると、原野の果てにあるシタフォードの村に二人は着いた。この村には鍛冶屋と、お菓子屋を兼ねた郵便局とがあった。そこから小道を入って行くと、新しく建てたばかりの小さな御影石のバンガローがいくつか建ち並んでいた。二番目のバンガローの前で車がとまり、これがカーティス夫人の家ですと、運転手が自分から教えてくれた。

カーティス夫人は小柄で痩せた灰色の髪の女で、見るからにエネルギッシュで、口やかましそうな感じがする。そして、やっとこのシタフォードに伝わってきたばかりの殺人事件のニュースに、すっかり夢中になっているところだった。

「ええ、むろんでございますとも、お嬢さんも従兄さんもお泊めいたしますわ。わたしがボロを移すまでお待ち願えれば。でも、なにもおかまいできないんですよ、よろしいでしょうか――ええ、ほんとに誰にも信じられやしませんわ、あのトリヴェリアン大佐が殺されたことや、検死審問やら、なにもかも！　わたしたち、金曜日の朝からというもの、まったく世間とは連絡不能でしたでしょう、それで、今朝になって、ようやっとそのニュースが入って来たばかりのところへ、あなたがお見えになったので、とてもびっくりしてしまいましたわ。〝大佐が亡くなったのよ〟わたしが夫にそう申しましたんですよ。〝近ごろじゃこんな悪いことがあるってことが、これでわかったでしょう〟って――おやまあ、こんなところですっかりおしゃべりしちゃって。さあお嬢さん、奥へおいでになって、殿方もどうぞ――やかんをかけましたから、すぐにお茶をさしあげますよ。ドライブですっかりお疲れでしょうね。と言いましても、昨日までにくらべれば、今日はずいぶん暖こうございますよ。この辺じゃ、雪が二メートルから三メートルも積もりましたからね」

すっかり長話を聞かされてしまったエミリーとチャールズ・エンダビーは、新しい部屋に通された。エミリーの部屋は、掃除がよく行きとどいているこぢんまりした四角な部屋で、シタフォードの台地が見渡せた。エンダビーの部屋は、山荘と小道に面した細長い小さな部屋で、ベッドと小さな簞笥と洗面台がついていた。

運転手がスーツケースをベッドの上に置き、金を受け取って出て行くと、エンダビーは口を開いた。「ここへ来てよかったですね。なあに、十五分もあればシタフォードじゅうの人間のことが、わかりますよ、でなければこの首を賭けてもいい」

それから十分ばかりして、階下の気持ちのいい食堂に坐って、二人はカーティス氏に紹介された。カーティス氏は堂々とした、ちょっと気むずかしそうな白髪の老人で、濃い紅茶にバタつきのパン、デヴォンシャー・クリームに固ゆで卵をご馳走してくれた。二人は飲んだり食べたりしているあいだに、老人の話に耳を傾け、この小村の住人たちについて、三十分も経たないうちにだいたいのことがわかってしまった。

最初に話に出たのは、四号コテージに住んでいるミス・パーシハウスだった。カーティス夫人の話によると、彼女は六年前にこの地へ死に場所を求めてやって来たような、年齢も気性もはっきりしない未婚の婦人だった。

「でも信じられないかも知れませんがね、お嬢さん、シタフォードの空気は健康にはとてもよくて、彼女はここへ来てから回復したようなんです。澄んだ空気が肺にはとてもいいんですよ。

パーシハウスさんには、ときおり会いに来る甥ごさんがいましてね、現に今、彼女の家に泊まっているんですの。家からお金をださないように、甥ごさんが面倒をみているんでしょうね。こんな寒い時分に、お若い男の方には面白くないでしょうがねえ。でもまたいいこともあって、甥ごさんがこちらに見えることが、あのシタフォード荘のお嬢さんには、まるで神の助けのような気がするんですよ。かわいそうに、若い娘をこの冬の時期に大きな兵舎のような家へ連れてくるんですからねえ。わがままな母親もいるもんです。それも、若くてきれいな娘さんなんですよ。ロナルド・ガーフィールドさんは、パーシハウスさんをおろそかにしないようにしながら、せっせと通っているんですから」

チャールズ・エンダビーとエミリーは思わず目を見交わした。チャールズは、ロナルド・ガーフィールドという若い男が、あのテーブル・ターニングに居合わせていたという話を覚えていたからだ。

「手前どもの並びの六号コテージには、つい最近デュークさんという方がお入りになったばかりですの。まあ、あの方を紳士と言えないこともないんですが、それかといって――うまく申せませんけど――当節では、みなさん変わっていらっしゃいますが、デュークさんのようにひどく変わっている方は、ほんとに珍しいくらいですわ。とても内気な人なんですけど、外見は軍人のようでもあり、またそれにしては軍人らしくないんですよ。バーナビー少佐なら一目見ただけで、ははあ軍人だなと誰でも思いますけどねえ、あのデュークさんときたら――

それから、三号コテージに住んでいらっしゃるのは、中年を過ぎたライクロフトさんですの。なんでも、大英博物館のために辺鄙な地方で小鳥を追いかけまわしていらしたそうですの。いわゆる博物学者なんですわ。ですからお天気さえ許せば、しょっちゅう野原を歩きまわっていらっしゃるんですよ。それに立派なご本をどっさりお持ちになっていらっしゃって、コテージがまるで本箱みたいですわ。

二号コテージは、ご病人のワイアット大尉ですの、インド人の使用人がおりますのよ。きっと寒いでしょうね。いいえ、大尉のことじゃないんですよ、わたしの言うのはインド人の使用人のことなんですけど。そりゃ暑い国から来たんですものねえ——ですから、あのコテージの中はびっくりするぐらい暖かいんですよ。まるでオーヴンの中を歩くみたいなものですわ。

バーナビー少佐は一号コテージですの。なにしろおひとりでしょう、ですから朝早く、わたしが行ってさしあげるんですよ。とてもきちんとした方なんですけど、ひどく気むずかしいんですの。少佐とトリヴェリアン大佐とは、それはそれは仲がおよろしくって、まあ生涯の友とでも言うのでしょうねえ。それにお二人とも、お部屋の壁に同じような奇っ怪な獣の首なんぞかけているんですよ。

山荘に住んでいらっしゃるウィリット夫人とお嬢さん、この方たちのことは誰にも皆目見当がつかないんでございますよ。でもお金はたっぷり持っていますわ。あの方たちはエクスハンプトンのエイモス・パーカーとお取引なさっているんですが、パーカーの話ですと、週末のお勘定が八ポンドから九ポンドを上回るそうですの。あの家に運ばれる卵の数だって信じられない！　あの方たち、住み込みのメイドたちをエクセターから連れてきたんですけど、ここから出たがってしょうがないんです。無理もないんですよ。ウィリット夫人は週に二回も車でエクセターに行かせてやったり、暮らし向きもいいですから、どうやら彼女たちも我慢しているんでしょうが、あんな若い娘にとっちゃ、こんな山奥に埋もれているなんて、ほんとにいやですからねえ。おや、それはそうと、お茶道具を片づけなくちゃ――」

カーティス夫人がそう言って大きく息をつくと、チャールズとエミリーも溜め息をついた。案外あっさりと話してくれたとめどもないおしゃべりに、二人はすっかり圧倒されてしまった。

チャールズは思いきって、自分のほうから質問をした。

「バーナビー少佐はもうお戻りになりましたか？」

カーティス夫人はお盆を手にしたまま、すぐに立ちどまった。「ええお戻りになりましたよ。そうですね、あなた方がお見えになる三十分ばかり前に歩いていらっしゃいましたの。それで、わたし、〝まさかエクスハンプトンからずうっと歩いていらっしゃったんではないでしょうね？〟と申しますと、いつもの頑固な調子で、〝もちろんだ。脚が二本あれば車などに用はない。一週間に一度は歩いていますよ、カーティス夫人〟〝でも大変でございますわ。こんどの事件や訊問のすぐあとでお歩きになるなんて、ずいぶんお強いんですのね〟こう、わたし申しましたのよ。なにやらブツブツ言いながら、お歩きになっていましたけど、やっぱりお疲れのようでしたわ。なにしろ、金曜日の夜もずうっと歩いたんですもの、ほんとに奇蹟ですわ。あの齢で、吹雪の中を五キロも歩いて行かれたんですから、ご立派だと、わたし申し上げたいくらいですわ。そりゃあ、あなた方にもご意見はおありでしょうが、なんと言いましても近頃の青年ときたら、まったく昔の人間とはくらべものになりませんよ。たとえば、あのロナルド・ガーフィールドさん、あの方なんて絶対にそんな真似はしませんからね。そう思うのはわたしばかりじゃなく、郵便局のヒバートさんの奥さんも、鍛冶屋のパウンドさんもみんな同じ意見なんです。ガーフィールドさんは、あんなふうに少佐を一人で行かせるべきじゃなかったんですよ。一緒について行ってあげるのがあたりまえだわ。あれでもし少佐が吹雪のために行方不明にでもなっていたら、きっとみんなはガーフィールドさんの責任にしたでしょうよ」

夫人はお茶の道具をガチャガチャいわせながら、流しのほうへ意気揚々と引きあげていった。

カーティス氏は使い古したパイプを考え深そうに口の右側から左側へ移して、口を切った。

「女ってやつはよくしゃべる」

彼はちょっと間を置くと、またポツンとつぶやくように言った。

「しかも、自分でしゃべっていることの半分も、本当のところがわかっちゃおらんのだ」

エミリーとチャールズは黙ってその言葉を聞いていたが、彼がもうそれ以上なにも言わないのを見てとると、同感だというようにチャールズが言葉に出した。

「ほんとうに——ほんとにそのとおりですね」

「ああ」と言って、カーティス氏はまた愉しそうに、ひとり瞑想にふけった。

チャールズは立ち上がった。「ちょっと一回りして、バーナビー少佐に会ってこようと思うんだ。写真は明朝撮るからと言いにね」

「あたしも行くわ。少佐がジムのことをどう思っているか知りたいし、犯罪というものに対する少佐の意見も聞いておきたいから」

「きみ、ゴム長靴かなにか持っている？　すごくぬかるんでいるからね」

「エクスハンプトンで膝上までくる長靴を買ってきたわ」

「よく気がつくね、きみは。なんでも考えてるんだ」

「でも残念だわ、犯人を見つけることには役に立たないんですもの。人殺しのお手伝いならできそうだけど」と、エミリーは反射的につけ加えた。

「でも、ぼくだけは殺さないでくださいよ」とエンダビー。

二人は外に出て行った。すると、カーティス夫人がすぐに部屋に戻ってきた。

「二人は少佐のところへ行ったよ」とカーティス氏。

「まあ！　あなた、どう思います、あの二人は恋仲かしら？　でも、従兄妹同士の結婚は危険だって世間じゃ言いますわね。おかしな子どもが生まれることがあるんですって。だけど男のほうが女に夢中なのは、あなたにもよくわかるでしょ？　でも、あの娘は、うちのサラ大伯母のところのベリンダのように、なかなか食えない女ですよ。とにかく達者な娘ですからね、男のことだって心得たもんですよ。さてそこで――あの娘はいま何を追っかけているんだろうね。ね、わたしの考えていることがわかるかしら？　カーティス」

カーティス氏はブツブツつぶやくだけで答えなかった。

「彼女が首ったけになっているのは、殺人事件で警察にひっぱられた若い男ですよ。それで、ここまでやって来て、ああやって嗅ぎまわって、何か見つけ出そうとやっきになっているのよ、きっとそうだから、わたしの言ったことをよく覚えておきなさい」そう言って、カーティス夫人は食器をガチャガチャさせた。「もしなにかあったら、きっと見つけ出すわよ、あの娘！」

14 ウィリット母娘

チャールズとエミリーが、バーナビー少佐に会いに出かけたちょうどそのころ、ナラコット警部はシタフォード荘の応接間に腰をおろして、ウィリット夫人の印象をなんとかまとめてみようとしていた。

今朝まで道路が通れなかったので、夫人に会うことがなかなかできなかったのだ。彼は、探ってみようと思っていたことを思うように聞き出せず、いままでに手に入れたものを、たしかめてみることもできないでいた。というのも、当面の鍵を握っているのはウィリット夫人で、彼ではなかったからだ。

夫人は、いかにも事務的にてきぱきと物事をさばいていくといった調子で、応接間に大股で入ってきた。警部は、背の高い、細面の眼の鋭い夫人を見た。ひどく凝った絹織物のスーツを夫人は着ていたが、こんな山奥で着るのにはちょっとチグハグな感じがした。また彼女の靴下は高価な薄いシルクで、靴もよく光るエナメル革のハイヒールだった。それにいくつかの高価な指輪や贅沢な人造真珠をはめていた。

「ナラコット警部さんですね。きっとこちらへお見えになると、わたし、思っておりましたの。ほんとに衝撃的な事件でございましたわ！　まるで夢みたい。それも、今朝になって、わたしどもわかったんですよ。ほんとに驚きました。さあどうぞ、お掛けになってください、警部さん。これがうちの娘のヴァイオレットでございます」

ヴァイオレットが夫人の後ろから入ってきたのに、警部は気がつかなかった。彼女は澄みきった青い目の、すらりとした美しい娘だった。

ウィリット夫人は腰をおろした。

「わたしになにかお役に立つことがございますかしら、警部さん？　あのお気の毒なトリヴェリアン大佐のことと申しましても、わたし、ほとんど存じませんの。でもなにか——」

警部はおだやかに言った。

「ありがとうございます、奥さん。なにが役に立つか、それはどなたにもわからないことです」

「よく理解していますわ。この事件を解くような手がかりが、この山荘の中にあるかもしれませんけれど、でもどうでしょうか——トリヴェリアン大佐は、ご自分のものはぜんぶお移しになってしまいましたの。きっと大佐の釣り竿でも、わたしがいじって壊すとお思いになったのですよ」

夫人は軽く笑いながらそう言った。

「大佐とは前からお知り合いじゃなかったのですね？」

「山荘をお借りする前から、という意味ですの？　いいえ、けっして。お借りしてからも二、三度、お招きしたんですけど、一度もお見えになりませんでしたわ。珍しいくらい内気な方ですわ。まあ、それぐらいのことですわね、あの方とのおつきあいは。わたし、大佐のような方をたくさん存じております。女嫌いとでも申すのでしょうか、ちょっとばかげたお話ですけど、ただ内気のせいなんですわね。わたし、大佐とおつきあいしていましたら、そんなつまらない癖を一度でなおしてお目にかけましたわ。大佐のような方は、なにがなんでもいろいろなところへ引っぱり出すのが一番でございますよ」

とウィリット夫人はきっぱりと言いきった。

ナラコット警部は、トリヴェリアン大佐がこの借家人にひどく押されぎみであったことがわかりかけてきた。

「わたしたち二人で大佐をお招きしたわね、ヴァイオレット？」ウィリット夫人がつづけた。

「そうよ、お母さん」

「気持ちのさっぱりした海軍さんは、どんな女にも好かれるもんですよ、ナラコット警部」とウィリット夫人。

このとき、ナラコット警部は、このままでは、せっかくの会見もウィリット夫人にすっかりあおられどおしだぞと思わざるを得なかった――この女はなかなか利口ものだし、それに後ろ暗いところもなさそうだが、いや、そうではないかもしれん――ナラコット警部は心の中でいろいろと考えあぐんでいた。

「じつはですね、私がどうしても知りたいと思うことは――」そこまで切り出して、警部は言いよどんでしまった。

「なんですの、警部？」

「ご存じのように、バーナビー少佐が大佐の死体を発見したのですが、そのきっかけになったのは、このお宅で起こった事件なんですよ」

「と申しますと？」

「その――つまり、テーブル・ターニングのことなんです」

警部はくるりと振り返った。

ヴァイオレットの口からかすかな叫びが洩れたからだ。

「かわいそうにヴァイオレット、この娘はすっかり怯えきってしまいました――ほんとに、わたしたちみんなゾーッとしたんですもの。とにかく不思議なことがあればあるものですよ。わたし、迷信深いわけじゃございませんけれど、あれだけはどう説明してよいやら、わけがわかりませんの」

「それはほんとに起きたことなんですね？」

ウィリット夫人は眼を大きく見開いた。

「起きた？　もちろん起きたことです。そのとき、わたし、冗談だと思ったんです――ええ、悪趣味な悪戯《いたずら》だとばかり。きっとあの若いロナルド・ガーフィールドさんが――」

「まあ！　違うわ、お母さん。ロナルドはそんなこと、しないわよ。絶対にするものですか」

「そのときにね、ヴァイオレット、わたしがそう思ったと言っただけですよ。冗談以外に考えられないでしょ？」

「妙なことがあればあるものですねえ、奥さんもびっくりなさったんですな？」とナラコット警部は落ち着いて尋ねた。

「ええ、みんな大騒ぎでございましたよ。そのときまでに、陽気に楽しんでいたんですもの。冬の夜の団欒《だんらん》——それが突然あれなんですよ。わたし、腹が立つやら口惜しいやら——」

「お怒りになったのですか？」

「そうですとも、当たり前ですわ。誰かが計画的に悪戯《いたずら》をやったと思って——」

「で、現在はどうなんです？」

「今ですか？」

「ええ、あれをどう思っていらっしゃるんですか？」

ウィリット夫人は表情たっぷりに両手を広げて見せた。

「さあ——見当もつきませんわ。ただ気味が悪くて——」

「じゃあ、お嬢さんは？」

「あたし？」

彼女はびくっとした。

「あたし——あたしにはわかりませんわ。でも決して忘れないでしょうね、夢にまで見るんですもの。もうテーブル・ターニングだけはぜったいにご免よ」

「ライクロフトさんなら、ほんとに霊が現われたのだとおっしゃると思いますの。なにしろ、あの方は、ああいった神がかりのことを、なんでもお信じになっていらっしゃいますからね。このわたしでさえ信じそうになりましたもの。だって霊魂のお告げだと説明するよりほかに、何がございましょう?」母親のほうが言った。

警部は頭を振った。テーブル・ターニングのことを持ち出したのは、彼の策略だった。警部が次に発した言葉は、ひどく間の抜けたものだった。

「ここの冬はずいぶん寒いでしょうな、ウィリット夫人?」

「でも、わたしたち、ここのが大好きなんでございますよ。以前とすごく違っていて。なにしろわたしたちのおりましたのは、南アフリカなんですもの」

ウィリット夫人の口調はなかなか活発で平静だった。

「ほんとですか? 南アフリカのどの辺ですか?」

「ケープタウンです。ヴァイオレットは、これまでイギリスに来たことがございませんの。ヴァイオレットときたら、雪に夢中になってしまって——とてもロマンチックに見えるんですのね。この山荘は、そういう点では申し分ございませんわ」

「ですけど——またどうしてこんなところまでおいでになったのです?」

警部はおだやかに好奇心をただよわせて尋ねた。

「わたしたち、デヴォンシャーについてのご本をたくさん読みましたの、中でもダートムアについて書かれている本を。船の中では、ウイディクームのお祭のことがくわしく書いてある本を読みましたわ。わたし、いつもダートムアに行きたいものだと憧れておりました」

「でも、なぜエクスハンプトンをお選びになったのですか？　名もない小さな町じゃありませんか」

「いま申しあげたように、ご本を読んでいましたら、船の中にエクスハンプトンの話をしてくれた少年が乗っていて、その子がとても熱心なんですよ」

「少年の名前は？　この土地のものですか？」

「さあ——名前ですか？　カーレン、いいえ、スマイスかしら。わたしときたら、ほんとに忘れっぽいんですから。思い出せませんわ。客船の中がどんなものだか、あなただってておわかりでしょう、警部さん、いろんな人たちと知り合いになって、また会おうと思うものですけど、上陸して一週間もすると、もうその人たちの名前すら覚えていないんですからねえ！」

夫人は笑った。

「でも感じのいい子でしたわ、赤毛で、顔立ちがいいというわけではありませんでしたが、いつも楽しそうに笑っていて——」

「じゃあ、その子の話のおかげで、こちらに家を借りようとなさったわけですな？」警部も微笑しながらそう尋ねた。

「ええ、でも正気の沙汰じゃなかったかしら？」

——利口な女だ、じつに利口だ——とナラコット警部は胸の中でつぶやいた。彼はウィリット夫人の戦法というものがわかりはじめたのだ。つまり、敵地に踏みこんで戦うという戦法である。

「で、不動産屋に手紙をお出しになって、家のことを問い合わせたというわけですね？」

「そうなんです。そうしましたら、先方がシタフォードの詳細をこちらに伝えてまいりましたの。それがわたしたちの希望とぴったり合いましてね」

「私だったら、こんな寒いときはごめんこうむりますな」警部は笑いながら言った。

「そりゃそうでございますわ、わたしたちだって今までイギリスに住んでいたら、お断わりしてますよ」とウィリット夫人は快活に答えた。

警部は椅子から立ち上がった。

「エクスハンプトンへ手紙をお出しになるのに、どうやって不動産屋の名前をお知りになったのです？　ずいぶんとむずかしかったことでしょうな」

返事がなかった。この会談ではじめてのことだった。ウィリット夫人の眼差しには、困惑というよりもむしろ怒りに近い光がひらめいたように警部は思った。こんな質問を全然予期していなかった夫人の虚を衝いたのだ。彼女はヴァイオレットのほうに顔を向けた。

「どうしたんだったかしら？　ヴァイオレット、わたし、覚えてないんだけど――」

ヴァイオレットの眼にも平静でないものが浮かんでいて、なにかにおびえている様子だった。

「そうそう、デルフリッジよ。あそこの案内所でしたわ。とても便利なところなの。わたし、いつもそこへ行っていろんなことを尋ねたり調べたりするんですの。あそこで、信用のおけるここの不動産屋の名前を訊きましたら、教えてくれたのです」と、ウィリット夫人。

――すばやいな。奥さん、なかなかやりますね。だが、文句のないすばやさではなかったが。負けました、奥さん――

警部は山荘の中をざっと調べてみた。しかし、手がかりになるようなものはなに一つなかった。書類も鍵のかかった引出しも戸棚もなかった。

ウィリット夫人は機嫌よくしゃべりながら警部に付き添った。やがて警部は慇懃《いんぎん》に礼を述べて、別れの挨拶をした。

別れ際に、夫人の肩越しにヴァイオレットの顔がチラッと見えた。その顔には、まぎれもない恐怖の色が漂っていた。このとき、ヴァイオレット自身、それに気がついていなかったであろうが、はっきりと恐怖の色が現われていたのだ。

ウィリット夫人はまだしゃべりつづけていた——

「それから、ほんとに困ったことがあるんですの。使用人のことなんですけどね、こんな山奥の田舎では、なかなか腰が落ち着かないんですよ。ここしばらくのあいだというもの、使用人たちはお暇をいただきたいと言いつづけていたんですが、こんどの殺人事件のニュースですっかり浮き足立ってしまいましたの。もうどうしたらいいものか、わたしにはさっぱりわかりませんわ。こんなとき、きっと男の使用人だったらいいんでしょうがねえ。エクセターの職業紹介所もそう言っているんですよ」

警部はただ、夫人の話に機械的に相槌を打っているだけだった。彼は夫人のおしゃべりなんかてんで耳に入らなかった。警部が考えているのは、ヴァイオレットの顔に浮かんだ恐怖の色だった。

たしかにウィリット夫人はなかなか賢い女だが、しかし、完全というほどでもない。彼は自分の問題を熟考しながら立ち去ろうとしていた。

問題は、もしこのウィリット母娘がトリヴェリアン大佐の死に何の関係もないとするならば、なぜヴァイオレットは恐れおののく必要があるのだ。

玄関のしきいに足をかけたかと思った途端、警部はクルリと振り返って、最後の問いを発した。

「ところで、ピアソンをご存じですか？」

このときも、答えがすぐ出なかった。一瞬、不気味な沈黙が訪れた――やがてウィリット夫人が口を開いた。

「ピアソン？　さあ――わたし、存じませんけれど――」

夫人が言い終わらないうちに、夫人の背後の部屋から奇妙なうめき声が洩れてくると、なにかドサリと倒れる音がした。警部はしきいを飛び越えて、サッとその部屋に飛びこんだ。

そこにはヴァイオレット・ウィリットが気を失って倒れていた。

「まあまあ、ヴァイオレット、恐ろしいテーブル・ターニング、それにまた人殺しでしょう、すっかり驚いてしまったんですよ。この娘はほんとに弱いんですから。警部さん、ありがとうございました。ええ、そのソファで結構でございますわ。ベルを鳴らしていただけませんか。これで、もう大丈夫ですわ、おかげさまでほんとに――」

警部は唇を噛みしめながら、車道を下りていった。

知ってのようにジム・ピアソンは、警部がロンドンで会ったことのある、美しい娘と婚約している間柄だ。それなのになぜ、ピアソンの名前を聞いた途端に、ヴァイオレットは気絶したのだろうか？　それともジム・ピアソンとウィリット母娘とのあいだに、なにかがあるのだろうか？

警部は山荘の表門を出ようとしたとき、なぜか立ち去りがたく足を止めてたたずんだ。やがて彼はポケットから手帳をとり出した。その手帳には、トリヴェリアン大佐が建てた六つのバンガローの住人のリストが書いてあり、その名前の上にはそれぞれ簡単な所見が書かれてあった。ナラコット警部のずんぐりとした人差し指は、リストの中の六号コテージのところでとまった。

「そうだ、彼に会ってみたほうがいいぞ」

彼は小道を大股でさっさと降りると、六号コテージのドアを強くノックした——デューク氏の住んでいるドアを。

15　バーナビー少佐を訪ねる

バーナビー少佐の玄関に通じている小道を先になって登り、エンダビーはいかにも朗らかにノックした。すると、ドアはすぐに開いて、顔を赤らめた少佐が戸口に姿を現わした。

「なんだ、きみだったのか」少佐は、いかにも気が抜けたといった声でつぶやいたが、エミリーの姿に目をとめると、声の調子は同じだったが、明らかに様子が変わってきた。

「トレファシス嬢です」チャールズは、まるでトランプでエースを取り出すように得意になって紹介した。「あなたにとてもお会いしたがっていたのです」

「お邪魔してよろしいでしょうか？」エミリーは満面に微笑をたたえて言う。

「あ、どうぞ！　どうぞ、もちろんかまいませんとも」

少佐はまごつきながら言うと、居間に戻って椅子をひきずり出したり、テーブルをわきに押しやったりした。

エミリーは、いつものように要点にまっすぐ入っていった。

「あのう、バーナビー少佐、あたし、ジムのフィアンセですの。ジム——ええ、ジム・ピアソンです。ですから、あの人のことが心配で心配で——」

少佐はテーブルを押しやりながら、口をポカンと開けたまま、しばらく言う言葉を知らなかった。

「ああ、そうですか——それはそれは、いや災難でしたな。私も口にこそ出さないが、大変心配しているのです」

「バーナビー少佐——ほんとのことを聞かせていただけないでしょうか。あの人、有罪だとあなたはお信じになっていらっしゃるのでしょうか？　そうならそうとおっしゃっていただきたいのです。気休めに嘘を言われるよりは、ずっとましですもの——」

「いやいや、私は彼が有罪だと思ったことはありません」少佐は大きな声できっぱりと言いきった。そしてクッションを二度強くたたいて、エミリーに面と向かって腰をおろした。「彼は立派な青年です。若干、気の弱いところもあるが、まあ、こう申しても怒らないでくださいよ、ああいう性質の若者というものは、誘惑にかかると道を誤りやすい——といって、人を殺すような真似はできないから、ご心配はいりません。以前には、ずいぶん大勢の部下を扱いましたからね。近頃じゃ、退役将校はばかにされるきらいがあるが、ともかくも、私どもには若い者についての多少の経験がありますからね、トレファシスさん」

「そうでしょうとも。そう言っていただいて、あたし、ほんとに嬉しいですわ」とエミリー。

「ウィスキー・ソーダなど、いかがですかな？　なにしろ、なにもないところで――」

とバーナビー少佐は弁解するように言った。

「どうぞおかまいなく――」

「じゃ、ソーダだけでも？」

「ほんとに結構ですわ」とエミリー。

「お茶でもさしあげなければならんのだが――」と少佐はちょっと気がねして言った。

「ぼくたちは飲んできましたから、カーティス夫人のところで」とチャールズが口をはさんだ。

「バーナビー少佐、あなたは誰がやったとお思いですの？」とエミリー。

「いやいや、軽々しく口にするわけにはいきません。誰かが窓をぶち破って入ったものと思うのだが、現在、警察ではそうは見てないし、しかも捜査するのが警察の仕事なのだから、あの人たちが一番よく知っていると私は思っているんです。警察では誰も外から侵入したものはないと言うのですから、おそらくそれが正しいのでしょう。とは言うものの、私にはさっぱりわからないのです、お嬢さん。私の知るかぎり、あのトリヴェリアンを殺そうと思うような敵は一人もいなかったんですから」

「でも、あなたなら、きっと犯人がおわかりになるんじゃないかと、あたし思うんですけど――」とエミリー。

「たしかにそのはずなんですよ、トリヴェリアンのことにかけては、下手な親戚よりはずうっと私のほうがよく知っていたのだからね」

「なにか――なにかあたしたちの力になっていただけるようなこと、ご存じないでしょうか？」とエミリーが尋ねた
少佐は短い口髭をひっぱった。

「お嬢さんの気持ちはよくわかりますよ。つまり、これが探偵小説だと、解決の手がかりになるようなほんの小さなことを私が思い出すといったようなことになるのだが。残念なことに、そういうものは見当たらないのです。それにトリヴェリアンは、ごく平凡なありふれた生涯を送ってきた男で、手紙も数えるほどしかありません。おまけに女性関係のトラブルも一度だって起こしたためしがない――これは私が保証しますよ」

しばらく三人とも黙ったままだった。

「大佐の使用人はどうです？」代わってチャールズが尋ねた。

「何年も大佐に仕えた男で、じつに忠実な人間だがね」

「最近、結婚したんですね」チャールズが言った。

「ああ、なかなかしっかりした女だよ」

「こんなことお訊きして失礼なんですけど——少佐はある程度確実に、こんどのことを心配していらっしゃったのではないのですか？」エミリーが言った。

少佐は、テーブル・ターニングの話が出ると決まってするように、当惑しきった様子で鼻をこすった。

「たしかに、はっきり違うとも言いきれないが——あんなこと、じつにばかげてると思ってはいるものの——」

「でも、そうとばかりは言えないと感じていらっしゃるのね」とエミリーが口をそえた。

少佐は黙ってうなずいた。

「あたしが気にかかるのは——」とエミリーが話しだしたので、二人の男は彼女のほうに目を注いだ。

「うまく申し上げられませんけど、あたしはこう思っているんです。少佐は、あんなテーブル・ターニングなんか信じられないとおっしゃいましたわね、しかもあんな吹雪の恐ろしい天候のときに、あんなお告げをばかばかしいと思われたのにもかかわらず――トリヴェリアン大佐の元気な姿をご自分の目でたしかめようと、吹雪をものともせず少佐がお出かけにならずにはいられなかったということなんですの。つまり、ばかばかしいにもかかわらず、行ってみなければ気が済まない何かが、その場の雰囲気の中にあったのじゃございません？」

納得のゆかないような少佐の表情を見て、エミリーは懸命になってつづけた。「つまり、あたしが言いたいのは、そのとき、少佐のお心のうちにあったと同じようなものが、誰かほかの人の心にもあった――そしてそれを、少佐が何かの形でお感じになったということなんです」

「さあ、私にはわかりませんな」少佐はそう答えると、また鼻をこすりながら、「もちろん、女の人たちは生真面目にものを考えますからね」と言い足した。

「女の人たち！　そう、あたしも似たり寄ったりのことを信じているんだわ」エミリーは静かに自分に言いきかせるようにつぶやくと、不意にバーナビー少佐のほうに顔を向けた。

「ウィリット家の人たちって、どんな方ですの？」

「そうですな」バーナビー少佐は、どう説明したらよいものかと思いをめぐらした。たしかに彼は、人のことを口で説明したりすることにかけては不得手だった。「なかなか親切な人たちで——よくいろいろな手助けをしてくれますよ」

「でも、どうしてまた、冬の最中なんかにシタフォード荘のような家を借りる気になったのでしょうね？」

「私にも想像がつきませんな、いや誰だってそうでしょう」とバーナビー少佐。

「おかしいとお思いになりません？」エミリーは食い下がる。

「それはそうですな、変ですよ。だが、人の趣味だからとやかく言えないでしょう——警部もそんなことを言ってましたよ」

「だってナンセンスですわ。人間は理由のつかないことはいたしませんもの」

「そう——私にはよくわからんが——」バーナビー少佐は用心深く言葉をきった。「人によっては、そうとばかりはゆかんものですよ。あなたはそうでしょうが、お嬢さん。人によってはね——」少佐は溜め息をつき、頭を振ってみせた。

「あの人たちは以前にトリヴェリアン大佐と会ったことはないと、あなたは信じていらっしゃるのね？」

少佐はその考えを退けた。かりに会ったことがあったとしたら、大佐は自分に一言ぐらい言うはずだし、とにかく、大佐自身がこの借家人に驚いていたくらいだと言った。

「そうしますと、大佐も変に思っていらっしゃったのね？」

「そうですとも！　いま言ったばかりじゃないかね」

「ウィリット夫人は大佐に対してどんな態度でしたの？　なにか大佐を努めて避けるような——」

少佐はクックッと笑いながら言った。

「いやいや、それどころじゃないね。ぜひおいでになってくださいと、いつも大佐にせがんでは悩ませていたくらいですよ」

「まあ！　そうでしたの——」エミリーはなにか考えるようにつぶやいて、しばらく黙っていたが、やがて、「じゃあ、トリヴェリアン大佐と知り合いになるのが目的で山荘を借りたとも考えられますわね？」と言った。

「そうだね——」と、少佐もそのことを考えはじめたようだった。「そうかもしれんと私も思うが、それにしては金がかかりすぎるな」

「あたし、よく存じませんけれど、トリヴェリアン大佐という方は、そうでもしないと、なかなかお近づきになれないような方じゃないんですの？」

「そう、あの男はそうでしたよ」と亡くなった大佐の親友はうなずいた。

「そうですの」とエミリー。

「警部もそんなふうに考えていたがね」とバーナビー少佐。

エミリーは突然、ナラコット警部に対して苛立ちともつかぬものを感じた。彼女が自分で考え出したと思っていたものはすべて、警部がすでに考えつくしてしまったことなのだ。ほかの人間より頭がいいと思いこんでいる自信満々の若い娘、エミリーにとって、それは彼女をいらいらさせた。

彼女は椅子から立ち上がり、手を差しのべた。

「いろいろとありがとうございました」と簡単に言った。

「たいしてお役にも立ちませんで――」と少佐は言った。「私は元来淡白な人間でしてね。もし、この私がもっと鋭敏な男だったら、何か事件の糸口になるようなことぐらい思いついたかもしれないんだが――まあ、今後とも助力は惜しみませんよ」

「ありがとうございます。ぜひ、お願いしますわ」

「では失礼します。明朝、カメラを持ってうかがいますから」とエンダビー。

バーナビー少佐はなにかブツブツ言っていた。

エミリーとチャールズはカーティス夫人の家に戻った。

「あたしの部屋にいらっしゃって。お話ししたいことがあるのよ」とエミリーが言った。

エミリーは椅子に、チャールズはベッドの上に腰をおろした。エミリーは帽子をとると、部屋の片隅に放り投げた。

「さあ、聞いてね、あたし、出発点のようなものはつかんだと思うの。それが間違っているか正しいかはべつにして、とにかく一つの考え方よ。あたしね、あのテーブル・ターニングにたくさんのヒントがあるとにらんだの。あなた、テーブル・ターニングやったことあって？」

「ああ、ときどきね。でも本気じゃありませんよ」

「ええ、そうでしょうね。雨の午後なんかにやるゲームですもの。それに、みんながテーブルをゆすっては、ほかの誰かを非難するのよ。おやりになったことがあるんなら、何が起きるかわかるわね。テーブルをみんなでカタカタ鳴らすと、その音数で人の名前が出てくるわね、しかも、たいがいは誰かの知っている名前よ。それに気がつくとすぐ、自分の知っている人の名前にならないように、それればかり思うものだから、大抵の場合は無意識にテーブルを激しくゆすぶってしまうの。つまりね、知っている人の名前が出てくると、次の綴り字にかかって、テーブルが止まったときに、思わず知らずテーブルをぐいっと引っぱって止めてしまうという意味なのよ。自分でやるまいと思えば思うほど、かえってやってしまうものなの」

「そう、そのとおりですね」とエンダビーは同意した。

「あたし、心霊とかそういうものは、まるで信じないわ。でも、あのとき、テーブル・ターニングをやっていた人の中で、大佐が殺されるのを知っている人がいたとしたら——」

「そんなばかな——それはこじつけというものですよ」とチャールズは抗議した。

「まあ、まったくそうだとは言ってないわ。だけどあたしは、そうに違いないとにらんでいるのよ。でもこれは、仮説としてしゃべっているんですからね、それだけよ。で、あたしは、誰かがトリヴェリアン大佐の殺されたのを知っていて、それを隠すことができなかったのだと考えてみたのよ。テーブルが密告したわけね」

「なかなか巧妙なお考えですね、しかしぼくには全然信じられませんよ」

「だけど、そうだと仮定してみましょうよ。犯罪の調査にあたっては、仮定してかかることを恐れていたら、なにもできないと、あたし信じます」とエミリーはきっぱりと言った。

「それは大賛成ですよ。じゃあ、あなたの意見のとおりだと仮定しましょう」

「そこで、あたしたちのしなければならないことは、いいこと、あのテーブル・ターニングに参加した人たちについて慎重に考察すること。まず第一に、バーナビー少佐とライクロフトさん。この二人の内のどちらかが下手人の共犯者だとはどうしても思えないわね。それから、デュークさんよ。いまのところ、彼についてはなに一つわかっていないわね。つい最近ここに移ってきたばかりの人ですし、考えようによっては悪質な人間――たとえばギャングの一味かなにかかもわからないわ。とにかくデュークさんの名前にはXをつけておくべきね。さて、いよいよウィリット母娘の番よ。ねえチャールズ、このウィリット家にはなにか恐るべき秘密があるわよ」

「でも、トリヴェリアン大佐が死んだって、この母娘になんの得があるんです？」

「そう、うわべだけ眺めたら、なにもないわね。でも、あたしの推理に狂いがなければ、どこかに関係があるはずなのよ。その関係がなんであるか、それをあたしたちが発見しなくちゃ――」

「よろしい。もっともあの山荘は、女どものただのネグラかもしれませんがね」

「それならまた、新規蒔き直しよ」

「シッ」突然、チャールズが叫んだ。

彼は手をあげるや窓際まで走り出して、窓を押し開けた。エミリーもまた、チャールズが聞きつけた物音を耳にした。それは遠くのほうで鳴り響いている大きな鐘の音だった。

二人が立ったまま耳をそばだてていると、カーティス夫人が興奮した声で階下から呼びかけてきた。

「お嬢さん、鐘が聞こえますか――?」

エミリーはドアを開けた。

「ね、聞こえますでしょう? あんなにはっきり鳴っていますもの――こりゃ大変だわ!」

「あれ、なんですの?」エミリーが尋ねた。

「プリンスタウンの鐘ですよ、ここから二十キロ先の。囚人が逃げたんです。ジョージ、ねえ、ジョージ、あなたどこ? 鐘が聞こえたでしょう? 囚人が脱走したのよ――」

カーティス夫人が台所のほうへ行ったので、その声はだんだん小さくなっていった。

チャールズは窓を閉めて、ベッドにまた腰をおろして、気が抜けたようにつぶやいた

――


「ちぇっ! うまく行かないもんだな。今の囚人が金曜日に逃げ出してくれさえしたら、ぼくらの殺人事件は立派に説明できたのに――これ以上考える必要もなかったのになあ――飢えたる脱獄囚、自暴自棄の押し込み強盗――トリヴェリアン、イギリス紳士の城を防御するも――脱獄囚、凶器で一撃の下に大佐を倒す――至極簡単だった」

「ほんとにそうだったらねえ――」とエミリーも溜め息をついた。

「囚人の奴、逃げ出すのが三日遅いんだよ。実際――芸がないなあ――」

チャールズは元気なく首を振った。

16　ライクロフト氏

翌朝、エミリーは早く眼をさました。彼女は分別のある娘なので、こんな朝早くからエンダビーに協力を持ちかけるのもはばかられた。なんだかよく眠れず、また横になる気もしなかったので、昨夜チャールズと二人で戻ってきた反対側の小道をたどって、彼女は散歩に出かけることにした。

右手にシタフォード荘の門を見てしばらく行くと、小道は右に鋭く折れて、そのまま丘のほうに険しい勾配をつくっていた。それを登りつめると、広々とした原野になって、道は草道にかわり、やがてそれもつきてしまった。肌を刺すような冷気と新鮮な空気……この朝の眺望はじつにすばらしかった。エミリーは、ファンタスティックな形をした灰色の岩山になっている、〝シタフォードの丘〟の頂上に登った。その頂上から、彼女は家も道路もない、ただ広漠として果てることのない荒野を見下ろすことができた。彼女が立っている丘の向こう側には、花崗岩が灰色の大きな塊となって下のほうに聳《そび》えていた。エミリーはしばらくのあいだ、この景色に心を奪われていたが、いま登ってきた北のほうの景色に眼を転じた。彼女の真下には、シタフォード村が横たわり、丘の側面に一塊となっている四角い灰色のシタフォード荘とその向こうに点在しているバンガローが。そして下の谷間にエクスハンプトンが見えた。

——こんなふうに、高いところから眺めたらもっとよく見えるんだわ。人形の家の屋根をとって、中を覗きこむようなものですもの——エミリーはそんなことをふと思った。

彼女は、たった一度でもいいから生前の大佐に会っていたら、とつくづく思った。自分が会ったこともない人を理解するのは、とてもむずかしいことだ。それには、ただ他人の判断に頼るしかないし、しかもエミリーの経験では、いまだかつて他人の判断のほうが自分自身の判断よりまさっていたためしはなかったのだ。他人の印象なんて自分の役には立たない。それらは自分自身で得る印象と同じように正しいかもしれないが、そのまま受け入れて、他人の攻撃角度をそっくりそのまま自分の角度とするわけにはいかないのだ。

こうした問題を腹立たしげに思いめぐらしていたエミリーは、いかにももどかしげに溜め息をつくと、また歩みを移した。

自分自身の考えにすっかり心を奪われてしまっていた彼女には、まわりの景色など目に入ってこなかった。小柄な年配の紳士が、エミリーから少し離れたところに立っているのに気がついて、彼女は思わずはっとした。その紳士は手にうやうやしく帽子をとって、息をはずませている。

「失礼ですが、ミス・トレファシスですね？」と紳士は話しかけてきた。

「ええ」

「私はライクロフトというものです。言葉をおかけしたりして、たいへん失礼なのですが、こんな小さな土地では、どんな些細なことでも知れ渡ってしまうもので、現に、昨日あなたがこちらに見えたことも、すぐに伝わってしまいました。トレファシスさん、私ども、この土地の人間はみんな、あなたの立場に心からの同情を抱いているといっても過言ではありません。それで、私たち、できるだけあなたのご援助をしたいものと心を砕いているのです」

「ご親切にありがとうございます」

「いやいや、ご不幸にあわれたお美しいトレファシスさん――こんな古風な言い方をお許しください。しかし私にできることでしたら、ほんとうに、なんなりと遠慮なくおっしゃってください。ああ、ここからの眺めはじつにいいでしょう？」

「ほんとにきれい！　原野って、すばらしいですわ」

「昨夜、囚人がプリンスタウンから脱走したのはご存じですね」

「ええ。もう捕まりましたの？」

「いや、まだだと思います。かわいそうに、すぐ捕まってしまいますよ。この二十年間、あのプリンスタウンからうまく逃げおおせたものは誰もいないのです」

「プリンスタウンて、どっちの方角ですの？」

ライクロフト氏は腕を伸ばして、原野越しに南のほうを指した。

「向こうです。この果てしない原野をカラスがまっすぐに飛んで二十キロ。道を行けば二十六キロもあるのです」

エミリーはかすかに身をふるわせた。絶望的な、追いつめられる囚人の姿が、彼女の脳裡に強く浮き上がってきたのだ。ライクロフト氏は怯えているエミリーを見守りながら、うなずいてみせた。

「そう、私も同感です。追いつめられている囚人のことを考えてみると、人間の本能がどんなふうに反逆するものか——しかも、プリンスタウンの囚人といえば揃いも揃って極悪凶暴な男たちばかりですからなあ——是が非でも、あの刑務所に厳重にとじこめておかなければならないような連中ですよ」

彼はちょっと言いわけするように笑ってみせた。

「いや、こんなことを申し上げて恐縮ですが、じつは私、犯罪学に深い興味を持っているのです。なかなか魅惑的な学問ですよ。鳥類学と犯罪学、この二つが私の研究テーマなのです」彼はちょっと言葉を切ってから、またつづけた。

「それで、もしご迷惑でなかったら、こんどの事件で私があなたとお近づきになりたいと思ったのも、その理由からなのです。直接、犯罪を研究することが、永いあいだの実現できなかった私の夢なのです。どうか私を信用してくださいませんか、トレファシスさん、そしてあなたの思うままに私の経験も利用してくださいませんか。私は犯罪に関する勉強なら相当やってきたのです」

エミリーはしばらく黙っていた。いまや形勢は好転しつつあるのだ。そう感じると、彼女はすっかり有頂天になった。まるでこの自分がずっとシタフォードで暮らしてきたかのように、ここの生きた知識がじかに手に入るのだ。〝攻撃の角度〟、エミリーはついさっき彼女の心に浮かんだこの言いまわしをくりかえしてみた。彼女はすでに、バーナビー少佐の角度——単純で実際的な、そして直接的なものの考え方についての知識は得ていた。少佐は明白な事実だけを認めて、微妙でとらえがたいものにはぜんぜん注意を払わぬたちの人だ。しかし、いま彼女の目の前に提供されたこの新しい〝角度〟を用いれば、あるいはいままでのとはまったく異なった視野が開けていくかもしれないではないか。この小柄で老齢のためにしなびた紳士は、永年のあいだ、研究に研究を重ねたおかげで人間の本性に精通しているが、人に対する彼の強烈で私利的な好奇心は、その行動ではなく、発言によって、よく示されていた。

「どうかお願いいたします。あたし、とても心配でみじめで――」彼女は素直に言った。

「そうでしょうとも、あなたのお気持ちはよくわかります。なんでも、トリヴェリアン大佐の一番年上の甥ごさんが逮捕されたとかいう話ですが――私の情況判断によりますと、どうもその証拠があまりにも単純で見えすぎるような気がするのです。まあ、率直に申し上げたわけですが、失礼の段はお許しください」

「もちろん。でも、あなたは、あの人のことをなにもご存じないのに、どうして無実だとお信じになるんですの？」

「いや、無理もないご質問です。いやあ、あなたご自身がもうすでに、たいへん興味ある研究課題ですよ。ところで、トレファシスさん、あなたのお名前は――あのお気の毒なトリヴェリアン大佐と同じコーンウォール系ですか？」

「そうなんです、父はコーンウォールで、母はスコットランドですの」

「ほほう！　これは面白い。さて、問題にかかりますかな。一方で、私たちはこう仮定してみるのです。あの若いジム――たしかジムでしたね？　そう、ジムが金に困って伯父さんに会いに来る、借金を頼むが伯父さんに断わられて、思わずカッとなりドアの隙間に差しこんであったサンド・バッグを振り上げる、そして伯父さんの頭をなぐりつけたと仮定してみるのです。この犯行は偶発的なものです。たしかに嘆かわしいことではありますが、じつにばかげた分別のない仕業です。すべてが今申し上げたとおりだったかもしれません。ところでまた一方、ジムが怒って伯父さんの家を出ると、そのすぐあとからほかの人間が入って行って、伯父さんを殺したのかもしれないのです。これがあなたの信じているほうの仮定ですね——そして、ちょっと意味が違いますが、私もまたそれを望んでいるのです。私はあなたのフィアンセが下手人だと思いたくないのです。というのは、私の観点から申しますと、ジムがやっとしたら、この事件はじつにつまらないものになるからなのです。それで私は後者の仮説を選んだのですよ。殺人はジム以外の人間がやった、こう仮定してみますと、私たちはきわめて重要な点にぶつかるのです。犯人は、ちょうどそのとき起こったジムと伯父さんの喧嘩を知っていたのか？　つまり実際に、あの喧嘩が殺人を引き起こしたのか、ということなのです。わかりますかな、私の言う意味が——誰かが大佐を殺そうと前から狙っていて、殺人容疑がジムに振りかかるように、うまくこのチャンスをつかんだということなのです」

エミリーはこの角度から問題をじっくりと考えてみた。

「で、この場合は——」とゆっくりと言った。

ライクロフト氏はエミリーの言葉をそのまま使って、きびきびとしゃべった。

「で、この場合は、犯人はトリヴェリアン大佐とごく密接な間柄の人間でなければなりません。それにエクスハンプトンに住んでいて、喧嘩のあいだかそのあとに、大佐の家にいたものと考えるべきです。私たちは法廷にいるわけではありませんから、自由に名前を数え上げることができますが、私がいま申し上げた犯人の条件にぴったり当てはまる人間として、私たちの心にすぐ浮かんでくるのは、なんといってもまず使用人のエヴァンズです。この男なら、大佐の家にいて喧嘩を立ち聞きし、このチャンスをつかむことは充分できたはずです。で、次の点は、大佐が死ねばエヴァンズにどんな利益があるか、これを発見することですね」

「たしか、取るに足りない遺産をもらうだけだと思いますけど」とエミリー。

「では、それだけで殺人の充分な動機になるかどうかということです。エヴァンズが金に困っていたかどうかも調べねばなりませんし、エヴァンズの女房のことも——話によると最近結婚したそうですが——考えに入れなければならないのです。あなたが犯罪学をご研究になれば、妻帯したり、近親のものが殖えたりすると、ことにこういう田舎ではいろいろな影響が現われてくるのに気がつかれるはずです。現にいまも、ブロードムアの刑務所には、少なくとも四人の若い女囚がいるはずです。一見するとこの女たちは、たいへん感じのよい女性のようですが、じつは妙にひねくれた性質の持ち主で、人のいのちなどつまらないものか、なんの意味もないものと思っているのです。ですから、エヴァンズの女房を除外するわけにはゆきません」

「あのテーブル・ターニングのこと、どうお考えなのです？　ライクロフトさん」

「いや、あれはじつになんとも不思議です。白状しますが、トレファシスさん、私は非常に強い感動を受けたのです。もうお聞きになったことと思いますが、私は心霊というものを信じ、またある程度、降霊術も信じているものなのです。もうすでにあの一件の詳細をしたためて、心霊研究会のほうへ報告してあります。本物であると認めることのできた驚異的なケースです。五人の人がその場に居合わせたのですが、トリヴェリアン大佐が殺されたなどということを、誰一人として夢にも思ってみなかったのですからね」

「でも──」

と言いかけて、エミリーは口ごもってしまった。あの五人のうちに、殺人が行なわれるのを予知していた人がいたのかもしれないという自分の考えを言おうとしたのだが、ライクロフト氏自身、あの五人の中に入っていたので、やすやすと口には出せなかったのだ。しかも、殺人事件にライクロフト氏もなにか関係があるのじゃないかと思われたので、今、それを口に出してしまうのはうまくないと考えて、もっと婉曲にライクロフトから聞き出すことにしたのだ。

「とてもためになりましたわ、ライクロフトさん。おっしゃるように、じつに不思議なことですわ。で、その五人の方たちの中で――ええ、むろんあなたを除いてですけど――霊的な力をもっていらっしゃる方といったら、どなたでしょう？」

「いやいやお嬢さん、私にだってそんな力はありませんよ。ただ観察者として深い興味をいだいているだけなのです」

「ガーフィールドさんはどうですの？」

「なかなかいい青年ですが、その方面ではとりたてて申すほどのことはありませんな」

「あの方、裕福なんでしょ？」

「いやいや、文字どおりの文なしですよ。あの青年は彼の伯母にあたるパーシハウスさんのご機嫌を取りにここまでやって来るんですが、それも伯母さんの遺産が欲しいからなんですよ。パーシハウスさんはなかなか鋭い婦人で、そんなことぐらい百も承知なのです。しかし、彼女は皮肉に笑いながら、彼にご機嫌をとらせているわけです」

「あたし、パーシハウスさんにお会いしてみたいわ」

「お会いになったらいいですよ。きっとパーシハウスさんのほうでも、ぜひお会いしたいと言うに決っていますがね。それも、お嬢さん、好奇心からなのですよ」

「ウィリット家の方たちのこと、お話ししてくださいません？」

「楽しい一家ですよ、いや、じつに楽しい。むろん植民地風ですから、ちょっとけたはずれなところもありますがね。お客の饗応も気前がよすぎるほどで、なにからなにまで派手ずくめなのです。お嬢さんのヴァイオレットはなかなか美しい娘さんですよ」

「冬だというのに、こんな土地へいらっしゃるなんて――」

「そうです、たしかに変ですが、それでいて、なかなか筋道が通っているんですよ。ここに住んでいる私たちは、陽光や暑い気候やヤシの葉のそよぎに憧れますが、オーストラリアや南アフリカに住んでいる人たちは、雪と氷の古風なクリスマスを夢に描いているのですからねえ」

――夫人と娘、どちらの受け売りなんだろう――とエミリーは胸の中でつぶやいた。

雪と氷の古風なクリスマスが送りたいのなら、なにもわざわざこんな荒涼とした山奥に埋もれることなんかないのに――きっとこのライクロフト氏は、ウィリット母子がこんな土地を選んだことに疑問をいだいてないんだわ。もっとも、ライクロフト氏は鳥類学者で犯罪学が好きだなんて言っている人だから、気がつかないのも無理はないけれど

——それにこのシタフォードは、ライクロフト氏のような人にはもってこいの場所だし、他人にはとても住めるようなところではないと想像することは、この人にはできないんだわ——

二人はゆっくりと丘の斜面を下りていった。そして、シタフォードの小道を進んで行った。

「あのコテージには誰が住んでいますの?」とエミリーが不意に尋ねた。

「ワイアット大尉です——病気なので、あまり外との交際はしないようです」

「トリヴェリアン大佐のお友だちですか?」

「親友というほどのものじゃありません。トリヴェリアンがときどきお義理で見舞いに行ったぐらいで、それにワイアットは訪問客をあまり歓迎しませんし——まあ気むずかしい男ですね」

エミリーは押し黙ったまま、どうしたら自分がワイアット大尉の客になれるだろうかと考えていた。とにかくどんな角度からの攻撃も、未調査のまま残しておくという気は、このエミリーには少しもなかった。

彼女は不意に、あのテーブル・ターニングに居合わせた人間で、まだ一度も触れていない名前を思い出した。

「デュークさんはどうですの？」と元気よく尋ねた。

「彼がどうかしましたか？」

「ええ、つまり、どういう人なんですか？」

「そうですね――」ライクロフト氏はゆっくりと言った。「誰にもわからない男です」

「まあ驚いた！」

「いや、実際には、それほどのこともないのです。なにからなにまで謎に包まれている人間だというわけではないので。まあデューク氏について唯一わからない点といえば、つまり彼の素性だと私は思っているわけです。しかし、なかなかどうして堅物の善良な人物ですよ」と彼は急いでつけ加えた。

エミリーは黙って考えこんでいた。

「これが私のコテージです。お寄りになったらいかがです？」

「じゃあ、せっかくですから――」

二人は小道にそれて、コテージに入った。室内はすばらしかった。書棚が壁という壁に並んでいた。

エミリーは、次々に興味深く本の背文字を見て歩いた。あるところには超自然現象を扱った書物があつめられ、またあるところには探偵小説があったが、書棚の大部分は犯罪学と世界の有名な裁判記録の書物ばかりで、鳥類学の書物は思ったより少ししかなかった。

「とても楽しかったですわ。でも帰らなければなりません。もうエンダビーさんも起きて、あたしを待っていると思いますから。それに朝食もまだなんですの。九時半にしてくださいと、カーティス夫人に頼んでおいたんですが、もう十時でしょう。すっかり遅れてしまいましたわ、あんまり面白かったものですから——それにずいぶん助けていただきました」と言って、エミリーはライクロフト氏に魅惑的な視線をむけた。

「なんでも喜んでいたしますよ。どうか私をあてにしてください。あなたと私は共同戦線を張っているんですからな」ライクロフト氏は笑いながら言った。

エミリーは彼に手を差しのべて、心を込めて握った。

「心からおすがりできる方がいるなんて、ほんとうにすばらしいですわ」と、彼女はオハコである効果百パーセントの殺し文句を使った。

17 ミス・パーシハウス

エミリーが帰ってくると、卵とベーコンが用意してあり、チャールズが彼女を待っていた。

カーティス夫人はまだ囚人の脱走事件の興奮がさめないで、しきりに騒いでいる。

「二年前にも囚人が脱走して、三日目に捕まったのですよ。モートンハムステッドの近くに隠れていたんですけどね」

「逃げるとすると、こっちのほうへ来ますか？」と、チャールズが尋ねると、この土地に詳しい夫人はそれを頭から否定した。

「こっちには来ませんねえ、なにしろ隠れるところもないような原野でしょう、それをなんとか越えたところで、小さな町がぽつんとあるばかりですもの。プリマスのほうへ逃げるのが一番いいんですけど、そこへ行くまでに捕まってしまいますからね」

「でも丘の向こう側には岩があるから、その中にうまい隠れ場所がきっとあると思うけど」とエミリーが口をはさんだ。

「そのとおりですわ、お嬢さん、あそこなら隠れ場所がありますよ。みんな、〝妖精の穴〟なんて呼んでおりますが――ご覧になればわかりますが、岩と岩とのあいだの入口は狭いのに、中に入ると広くなっているんですよ。なんでも昔、チャールズ国王の家来の一人がその洞穴に二週間も身を隠して、侍女に農家から食物を運ばせたという話があるくらいですからねえ」

「その〝妖精の穴〟というのをぜひ見ておこう」とチャールズ。

「でも探すとなるとたいへん骨が折れて、きっとびっくりなさいますわ。夏なんか、たくさんのピクニックの人たちが、午後いっぱい探して歩いても見つからないのですから――もし見つかったら、幸福を祈って洞穴の中にピンを置いてくるといいそうですよ」

朝食がすんでから、チャールズとエミリーは一緒にこぢんまりとした庭へ散歩しに出た。「ぼくはプリンスタウンへ行こうかどうしようか、迷っているんです。だけど、まったく驚きますね、ほんのちょっとした幸運に出あうやいなや、またたく間に幸運が重なるんだから。そもそも、ぼくがここへひょっこりやってきたのは、フットボールの懸賞予想の一件なんだ。ところが、なにをしているのかもわからないうちに、もう殺人事件と脱獄事件の真っ只中にとびこんじゃっているんですからね。まったくすばらしいや！」

「バーナビー少佐のコテージを撮りに行くのはどうするの？」

チャールズは空を見上げた。

「うーん、天気が悪いことにしよう。できるだけ長くシタフォードにいる理由《レーゾン・デートル》をつくらなくちゃなりませんからね、おまけに、ほら、霧が出てきましたよ。ええと——怒っちゃいけませんよ、ぼく、あなたとのインタヴューの記事を社に送ったばかりなんです」

「まあ、それはよかったわね」とエミリーは機械的に言った。「それで、あたし、なんてしゃべったの？」

「新聞の読者なんて、ありふれた記事が大好きなんですよ——本社特派員による、トリヴェリアン大佐殺害容疑者、ジェイムズ・ピアソン氏のフィアンセ、エミリー・トレファシス嬢との会見記。あなたの印象は、大胆なる美貌の女性ということになっているのです」

「恐れ入ります」とエミリー。

「シングル・カットの——」チャールズはつづけた。

「シングル・カットって？」

「あなたのことですよ」

「ああ、そうね」とエミリー。「でも、どうしてそんなことまで書くの?」

「女性の読者は知りたがるんですよ、そういうことをね。すばらしい会見記ですからね。インタヴューの中で、あなたは、世間がジムをどんなに白眼視しようと、彼の味方に立って、いかに立派にしかも女性の愛情をこめて感動的に語ったかは、あなたにも想像がつかないでしょうな」

「ほんとにそんなこと、あたししゃべったの?」とエミリーは軽くにらんだ。

「怒りました?」とチャールズは気を揉《も》みながら言った。

「いいえ、かまわないわ。たのしんでね、ダーリン」これにはエンダビーもびっくりしたような顔をした。

「だいじょうぶ、これは引用なのよ。あたしが子どものころの日曜日のエプロンに、そう書いてあったの。ふだんの日《ウイークデイ》のエプロンには〝食べすぎちゃダメよ〟って書いてあったわ」

「ああそうか。それからね、ぼくはトリヴェリアン大佐の海軍生活についても、かなりたくさん盛りこみましたよ。それに掠奪された異国の偶像と、それにまつわる不思議な僧侶の復讐《ふくしゅう》のことなど、それとなくほのめかしたりしてね。つまりほんのヒントだけですよ」

「そう、それじゃ、これであなたは、今日の一日一善をはたしたというわけね」

「だけど、あなたは今までなにをしていたんです？　おそろしく早く起きたじゃありませんか」

　こんどはエミリーがライクロフトに会ったことを話しはじめた。

　不意に途中でエミリーが言葉を切ったので、チャールズが肩越しに彼女の視線を追うと、いかにも健康そうな青年が門から身体を乗りだして、なにかしきりに弁解じみたことを言いながら、二人の注意を惹こうとしているのに気がついた。

「こんなところから突然お邪魔して、どうもすみません。なにしろ伯母が行ってきてくれと、ぼくに言うものですから」

「はあ？」なんのことだかよくわからずに、エミリーとチャールズが同時にいぶかしげに訊《き》き返した。

「つまり、その——伯母ときたらとても強情で、行ってこいと言い出したら、もうなんといってもきかないんです。こんなとき、おうかがいするなんてほんとに恐縮なんですけど、とにかくうちの伯母は——ええ、会っていただければ、よくのみこんでいただけると思うんですが——」

「あなたの伯母さまって、パーシハウスさんのことですの？」とエミリーが話に割り込んだ。

「そうです、そうです」と青年はホッとしたように言った。「伯母のことはご存じですか？　カーティスのおかみさんがしゃべったと思いますけど――なにしろあの人は有名なおしゃべりですからね、もっとも悪い人じゃないんですが。その――じつは伯母があなたにお会いしたいと申しているのです。で、ぼくがおうかがいしたわけなんですが。たいへんご迷惑でしょうけど――伯母が病身で外出できないものですから、来ていただけたらありがたいのですが。ええ、ご存じのように伯母のほんの好奇心なんで、もし頭が痛いからとか、手紙を書くからとか、あなたがおっしゃるなら、それで結構なんです。ご迷惑をおかけするのもなんですから――」

「いいえ、願ってもないことですわ。すぐご一緒しますから。このエンダビーさんは、バーナビー少佐にこれから会いに行くところですの」

「ええ？　ぼくが？」とチャールズが小さな声で訊き返す。

「そうよ」とエミリーはきっぱりと言って、チャールズにそっけなくうなずいて別れを告げると新しい友だちと一緒に歩き出した。

「あなた、ガーフィールドさんでしょ？」

「そうです。自己紹介をしなければいけなかったのですが」

「どういたしまして、すぐにわかったわ」

「一緒に来ていただいてほんとに助かりました。たいがいの女性なら腹を立てるところですが――あなたは伯母のような年寄りの気持ちがよくわかるんですね」

「あなたはここに住んでいらっしゃるんじゃないでしょう、ガーフィールドさん？」

「とんでもない、とても住めませんね。こんな荒涼としたわびしい土地はちょっとないでしょう？　映画館すらないんですからね。これじゃあ誰かが人殺しを――」とガーフィールドは言いかけたが、思わず自分の言葉にビクッとして口ごもってしまった。

「いやあ、どうも失礼しました。なんてばかなんでしょう、ぼくはどうも――いつもまずいことを口走ってしまうんです。思ってもいないことを」

「ええ、わかってるわ――」とエミリーは慰めるように言った。

「さあ、着きました」とガーフィールドが言って、門を開けた。エミリーはその門をくぐって、ほかのとまったく同じ小さなコテージにつづく、小道を歩いていった。庭に面している居間には寝椅子があって、そこには初老の婦人が横たわっていた。顔は痩せて皺だらけで、これほどまでに鋭く尖って物問いたげな鼻を、エミリーはまだ見たことがなかった。婦人はやっとの思いで、ひじで上半身を起こした。

「まあ、よくお連れしてくれたね」と言ってから、「お嬢さん、こんな年寄りのところまでご親切にようこそおいでくださいました。きっとあなたもご病気になったら、わたしの気持ちをわかってくださいますわ。とにかく、パイがあれば出かけて突っついてみる、もし出かけて行けなくても、そのうちにパイのほうからやって来るもんです。それを好奇心だとばかりお思いになっちゃいけませんわ——もっとそれ以上のものですもの。ロニー、ちょっと外へ出て、庭の備品にペンキを塗っておくれ。庭の隅の物置にあるから。籐椅子が二つに、それからベンチ。ペンキも用意してあるからね」

「すぐやります、キャロライン伯母さん」

そう言って、素直な甥は部屋から出ていった。

「お掛けなさい」とパーシハウスが椅子をすすめた。

エミリーは言われるままに腰をおろした。そして妙なことに、この鋭いものの言い方をする中年の病人に、彼女は一種独特な好意と同情の念を禁じ得ない自分に気がついた。しかもそれは肉親に感じられるような親しみだった。

——この人も目的にむかって直進するタイプの人なんだわ、どんなことにでも自分独自のやり方があって、あらゆる人々の上で采配をふるう人——まるであたしそっくり。でも、あたしには美貌という武器があるけれど、この人の場合には、性格の強さで押し通さなければならないんだわ――とエミリーは思った。

「わたし、あなたがトリヴェリアン大佐の甥ごさんのフィアンセだということを知っています。それに、あなたのことはいろいろと聞いておりますし、いまお目にかかって、あなたがなにをしていらっしゃるのかも、よくのみこめました。わたし、あなたの幸福を祈りしますわ」

「ありがとうございます」

「めそめそ泣いているような女は嫌いですよ。それよりも、立ち上がって行動を起こすひとが好きなのです」

そう言って、パーシハウスはエミリーの顔をじっと見つめた。

「あなた、わたしのことを哀れに思っていらっしゃるんじゃないかしら？――起きることも歩くこともできないで、ただ寝ているばかりのわたしを――」

「いいえ、そうは思いませんわ。だって本人の決断次第で、いつだって人生から何かをつかむことができると思うんです。ひとつの方法ではだめでも、ほかにいくらでも道はあると思いますの」

「まったくそのとおりです。違った角度から人生をつかまなければいけません」

「攻撃の角度――」とエミリーはつぶやいた。

「え？　なんておっしゃったの？」

エミリーはできるだけ明確に、あの朝、導き出した理論と、それを当面の問題にいかに適用させたかということを説明した。

「なかなかいいわ」と、パーシハウスはうなずきながら言った。「さあ、ではお嬢さん、要件に入りましょう。わたしもばかじゃないのよ、あなたが、この村の人々が殺人と関係があるかないか調べるためにいらしたぐらいのことはわかります。そこで、ここの人たちのことで、なにか知りたいと思っていらっしゃることがあれば、わたし、なんでもあなたにお話ししますよ」

エミリーはぐずぐずしていなかった。いとも簡単にてきぱきと問題の要点に入った。

「バーナビー少佐は？」と彼女は尋ねた。

「典型的な退役軍人、外見は偏屈で強情なんですけど、あれで、嫉妬深い性質なんですよ。それからお金のことになると、とてもだまされやすくて、〝南海泡沫事件〟に投資するような男で、要するに目先がきかないわけですよ。そのくせ借金はすぐ払わないと気がすまないたちなの。ですから、自分で自分の後始末ができないような人は大嫌い、そういったひとですよ」

「ライクロフトさんは？」

「ちょっと変わった小柄な人です。大変なエゴイスト。気難し屋。自分は天才だなんて考えるのがお好き。きっとあのひと、あなたに豪語したと思いますけど——自分の犯罪学の驚異的な知識の力で、あなたのためにこの事件を解決してあげるって——」

エミリーは、まったくそのとおりだったと認めた。

「ではデュークさんは？」

「あのひとのことは、よくわからないのです。一番ありふれたタイプの人ですよ。もっと知っていて当然なのですけど——変ですわねえ。喉まで出かかっているのに、なぜなのかどうしても思い出せない名前のような感じの人ね」

「ウィリット家の二人はどうですの？」

「ああ、ウィリットさん！」こう言うと、ミス・パーシハウスは興奮して、ひじを使って身体を起こした。「ウィリットさんのことね、ええ、お話ししますとも、お嬢さん。まあお役に立つかどうかわかりませんけど。あの——そこの書き物机の一番上の小さな引出しを開けて——左のです——白い封筒を取っていただけません？」

エミリーは言われたとおりに封筒をもってきた。

「これが重要かどうか——まあお役には立たないかも知れませんが——どんなひとでも多かれ少なかれ嘘をつくものですが、あのウィリットさんもご多分に洩れないということとなんですよ」

彼女は封筒を受け取ると、中に手を差しこんだ。

「そのことをお話ししましょうね。ウィリットさん母娘《おやこ》が流行の服を着て、メイドさんたちを連れて、新しいトランクを持ってここに着いたとき、夫人とヴァイオレットさんはフォードの自動車で、メイドさんやトランクは駅のバスでまいりましたの。それで、一大イベントと言ってもいいようなものですから、当然、その人たちの通るのを見ておりますと、一つのトランクから色のついたラベルがはがれて、うちの花壇に落ちてきたのです。わたしの性分として、なにがいやだといって、紙やなにかが散らかっていることぐらいいやなものはございません。それで、すぐに甥のロニーにそれを拾わせて捨てようと思ったのですが、そのラベルがあんまり鮮やかできれいなので捨てるのも惜しくなり、子どもの病院に送るスクラップ・ブックに貼ってやろうと思いましたの。それでね、そのままだったらわたし、二度とラベルのことなんか思い出さなかったでしょうけど、ウィリット夫人がわざわざ二度も三度も、娘のヴァイオレットは南アフリカ以外の所に一度も行ったことがないだとか、夫人自身、南アフリカとイギリスとリヴィエラにいただけだとか言いふらすもんだから」

「それで?」

「これがそうなの。見てごらんなさい」

ミス・パーシハウスはエミリーの手にトランクのラベルを渡した。それには、〈メルボルン、メンドル・ホテル〉という文字が入っていた。

「オーストラリアは南アフリカではありません。少なくともわたしの若い頃はそうでしたよ。おそらく、重要なことではないでしょうけど、でも何か役に立ちそうな気がするんです。それからもう一つ、わたし、ウィリット夫人がヴァイオレットさんを呼ぶのに、〝クーイー〟と呼んだのを耳にしたことがあるんです。これもまた、南アフリカよりもむしろオーストラリア独特の呼び方ですわ。ですから、どうしてもオーストラリアから来たとしか思えないじゃありませんか。それならそうと、なぜそう言わないのかしら？」

「たしかに変ですね。それにあの人たちのように、冬にこんなところに来るなんて、腑に落ちないわ」

「まず一番に気がつくのはそれよね。まだ二人には会ってないの？」

「ええ、今朝うかがってみようかと思っていましたの。でも口実が見つからなかったものですから」

「じゃあ、わたしがその口実をつくって差し上げましょう。万年筆と紙と封筒を取って来てくださいな。いいわ。さあて——」彼女はしばらくのあいだ慎重な面持ちで構えていたが、突然、金切り声を張りあげた。

「ロニー、ロニー、ロニーったら！　聞こえないのかしら？　どうして呼ばれたらすぐに来ないいんだろうね？　ロニー、ロニー！」

ロニーはペンキのブラシを手に持ったまま、元気よく走って来た。

「どうかしましたか？　キャロライン伯母さん」

「どうもこうもありゃしないよ、おまえを呼んでたのよ、それだけ。おまえ、昨日ウィリットさんのところでお茶をいただいたとき、なにかケーキを食べたかい？」

「ケーキですか？」

「ケーキでもサンドイッチでもなんでも、どうして鈍感なんだろうね、おまえときたら！　お茶と一緒になにか出たかって聞いているんですよ」

「コーヒーケーキが出ましたよ」ロニーはすっかり面食らって答えた。「それから——ええと、ペーストのサンドイッチ——」

「コーヒーケーキね、いいわ」彼女は勢いよく書きはじめた。「ロニー、おまえはもうウロウロしないで、ペンキ塗りにもどっていいよ。そんなふうに口をあけて突っ立っているんじゃないの。いいかい、おまえは八つのときにアデノイドを取ってしまったんだからね、口があいていることの言いわけはききませんよ」
そう言うと、彼女はまた書きつづけた。

ウィリットの奥様
昨日の午後は、大変おいしいコーヒーケーキをロニーがご馳走になったとのこと、ほんとうにありがとうございました。つきましては、そのケーキの作り方を教えていただけないでしょうか？　病気ですと、ほんとに食べることだけにしか変化がございませんので、どうかよろしくお願いいたします。今朝はロニーが忙しいので、そのかわりにトレファシスさんがこの手紙をもって行ってくださるそうです。囚人脱走のニュース、さぞかし驚かれたことと思います。
真心をこめて
キャロライン・パーシハウス

彼女は手紙を書き終えると、それを封筒に入れ、封をして表に宛名を書いた。
「さあ、お嬢さん。きっと山荘の玄関は新聞記者でごったがえしていますよ。あの人たちが大勢で大型の自動車で小道に入って行くのを、わたし、見たのです。でも、あなたがウィリット夫人を訪ねて、わたしのお使いで来たとおっしゃれば、中に入れますわ。さあ、ご自分の眼ですっかり見届けていらっしゃい。とにかく頑張ってね」

「ご親切にいろいろとありがとうございました」とエミリーは言った。

「わたしはね、自らを助けることができる人のお力になりたいのです。ああそれから、わたしがロニーのことをどう思っているか、まだお尋ねになりませんでしたね。きっとあなたのリストにロニーは載っているはずだわ。あの子は善良な青年なんですけど、惜しいことに弱いところがあるんですよ。それに、こんなこと申しあげたくありませんが、お金のために動くようなところがあるのです。一度でもいいからあの子が私に楯をついて、くたばれ！　このクソババア！　なんて言ってくれたら、かえって十倍もあの子のことが好きになれるのだということが、ロニーにはわからないんですからねえ。

それからあと一人、ワイアット大尉がおりますけれど、この人はアヘンを服《の》んでいるようですよ。英国一と言っていいくらいすごく怒りっぽい男でね。なにかほかに知っておきたいことがございますか？」

「いいえ、もうないようです——とても含蓄《がんちく》のあるお話をうかがいましたわ」とエミリーは答えた。

18　エミリー、シタフォード荘へ

エミリーが元気に小道を歩いていると、いつしか天気が変わってきたのに気がついた。あたりに霧が深くたちこめてきたのだ。

——ほんとにイギリスというところは住むのに不便ね、雪や雨や風がないかと思えば、この霧ですもの。それに太陽が出なければ、手足の指の感じがなくなるぐらい寒くなるんだから——

こんなことをエミリーが胸の中でつぶやいていると、彼女の右の耳のすぐそばで、しゃがれた声がして、彼女のもの想いを破った。

「失礼ですが、ブルテリアを見かけませんでしたか？」

エミリーは驚いて、声のほうに振りかえった。土色のようなつやのない顔色をし、充血した眼と灰色の髪の毛の背の高い痩せた男が、門から身体を乗り出して、じっとエミリーの顔に眼を注いでいた。彼女は一目見ただけで、これが二号コテージに住んでいる病気のワイアット大尉だということがわかった。

「いいえ、見かけませんでしたわ」とエミリー。

「じゃあ、どこかへ行ってしまったんだ。可愛い犬なんですが、ひどくばかでね。自動車の後にでもくっついて――」

「この道、たくさん自動車が入って来るなんて思えませんけど」

「夏場には大型観光バスがよく入ってきますよ。エクスハンプトンから朝なら三シリング六ペンスですからね。軽い運動のために、エクスハンプトンから、シタフォードの丘に登りにくるんです、途中休み休み登るんですがね」と不愉快そうに言った。

「ええ、でも今は夏じゃないわ」

「いや今も大型の車が入ってきたばかりですよ。きっと新聞社の連中がシタフォード荘を見にでも行ったのでしょう」

「トリヴェリアン大佐のこと、よくご存じだったのでしょう？」とエミリーは尋ねた。

彼女の考えでは、大尉がブルテリアのことを訊いたのは、一種の好奇心から自分に近づこうとするための口実にすぎないのだ。現在、このシタフォードで一番の関心の的になっているのは、この自分だということに彼女は気がついていたし、ほかの人たちと同じように自分を一目見たいというワイアット大尉の気持ちも、ごく当然なことだと彼女は思った。

「いや、よく知らないのです。このコテージをぼくに売ってくれたのは大佐ですがね」

「まあそう――それで――」エミリーは大尉の言葉をうながすように言った。

「けちな男でしたよ、あの大佐は。はじめの契約では買い手の好みに応じると言っておきながら、ぼくがチョコレート色の窓枠をレモン色に塗りかえさせると、契約には一定の色ということになっているからといって、その費用を半分持てと、こうなんです」

「じゃあ、あなたは大佐がお好きじゃなかったのね?」

「ええ、大佐とはいつも喧嘩ばかりしていましたよ。もっともぼくは誰とでもそうですがね」彼はあとから思いついたように言い添えた。「それに、こういう土地ではね、独りにしておいてくれと言ってやる必要があるんです。年がら年中ドアをノックし、ちょっと立ち寄りましたなんて言っては、べちゃくちゃしゃべるんですからね。ぼくは気分の向くときなら人に会うのも平気ですけどね、それもぼく自身の気分次第で、他人の気分次第で来られちゃたまりませんよ。トリヴェリアンはまるで領主の特権かなんぞのように、勝手気ままにふらふらやって来るんですから、まったく言語道断ですよ! おかげで今じゃ、だれもぼくの邪魔をするような者はいなくなりました」彼は満足そうに言った。

「まあ！」とエミリーは言った。

「それにインド人の使用人を置くのが一番いいですよ、よく言うことをききますからね、オーイ、アブダル！」

大尉が大声でどなると、ターバンを巻いた背の高いインド人がコテージから出てきて、主人の用命を待った。

「入って、何かあがりませんか。ぼくのちっぽけなコテージをご覧になってください」

と大尉はエミリーにすすめた。

「あいにくですが、でもあたし、急ぎますから」

「おや、そんなことはないでしょう」と大尉。

「いいえ、ほんとに急いでおりますの。あたし、約束があるんです」

「おやおや、どうも当節では、ほんとの暮らし方というのを誰も理解しないんですな。やれ汽車が、やれ約束が、なにもかも時間ずくめなんですね――つまらない。太陽とともに起き、食べたい時に食事をし、時間に縛られるな――もしぼくに教えを乞うなら、そう言ってやりたいところですよ」

大尉の、生活の仕方に関する高尚な意見も、結果としてはたいして望みのないものとエミリーは見てとった。ワイアット大尉のように叩きつぶされた敗残者を、彼女はいまだかつて見たことがなかった。とにかく、大尉の好奇心は十分に満たされたとエミリーは見てとったので、約束があるからと言い張って、彼女は山荘への道を急いだ。

シタフォード荘の玄関のドアは硬質のオーク材でできていて、形のよいベルと、ばかに大きな針金のマット、それにキラキラ光る真鍮《しんちゆう》の郵便箱が入口にあった。エミリーにもよくわかるように、それは生活のゆとりと格式とを暗黙のうちに示していた。ベルを鳴らすと、こぎれいな、いかにもそれらしい感じのメイドが出てきたかと思うと、切口上で、「今朝は、奥様はどなたにもお会いになりません」と言うのを聞いて、ははあ、新聞社の連中が前に押しかけたからだと、エミリーは思い当たった。

「あたし、パーシハウスさんのお手紙を持参したのですけれど」エミリーがそう言うと、様子がガラリと変わった。メイドの顔には、ちょっとためらうような様子が浮かんだが、やがて態度を改めて、「では、どうぞお入りくださいませ」と言った。

エミリーは、不動産屋の用語で言う〝美装ホール〟にまず案内され、そこから大きな応接間に通された。暖炉の火は赤々と燃え上がっていて、その部屋の中はいかにも女世帯らしい雰囲気が漂っていた。ガラス細工のチューリップ、凝った裁縫箱、それから女の子の帽子や脚の長いピエロの人形などが、その辺においてあった。だが、写真が一枚も見当たらないのに彼女は気がついた。

あっちこっちと見まわしながら、エミリーが炉の前に手をかざして暖めていると、ドアが開いて、ちょうど彼女と同い年ぐらいの娘が入ってきた。エミリーは、その娘がとても美しい上に、流行の、金のかかった服装をしているのに気がついた。それにしても、これほど不安におびえている娘をまだ見たことがないと思った。けれども、その表情が表に現われていたわけではない。ミス・ウィリットはいかにも気楽そうに装っていた。「なんですか、

「おはようございます」と彼女は言って、前へ進み出ながら握手をした。

母は加減が悪くて、休んでおりますの」

「まあ、そうなんですの。あたし、こんなときにおうかがいしたりして――」

「いいえ、こちらこそ――いまコックがお菓子の作り方を書いておりますわ。パーシハウスさんのお気に召せば、なによりでございますけど。あなたは、あの方のところにご滞在なんですの？」

エミリーは、自分がどういう人間で、どうしてこんなところへ来ているのかということに気がつかない家族といったら、このシタフォードでこの家ぐらいしかないだろうと思って、ひそかに微笑を浮かべた。シタフォード荘には、雇い主と雇い人のあいだに厳重な管理体制が敷かれていて、たとえ雇い人が彼女のことを知っていたとしても、雇い主がそれを聞き知る機会はなかったのだ。

「いいえ、あの方のところじゃなくて、じつを申しますと、カーティス夫人の家に泊まっているんですの」

「そうでしょうね、パーシハウスさんのお宅は狭すぎますし、甥ごさんのロニーさんも一緒にいらっしゃるんでしょ？　ですから、あなたをお泊めできるような部屋はないはずだと思っておりました。パーシハウスさんて、ずいぶんいい方だと思うんです。でも、個性が強すぎて、なんだか怖いみたい——」

「弱い者いじめなんでしょ？」とエミリーはにこやかに同意した。「でも人が立ち向かってこないときなど、弱い者いじめしたくなる衝動にかられることもあると思いますわ」

ミス・ウィリットは溜め息をついた。

「あたし、立ち向かえればと思いますわ。ほんとに、今朝ぐらい困ったことはありませんもの、新聞社の連中にすっかりいじめられちゃって——」

「そうだわ、ここ、トリヴェリアン大佐の家でしたのよね？——エクスハンプトンで殺された——」

そう言って、エミリーはヴァイオレット・ウィリットの不安の理由を、なんとかして突きとめようとした。明らかにヴァイオレットはギクッとした様子だった。なにかある

——彼女を脅やかすものが——エミリーはわざとトリヴェリアン大佐の名前を出し抜けに言ってみたのだが、ヴァイオレットはべつにそれ以上の反応をしめさなかった。しかしエミリーは、きっとなにかが出てくるに違いないと思って、見守っていた。

「そうなんですの。恐ろしいでしょう?」

「よろしかったら——お話ししてくださいません?」

「ええ——あの——そうなんですわ——」

——この女《ひと》、ほんとにどうかしているわ、自分で何を言っているのか、わからないくらいなんだから。いったい、今朝、これほどまでに彼女を脅やかしたものは、どんなことだったんだろう?

「ほんの偶然から、テーブル・ターニングのことを、あたし耳にはさんだのですけど——ものすごく興味をもってしまいましたの——その、ほんとに身の毛のよだつような恐ろしい話だと——」

いかにも女の子らしく怖がってみせなくちゃ——これがあたしの術《て》なんだから、とエミリーは心のなかで思った。

「ああ、怖かったわ——あの晩のこと、一生忘れられないわ! きっと誰かの冗談だと思いましたの——ずいぶん人騒がせな悪戯《いたずら》だとばかり——」

「それで？」

「それから電気がパッとついたときのことが忘れられませんわ——みなさん、とても驚いたような妙な顔をして——ええ、でもデュークさんとバーナビー少佐だけは違いましたけど、だってあの二人ときたらとても鈍感で、あんな悪戯にもビクともなさらないような人たちなんですもの。でもね、バーナビー少佐がほんとに心配なさっていたことだけはわかりますわ。むしろほかの人よりもメッセージを一番信じたのは、少佐だといっていいくらいよ。それから、小柄なライクロフトさん、あの方ずいぶんショックを受けたんだと思いますけど、心霊の研究をなさっているおかげで、ああいったことには慣れているはずなのにね。それからロニー、ご存じですわね、ロニー・ガーフィールド、まるで幽霊を見た人のように真っ青になってしまいましたのよ。それにうちの母ですら、びっくり仰天してしまって、あたし、母があんなに驚いたなんて、生まれてはじめて見ましたわ」

「ほんとに気味の悪いことだったんですね、あたし、その場にいればよかった——」

「それどころじゃなかったわ。はじめは、あたしたちみんな、まるで冗談事のようにあしらっていたのですけれど、そういうわけにいかなくなってしまいましたの。突然、バーナビー少佐はエクスハンプトンへ行ってみると決心なさって、あたしたちみんなで—

—雪の吹きだまりに埋もれてしまうから、およしなさいと言って総がかりで止めたんですけど、少佐はどうしても行くんだと言ってききませんでした。少佐が外に飛び出してしまったあと、あたしたち、ただ恐ろしいのと心配とで坐りこんでしまいましたわ。それが昨夜——いいえ昨日の朝、あの報せがあったんですの」

「あのメッセージは、大佐の霊が現われたのだとお考えになりますか？　それとも透視力とかテレパシーのようなものだとお思いになります？」と、エミリーは畏《おそ》れを抱かせるような声で尋ねた。

「さあ——あたしにはわかりませんわ。でもあたし、二度と心霊を頭からばかにするようなことはしませんわ」

このとき、メイドがお盆の上に折り畳んだ紙片をのせて入ってくると、その紙をヴァイオレットに手渡した。

メイドが引き下がって、ヴァイオレットはその紙を開いて目を通すと、エミリーに渡した。

「どうもお待たせしました——はい、お菓子の作り方。あなた、ちょうどいい時に来てくださいました。使用人たちは、あの殺人事件ですっかりびくついてしまって。こんな山奥にいたんでは、何が起きるかわからないとすっかり思いこんでしまったのね。それでうちの母ときたら、昨日の夜はすっかり腹を立ててしまって、使用人たちに荷造りをさせてしまいましたの。みんな、昼食のあと、出て行くんですよ。でもその代わりに、二人ばかり男の人を雇うことにしたんです――手伝いを一人と、執事をかねた運転手が一人――そのほうがずっと役に立つと思いますわ」

「使用人というのは、浅はかなものですものね、そうでしょ？」とエミリー。

「大佐がこの家で殺されたわけじゃないのにね」

「でもどうしてまた、ここへお住まいになろうなんてお考えになりましたの？」と、いかにもさりげなく、女の子らしい自然な口調でエミリーは切り出した。

「まあ、面白半分みたいなものですわ」

「でも、かえって退屈じゃありません？」

「いいえ、あたし田舎が大好きなんですの」

だが口でそうは言うものの、ヴァイオレットはエミリーから目をそらして、一瞬、暗い影を顔に落とした。

ヴァイオレットが椅子の中でいかにも落ち着かない様子なので、エミリーもしぶしぶ椅子から腰を上げた。

「では、もう遅くなりますから――いろいろとありがとうございました、ミス・ウィリット。どうかお母様の具合がすぐによくなられますように」

「恐れ入ります。でも身体のほうはもういいんですの。ただ使用人のことやなにかで——心配が重なったものですから」

「そうですわね」

エミリーは、ヴァイオレットに悟られないように、自分の手袋を巧妙に小型のテーブルの上に置いた。ヴァイオレット・ウィリットは玄関の戸口のところまで彼女を送りに出て、二人はお別れの挨拶を交わした。

訪ねて来たときにドアを開けてくれたメイドが、また鍵を開けてくれたが、出て行くエミリーの背後でヴァイオレットがドアを閉めたときには、鍵のかかる音がしなかった。

エミリーは門のところまで行くと、ゆっくりと引き返しはじめた。

シタフォード荘を訪れて、彼女はこの家に対して抱いていた考えを深めるだけでなく、それ以上のことを知った。たしかにここには、なにか怪しい気配がある。彼女には、ヴァイオレット・ウィリットが直接この事件に関係しているとは思えなかった——もっとも、ヴァイオレットが見事な役者なら話はまた別だが。とにかく、なにか不可解なものがある。そのなにかが、この悲劇と関係があるはずだ。ウィリット家とトリヴェリアン大佐は、どこかでつながっているに相違ない。そのつながりさえつきとめれば、この事件も難なく解決されていくはずだ。

エミリーはまた玄関の戸口まで引き返して、音をたてないようにハンドルをまわし、敷居をまたいだ。ホールには人影がなかった。さて次はどうしたらいいものかと、彼女はちょっとためらった。口実はもうけてある――応接間にわざと手袋を残してきたのだから。じっと耳をそばだてたまま、彼女は身動きもせずにたたずんでいた。二階のほうからかすかな囁《ささや》きが洩《も》れてくる以外には、なんの物音もしていなかった。できるだけ静かにエミリーは階段ににじり寄っていって、上のほうをうかがった。それから息を殺して一歩ずつ昇っていった。じつにきわどい！　まさか彼女の手袋に足が生えて、二階に上がっていったとは申しわけにも言えまいが、いま、上で交わされている囁きを、なんとかして盗み聞きしたいという欲望には勝てなかったのだ。エミリーの考えによると、近代建築家はドアがピッタリと密着するようには決して作らないので、そこから洩れる声が聞こえるのだ。だから、ドアのところまでたどりつくことさえできれば、内側で交わされている話をはっきりと聞きとることもできるのだ。一段――一段――もう一段――二人の女性の声――明らかにヴァイオレットと母親の声だ――

突然、会話が途絶えた――足音がした。エミリーは急いで引き返した。

ヴァイオレット・ウィリットは母親の部屋のドアを開けて二階から降りてきたとき、

ホールの真ん中に、ついさっき帰ったばかりの客がまるで迷い子になった犬のようにウロウロしているのを見て、すっかり驚いてしまった。

「手袋を忘れたものですから、取りにもどりましたの」とエミリーが弁解した。

「きっと、こちらにありますわ」とヴァイオレットが言った。

二人が応接間に入って行くと、確かに、さっきエミリーが坐っていたそばの小型テーブルの上に、忘れた手袋がのっていた。

「ありましたわ、ありがとう。ほんとにばかね、あたしときたら、毎度のことなんですよ」

「でも手袋はどうしてもいりますわ――こんなに寒いんですもの」また玄関の戸口で二人は別れたが、こんどは鍵のかかる音がするのを、エミリーは聞いた。

――踊り場のドアが開いていたおかげで、エミリーにもはっきりと聞きとれた老夫人の言葉――いらだった、しかも訴えるような悲しい響きのこもったウィリット夫人の言葉を、彼女はしきりに考えながら車道を下りていった――「ああ！　い、い、い、いわ、い、い、今夜が待ちどおしい！」という言葉を――

19　いくつかの仮説

エミリーがコテージに帰ってみると、彼女のボーイフレンドは不在だった。カーティス夫人の話によると、彼は二、三人の若い人たちと外出したということだったが、電報が二通エミリーに来ていた。彼女はそれを受け取って開くと、さっさとセーターのポケットにしまいこんだ。カーティス夫人はいかにも中味が知りたいといった目つきで、ずうっと見守っていた。

「悪い知らせじゃございませんわね？」とカーティス夫人は口を出した。

「いいえ、べつに」とエミリーは答えた。

「電報だと聞くと、わたし、ドキッとするんですよ」

「ほんとに、不安にさせられますね」

いまエミリーは、たったひとりにならないとなんにも手につかない気がした。混乱している頭も整理したかったのだ。彼女は自分の部屋に上がっていって、鉛筆とノートを取り出すと、彼女の方式にしたがって自分の考えをまとめあげてみようと机に向かった。

二十分ばかりすると、チャールズが入ってきた。

「やあ、やあ、ここにいたんですか。新聞記者連中ときたら、あなたを捕まえようと思って午前中ずっと探しまわったらしいですが、とうとう捕まえられませんでしたね。とにかく、あなたのことについては、なんにも心配する必要はないと言ってやりましたよ。こと、あなたに関するかぎり、権利はぼくが握っているんだとばかりにね」

そう言って彼が椅子に坐ると、エミリーはベッドに陣取ったままクスクス笑った。

「羨望とか悪意とかはありませんよ。ぼくは公平に、ちゃんとよいネタを与えている。ぼくはこの事件に関してすべてを知っているからね。うますぎて信じられないくらいだよ。ぼくは今にも目が覚めるんじゃないかって、自分をつねってみたりしてね。ところで、霧が出てきましたよ。気がつきましたか」

「だけど、あたし午後に、エクセターまで行ってきたいんだけど――」

「エクセター？」

「ええ、ダクレスさんにお会いしなくちゃならないの。あたしの弁護士で、ご存じでしょ、ジムの弁護を担当する――で、ダクレスさんもあたしに会いたがっているのよ。エクセターに行くついでに、ジムの伯母さんのジェニファーにも会ってきたいと思うの。

なにしろ、三十分もあればエクセターへ行けるのだから」

「するとなんですか、伯母さんが汽車でちょっと急ぎ旅をしてきて、兄である大佐の頭を殴りつけて、誰も伯母さんの留守を知らなかったとでも言うのですか」

「いいえ、それはむずかしいと思うけど、なんでもあたってみることが肝心じゃないの。あたし、ジェニファー伯母さんより、むしろマーチン・ディアリングのほうが臭いとにらんでいるんだけど、あたし、義理の兄になるということにつけこんで、人前であんまり感じのよくないことをする人、嫌いよ」

「そういう男なんですか？」

「そのものズバリよ。あの男だったら、人殺しにぴったりだわ。ノミ屋から電報が来ると、きまって競馬ですっちゃうの。だけど、アリバイだけはちゃんとあるのよ。ダクレスさんもあたしに話してくれたんだけど、ディアリングが出席した文学関係の晩餐会というのは疑えないものなのよ」

「文学関係の晩餐会？　金曜日の晩――マーチン・ディアリング、ちょっと待ってくださいよ、――マーチン・ディアリング、たしかに何かあったと思ったんだが――そうだ、カラザスに電報で問い合わせてみればはっきりわかるぞ」

「ねえ、いったいなんのこと？」

「こういうことなんだ。あなたも知っているように、ぼくは金曜日の晩、エクスハンプトンにやって来た。それで、カラザスという、これも同じ新聞記者仲間ですが、そいつからちょっとしたニュースをもらうことになっていたのです。で、この男が——ちょっと顔が売れているんですよ——ある文学関係の晩餐会に行く前に、できれば六時半ごろ、ぼくのところへ寄ってくれることになっていて、もしそれができない場合は、エクスハンプトンのほうへ連絡するからということになっていたのです。それで、寄れなかったものだから、こっちへ手紙で連絡してきたわけなんです」

「だけど、それとどんな関係があるの？」

「まあ、そう先回りをしないでくださいよ、だんだん要点に移りますからね——で、カラザスは、ぼくに約束のニュースを送ってきて、その後にだらだらと——有名な小説家や劇作家のテーブルスピーチがどうだったとか、こうだったとかというようなことを書きくわえてあったのです——そして、その中に、その晩餐会の自分の席のことで、面白くなかったと書いてあったんです。彼の隣に、近頃ベストセラーを出したすさまじい女流作家のルビー・マカルモット女史が坐ることになっていたのだが、空席だった。もう片方の隣には、性文学のマーチン・ディアリングが坐るはずだったのにその椅子も空いていた。それでカラザスは、ブラックヒースの有名な詩人の隣に移ったというのです。

さあどうです？　この話は」

「まあチャールズ！　ダーリン！」エミリーはあまりの興奮に、うっとりするように言った。「じゃあ、あの獣は晩餐会には出なかったのね？」

「そのとおり」

「その名前に間違いはないわね？」

「絶対ですよ。その手紙を破いてしまったのはまずかったですが、いつでも電報でカラザスにたしかめられますよ。まず間違いはないと思う」

「ディアリングと午後ずうっと一緒だったという出版屋も、その晩餐会には出席したはずよ。でもその出版屋、アメリカにすぐ帰ろうとしていたのよ――だけど、そうだとすると、いよいよ臭いわ。だってディアリングは、なかなか会って尋ねられないような人ばかり選んでいるんだもの」

「これで、いよいよ大詰め近しですね」

「そうよ、同感だわ。それでね、あたし、あのナラコット警部のところにまっすぐ行って、この新事実を報告するのが一番だと思うの。だってあたしたち、まさかモーレタニアとかベレンガリアとかいう船で航海中のアメリカの出版屋さんをつかまえるわけにはいかないし。これは警察の仕事よ」

「こいつがものになったら、すごい特ダネだぞ！　そうなりゃ、デイリー・ワイヤー紙だってぼくを悪いようにはしない――」

だがエミリーは、チャールズの出世の夢を冷酷に打ち破った。

「そんなことで、あれこれ考えてる場合じゃないわ。そんなこと、風で吹きとばしちゃいなさいよ。それよりエクセターへ行かなくちゃ。明日までに帰ってくるのは、ちょっと無理だと思うけど、それまでにあなたにしていただきたいことがあるの」

「どんなことです？」

エミリーは、ウィリット家を訪問して彼女が立ち聞きした、あの老夫人の奇怪な言葉を説明した。

「それでね、今晩どんなことが起こるのか、絶対にたしかめてみなければならないのよ。きっと何か密かに行なわれるわ」

「これはまた驚きましたね！」

「そうね、あるいは偶然の一致かもしれないし――そうじゃないかもわからないけど、でも使用人たちが一人残らず暇を出されるなんて変でしょう？　きっとなにか変わったことが、今晩起きようとしているのよ。だから、その場で、あなたに見届けてもらわなくちゃならないの」

「じゃあ、一晩中、庭の草むらの中で震えていろと言うんですか」

「そうよ、かまわないでしょ？　新聞記者は、大義のためには何をしようと気にしないと言うじゃありませんか」

「そんなこと、誰が言ったんです？」

「誰だっていいじゃない、あたしはちゃんと知っているんですから。ね、やってくださるわね？」

「そりゃ、ぼくだって見逃すわけにはゆきませんからね。今晩、シタフォード荘でなにか変事があるというなら、行ってみますよ」

それから、エミリーはトランクのラベルの話を彼にした。

「変ですね、それにオーストラリアといえば、ピアソンの弟がいるところじゃありませんか――末っ子の。といっても、たいした意味があるわけじゃないが――いや待てよ、なにか関係があるかもしれませんね」

「そうね、あたしのほうはそんなところじゃないかと思うんだけど。あなたのほうになにか報告しとくことはない？」

「そうですね、ぼくはこんなことを考えているんだけど――」

「どんなこと？」

「さあ、あなたがどう思うかわからないんだけれど」

「あたしがどう思うって、どういう意味なの？」

「怒らないでしょうね？」

「大丈夫よ。どんなことおっしゃっても、あたし、ちゃんとおとなしくしているから」

「それじゃあ、べつに気に障るようなことを言うつもりじゃないんだけど——こうなんです。つまり、ジムの言うことが、はたして全部が全部、信じられるかどうかということなんですよ」

「じゃあ、ジムが殺したんだとおっしゃるの？　結構よ、どうぞご随意に。あたし、はじめにあなたにこう申し上げたはずだわ——ジムを犯人だとする見方は一番ありふれているけれども、あたしたちはジムがやったんじゃないという仮定から出発しなければならないって——」

「いや、そういう意味じゃないんですよ。ジムが大佐を殺したんじゃないという仮定においては、ぼくもあなたと同意見です。ぼくの言うのは、ジムの話が本当にあったこととずれているんじゃないかという意味なんですよ。ジムの話だと、彼は大佐の家へ行って、雑談をして帰ってきたが、まだそのとき、大佐はピンピンしていたと、こうでしたね」

「そうよ」

「そこなんですよ、いいですか、ぼくの心にふと浮かんだのは、ジムがそこに行ったときには、もう大佐が死んでいたとも考えられるんじゃないか、そしてジムはすっかりおびえてしまって、恐ろしくなり、本当のことを言いたくない――」

チャールズは、彼の推理をいかにも自信なさそうにしゃべったが、エミリーがべつに怒り出す様子もなかったので、ほっと胸を撫でおろした。その代わり、エミリーは眉をひそめ、額に皺を寄せながらすっかり考えこんでしまった。

「あたし、自分をごまかしたくないの。そうね、たしかにあり得ることだわ。あなたに言われるまで、少しも考えなかったけれど。むろん、ジムは人を殺すような人間だとは、夢にもあたし思っていませんけど、ただ、すっかりあわててしまって、ばかな嘘をしゃべって、しかもあの人のことだから、どこまでもそれに固執しているのかもわからないわ。ええ、いかにもありそうなことだわ」

「今すぐあなたがジムのところへ行って、それを訊き出せないのが残念ですね。警察では、あなただけでは会わせないんでしょうね？」

「ダクレスさんにお願いするわ。弁護士だったら二人きりで会えると思うの。なんといってもジムの悪いところは、あの強情なところなのよ、一度言い出したら、絶対にあとに引かないんですもの」

「ぼくの考えはこれだけですが、ぼくも絶対にあとには引かないですよ」と、物知り顔にエンダビーが言った。

「でも、あたしの気のつかないことを教えていただいて、とても嬉しいわ、チャールズ。そんなことは全然頭に浮かばなかったもの。あたしたちが探していたのは、ジムが帰ってから入ってきた人だったのに——もしジムの前に——」

そこまで考えると、エミリーははたと行きづまってしまった。二つの全然違う推理が正反対の方向に伸びてゆくからだった。その一つは、伯父とジムの喧嘩を決定的なポイントとするライクロフトの推理で、もう一つの推理になると、ジムがいかなる点からも関係してこなくなるのだ。まず第一になすべきことは、大佐の死体を最初に検死した医者に会ってみることだとエミリーは思った。かりに、トリヴェリアン大佐が四時に殺されたとも考えられるということになれば、アリバイの問題にもいちじるしい変化が起こることになる。そして次の仕事は、ダクレス弁護士に頼んで、真実を語ることがもっとも必要だということをジムに強調してもらうことだ。

エミリーはベッドから立ち上がった。

「じゃあ、どうやったらエクスハンプトンまで行けるか、あたしのために考えてね。鍛冶屋が名ばかりの車を持っているというけど、あなた行って話してくださらない？　昼食をすませたら、すぐにあたし出発しますから。エクセターへ行くのは三時十分の汽車だから、それまでにお医者さんに会う時間があるわ。いま何時かしら？」

「十二時三十分」と、チャールズは腕時計を見て答えた。

「じゃあ、行って車の準備をしなくちゃいけないわ。それからシタフォードを出発する前に、もう一つだけやっておきたいことがあるの」

「なんです？」

「デュークさんにお会いしたいの。シタフォードの住民で、まだ会っていないのはあの人だけなんですもの。それに彼もやっぱり、テーブル・ターニングのメンバーですからね」

「ちょうどいいですよ、どうせ鍛冶屋へ行く途中に、デュークさんのコテージがあるから」

デューク氏のコテージは並びの一番終わりだった。エミリーとチャールズは門のかんぬきをはずして小道伝いに上がって行くと、思いもよらぬことに出くわした。ドアが開くと、一人の男が出てきたのだが、これがナラコット警部だったのだ。

警部のほうでも驚いたらしかったが、エミリーも当惑してしまった。

エミリーはデューク氏訪問のプランを思いとどまった。

「まあ、警部さん、お会いできてなによりですわ。あの、ちょっとお話し申し上げたいことがあるんですけど――」

「やあ、トレファシスさん」と警部は時計を出して見た。「あまり時間がないんですが。車を待たせてありますし、すぐにエクスハンプトンまで、とって返さなければならないのです」

「まあなんて運がいいんでしょ！　じゃあ、ご一緒にあたしも乗せていってくださいませんか、警部さん？」

警部はややぎこちなさそうに、よろこんで、と答えた。

「チャールズ、あたしのスーツケースを持ってきてくださいな、荷造りはしてありますから」

チャールズはただちに取りに走った。

「意外なところでまたお目にかかりましたな、ミス・トレファシス」とナラコット警部。

「あたし、またお目にかかりますわ《オ・ルボワール》、ってあなたに言いましたでしょう」とエミリーは彼に思い出させるように言った。

「そうでしたかな、気がつきませんでしたよ」

「あれがけっして最後じゃなかったんですわ」とエミリーは遠慮なく言った。「ねえナラコット警部、あなたは間違っていらっしゃるのよ。ジムはあなたが探している〝男〟じゃありませんわ」

「まさか！」

「それどころか、警部さん、心の中で思っていらっしゃるのは、あたしとおなじお考えだと信じていますわ」

「というと、あなたはどう考えているんです、ミス・トレファシス？」

「じゃ、デュークさんのコテージなんかで何をしていらっしゃるの？」とエミリーは報復した。

ナラコット警部はすっかり返事に窮してしまった。それを見るなりエミリーはつづけた。

「警部さん、あなたは疑っていらっしゃるのよ——疑っているからなのよ。最初、真犯人を捕まえたと思っていらっしゃったのに、いまではそれがグラグラしてきたものだから、あなたはまた捜査を始めたんだわ。それでね、あたしが知っていること、きっとあなたのお役に立つと思いますの。エクスハンプトンに着くまでにお話ししますわ」

道路に足音が聞こえてきたかと思うと、ロニー・ガーフィールドがなにか後ろめたい感じを漂わせながら姿を現わした。

「トレファシスさん、散歩でもしませんか――伯母はいま昼寝をしているんですが――」

「だめなのよ、これからエクセターまで行くところなんです」

「えっ、ほんとうですか！　これで、戻ってこないのですか？」

「いえ、そうじゃないの。明日また戻ってまいりますわ」

「ああよかった！」

エミリーはセーターのポケットからなにかを取り出すと、ロニーに手渡した。「これ、伯母さまにあげてくださいね、コーヒーケーキの作り方よ。それから、ちょうど間に合った、とおっしゃってね。コックもほかの使用人たちも、山荘から今日中に暇をとることになったので。きっと伯母さま、面白がるわ」

遠くのほうから甲高い叫び声が風にのって聞こえてきた――

「ロニー……ロニー……」

「あれは伯母の声だ、行ったほうがいいですね」ロニーは神経質にびくっとしながら言った。

「そうね――あら、左の頬に緑のペンキがくっついてるわよ」エミリーは歩いて行くロニーに後ろから声をかけてやった。ロニー・ガーフィールドは伯母のコテージの門から中へと消えていった。

「ボーイフレンドがスーツケースを持ってきてくれたわ。さあ、行きましょう、警部さん。車の中で一部始終お話ししますわ」

20　ジェニファー伯母を訪ねる

二時半に、ウォーレン医師はエミリーの訪問を受けた。博士は、このビジネスライクで魅力的なエミリーに、たちまち好感をもった。彼女の質問は単刀直入に要点に触れていった。

「なるほど、トレファシスさん、あなたのお尋ねになることはよくわかりますよ。小説などで信じられている俗説とは反対に、死亡時刻を推定するということは、きわめて困難なことだろうとおっしゃりたいんですね。私が死体を見たのは八時でした。トリヴェリアン大佐が死んだのは、まあ、少なくとも二時間前だということは私にも断言できるのです。それよりもどのくらい前に亡くなったのか、というのはむずかしい問題ですよ。四時に殺されたんじゃないかとあなたがおっしゃるんなら、強いて言えば、そういうこともあり得るかもしれない、とだけしか私にはご返事できませんが、やはりその時間より遅いのじゃないかというのが私の意見です。まあ四時半というところがギリギリだと思いますな」

「ありがとうございました。お尋ねしたかったのは、それだけですの」

エミリーは三時十分の汽車に乗って、弁護士のダクレスが滞在しているホテルへ直行した。ダクレス氏との面会もまた、きわめて事務的にてきぱきと行なわれた。ダクレス氏は、エミリーがまだほんの子どものころから知っていて、年ごろになってからも彼女の法律関係の面倒をいろいろと見てきたのである。

「ねえエミリー、驚いてはいけないよ。どうも、想像していた以上にジム・ピアソンの形勢は悪い」

「悪いですって?」

「そうなんだ。まあ率直に言ったほうがよかろう。決定的に彼の立場を悪くするようなある事実が明るみに出てきたのだよ。彼をクロとする警察の決め手になってしまうような事実なのだ。で、私がきみにその事実を隠したりすれば、かえってきみのためにならないと思うんだよ——」

「どうかおっしゃってくださいな」

エミリーは驚いたそぶりも見せず、落ち着いた声で静かに言った。心にはどんなショックを受けようとも、彼女は決して感情をおもてに出すまいと誓っていた。ジム・ピアることなのだ。
ソンを救うのは感情ではなく知力なのだ。いまはただ、ありったけの機智を活動させ

「明らかにジムにとっては火急に金が入用だったのだ。私はそのことの善し悪しをいまここで言う気は毛頭ないが、ピアソンは以前からちょくちょく会社から金を借りていたのだ。まあ体裁よく言うとそうだが、じつは無断借用というやつだ。彼は株が好きで、以前に一度こんなことがあったのだ——一週間すれば手元に配当が入ってくるのを知って、かならず上がるにちがいないとにらんだ株を、会社の金で先物買いしていたことがあるのだ。こいつが当たって、金は会社に返せたのだが、それからというものは、ピアソンは株はうまいものだと思いこんでしまったのだ。そこで、一週間ばかり前にまたそいつをやったのだが、こんどというこんどは、全然思いもよらぬことが持ち上がってしまったのだよ。会社の帳簿というものは、ある一定の期間に検査されるものだが、なにかの理由でその日が繰り上げになったものだから、ピアソンはすっかり面食らって、困りきってしまったのだ。彼は〝つまみ食い〟はバレるし、使い込んだ穴もとうてい埋めることができないと見てとると、八方手をつくして飛びまわり、それが失敗に帰したときは、いよいよ最後の手段として、デヴォンシャーまで急行し、伯父さんの前にすべてを明らかにして頼みこもうと考えたのだ。ところがトリヴェリアン大佐は、ジムの頼み

を頭から蹴ってしまったのだよ――そこでだが、エミリー、この事実が明るみに出てしまうことは絶対に防げないのだし、警察のほうでも、すでにこの事実を嗅ぎ出してしまったのだ。で、いいかね、きみには、これがせっぱつまった上での犯行だとは思えないかね？ つまり、トリヴェリアン大佐が死ねば、ピアソンは遺言執行人のカークウッド氏から必要なだけの金を手に入れることはわけないし、急場をしのいで、横領罪に問われる心配もなくなるんだからね」

「ほんとにばかな人！」エミリーはいかにも落胆したようにつぶやいた。

「ほんとにそうだよ。まあ、われわれに弁護できる唯一のチャンスといったら、ジム・ピアソンが、伯父さんの遺言書の内容を全然知らなかったということを証明することだけしかないね」とダクレス氏はすげない調子で言った。

エミリーは黙ってそのことを考えていたが、やがて静かに言った。

「それは不可能ですわ。だってシルヴィアもジムもブライアンも、三人とも遺言書のことを知っていて、ときどき、そのことを話し合って笑ったり、デヴォンシャーの金持ちの伯父さんの冗談を言ったりしていたんですもの」

「ああ、かわいそうにエミリー、運が悪いね――」

「有罪だとはお思いにならないわよね、ダクレスさん？」

「不思議なことに、有罪とは思えないのだよ。ある意味でジム・ピアソンはとても分かりやすい青年だ。こう言っちゃなんだけど、誠実さという点では少々欠けるところがあるがね。そうかと言ってサンド・バッグで伯父さんを殴りつけるなんて、私には夢にも思えないのだよ」

「そのとおりよ、警察があなたのように考えてくれたらいいんだけど」

「そうだね。私たちの印象や考えなどというものは、実際には役に立たないものさ。残念ながら、彼にとって情況はきわめて不利だ。私は悪い形勢であることをきみに偽るつもりはない。法廷での弁護には王室顧問弁護士のロリマーがいいだろう。世間では彼のことを、どんな最悪の場合にも勇敢に戦う男だと言っているくらいだからね」と力強くつけ加えた。

「知りたいことがもう一つあるんですの。ジムにはお会いになったと思いますけど？」

「会ったが——」

「正直におっしゃっていただきたいのですが、ほかの点で、ジムはあなたに本当のことを話しているとお思いになりますか？」エミリーはエンダビーが彼女に暗示したことを大雑把に説明した。

弁護士は答える前に入念に考えていた。

「これは私の印象なんだが——ジムが伯父さんと会ったときの話は、本当のことをしゃべっていると思うね。だけどかりにだよ——ジムが窓のほうにまわって、そこから家に入って伯父さんの死体を見つけたとしたら——すっかり胆をつぶしてしまって、ろくに事実を見ようともせず、とんでもないでたらめな話をでっち上げるにきまっているだろうね」

「あたしが考えていたことも、そのことですの。こんどお会いになりましたら、本当のことをしゃべるようにジムを説得していただけません？　たいへんな違いですもの」

「ああ、そうしよう——」そう言って、ダクレスは一、二分考えてから言った。「しかし、やっぱりきみが話してくれた考えは間違っていると思うね。トリヴェリアン大佐殺害のニュースがエクスハンプトンじゅうに知れ渡ったのは八時半頃のことで、その時分に、エクセター行きの最終列車が出たのだが、ジム・ピアソンは翌朝の始発列車に乗り込んでいる。これは、彼の行動を人目につかせるもっともばかげたやりかたで、ごくありふれた時間に出発しさえすれば、人目につくようなことはなかったのだ。だから、きみが言うように、彼が伯父さんの死体を四時半すぎに発見したのだとすれば、エクスハンプトンからまっすぐに逃げ出したろうと私は思うのだ。六時ちょっとすぎと八時十五分前の汽車があるんだからね」

「それがポイントですわね」エミリーは認めて、「そこまで考えがおよばなかったわ」

「私は彼に、どうやって伯父さんの家に入ったのだと、詳しくその時の情況を尋ねたことがあったが、彼が言うには、トリヴェリアン大佐が彼に長靴を脱がせると、戸口の階段に置いたそうだ。それでホールの中には濡れた足跡がなかったことの説明がつくわけだよ」

「そのとき、ほかに誰かが家の中にいたような気配を、なにか耳にしたとは言ってませんでした？」

「そんなことは言ってなかったね。だが、それも尋ねてみよう」

「ありがとうございます。手紙を書いたら、ジムに渡していただけるかしら？」

「むろん検閲はされるがね――」

「ええ、慎重に書きますわ」

そう言って、エミリーは机に近づいて、簡単に言葉を綴った――

愛するジムへ

万事うまくいってますから、元気を出してください。真相を発見するために、私はひどい状況の下におかれた奴隷のように働いています。あなたはほんとにおばかさんだったのね。

愛をこめて
エミリーより

「じゃあこれ、お願いします」

ダクレスは読んだが、べつになんとも言わなかった。

「これでも検閲官が読みやすいように、筆跡には骨を折りましたのよ。さあ、おいとましなくちゃ——」

「そういわずにお茶でも——」

「ありがとう、でもそうしている暇はありませんの。これからジムの伯母にあたるジェニファーさんをお訪ねしなければなりませんから」

エミリーがローレル館に行くと、ガードナー夫人は外出しているが、間もなく帰ってくるという話だった。

エミリーはメイドに微笑みかけた。

「じゃ、入ってお待ちしますわ」

「看護婦のデイヴィスさんにお会いになりますか？」

エミリーは会うのだったら、だれかれを問わなかったので、「ええ」と即座に答えた。

数分後、看護婦のデイヴィスが、硬くなりながらも好奇心を顔に浮かべて入ってきた。

「はじめまして、あたしエミリー・トレファシスと言うんですの。ガードナー夫人の姪みたいなものですわ。つまり、姪になるはずなんですが、でもご存じかと思いますけど、あたしのフィアンセのジム・ピアソンは逮捕されましたの」

「ほんとうに恐ろしいことですわ、わたしども、今朝の新聞で拝見したんですけれど。なんてひどい事件なんでしょう。それにしても、あなたはりっぱに耐えていらっしゃるようですわ、ミス・トレファシス――ほんとによく――」

看護婦の声にはかすかに非難めいたひびきがあった。病院の看護婦たちは、その性格の強さによって耐えているのだが、普通の人間なら負けてしまうのがあたりまえなのだと言わんばかりだった。

「ええ、落ちこんでいる場合じゃありませんもの。でもどうか気になさらないでくださいな。殺人事件に関係のある家にいらっしゃるあなたは、いろいろと面倒なことがおありでしょうから」

「それは、とてもいやなこともございますけど、患者に対する義務の前には、なにものもないはずですわ」

「まあすばらしい！　心から信頼できるあなたみたいな方がいると思うと、伯母はほんとに感謝しなくちゃなりませんわ」

「まあほんとに、あなたは思いやりのある方ですのね」そう言って看護婦は作り笑いを浮かべた。「わたしだって、いままでずいぶんいろいろな変わった経験をしましたよ。このまえのときなどはね——」エミリーは、複雑な離婚だの、父親が誰か不明といった問題を交じえたスキャンダラスな秘話をくどくどと聞かされているあいだ、じっと辛抱していなければならなかった。やがて、看護婦デイヴィスのすばらしい機智やあふれるような知識をほめそやしてから、エミリーはまた何気なくガードナー家の話題へ筋をもどしていった。

「あたし、ジェニファー伯母さんのご主人という方を全然存じませんの。まだお会いしたこともないんですよ。ご主人は家から一歩も外へお出にならないんですってね？」

「ええ、おかわいそうな方なんですよ」

「いったいどうなさったんですの？」

デイヴィス看護婦は医学的な用語を使ってとうとうと述べ立てた。

「少しでもよくおなりになるといいわね」とエミリーは考え深げにつぶやいた。

「ひどく衰弱してゆくだけですわ」と看護婦。

看護婦はいかにも望みがないといった様子で、はっきりと首を横に振ってみせた。

「あの方のご病気は、とうていなおるとは思えません」

エミリーの手帳には、ジェニファー伯母のアリバイの時間表が書きこまれてあった。そこで、エミリーは、ちょっと試すようにつぶやいた。

「ちょうど大佐が殺された時間に、ジェニファー伯母さんが映画に行っていたと思うと、なんだかたまらない気持ちになるわ」

「ほんとにおいたわしいことですわ。夫人はなにもおっしゃりたくなかったのでしょうけど、あとになってからのほうがショックは大きいものですからね」

じかに質問するという形をとらないで、なんとか彼女の知りたいことを探り出せないものかと、エミリーは心のなかであれこれ思案した。

「なにか予感とか虫の知らせのようなものが夫人にはなかったのかしら？　夫人が帰ってきたときホールで会って、とても様子が変だったとおっしゃったのはあなたじゃなかったの？」

「いいえ、わたしじゃございませんわ。夕食の席でご一緒になるまでは、お会いしませんでしたの。でもそのときは、普段と変わったところは別にありませんでしたわ。変ですわね」

「じゃあ、あたし、なにかと混同してしまったんだわ」

「そう、きっとそれはほかの方のことですわ。わたしもいつもより帰りが遅かったんですの。そんなに長いあいだ、患者さんを放っておいては悪いとも思ったんですけれど、でも、ご主人のほうから、ぜひ行くようにと、このわたしにお勧めになったんですからね」

看護婦は腕時計を見た途端に声を上げた。

「あら、たいへん！　湯たんぽを取り替えるようにご主人に頼まれておりましたのよ。すぐに見てこなくちゃいけませんわ。これで失礼させていただきますわ」

エミリーは彼女に礼を言うと、暖炉から離れて呼び鈴を鳴らした。

すると、ぎょっとしたような顔をして、だらしのなさそうなメイドが入ってきた。

「あなたお名前は？」

「ビアトリスと申しますの」

「じゃ、ビアトリス、あたしこれ以上、伯母さんのミセス・ガードナーがお帰りになるまでお待ちできないの。金曜日に伯母さんがなさった買物のことをお訊きしたかったのだけど――あなたご存じない？　伯母さんが大きな包みをもって帰ってきたかどうか――

「――」

「いいえ、奥様がお戻りになったのを、わたし、存じませんでした」

「たしか伯母さんは六時に帰ってきたと、あなたが言ったと思うんだけど――」

「はい、六時でございましたわ。でも奥様がお帰りになるところはわたし、見なかったので、ただ七時に奥様のお部屋へお湯をとりにまいりますと、真っ暗な中にベッドでお寝《やす》みになっていらっしゃるのを見て、わたし、飛び上がるほど驚いてしまって。『まあ奥様でしたの、わたし、びっくりしてしまいましたわ』と申し上げますと、『ずうっと前に帰ってきてたんだよ、六時にね』とおっしゃいましたの。でも、どこにも大きな包みなんてございませんでしたわ」とビアトリスは、なんとかして役に立ちたいものと熱心にしゃべった。

――なんて厄介な仕事だろう、こんなに作り事を並べたてなきゃならないなんて――虫の知らせだとか、大きな包みだとか、ありもしない物事をデッチ上げて。でも、こっちが疑ってることを相手にさとられないようにするためには、こうやって遠まわしに探り出して行くより仕方ないんだわ――とエミリーは心のなかで思った。

彼女は愛らしくほほえんでから、口をひらいた。

「もう結構よ、ビアトリス、大したことじゃないんだから」

ビアトリスは部屋から引き下がった。エミリーはハンドバッグから汽車の時間表を出して、調べながら独り言をつぶやきはじめた。

――エクセターのセント・デイヴィッド駅を三時十分に出ると、三時四十二分にエクスハンプトンに着くんだわ。大佐の家へ行って殺してこられるわ――ああ、こんなこと考えるなんて、残忍でまるで冷血動物みたい――それに愚にもつかない考えかも――でも三十分か四十五分もあれば、できないことはないわ。じゃあ帰りの汽車は？　四時二十五分発と、ダクレスさんが教えてくれた六時十分のがあるけど、その汽車なら六時三十七分には着けることになる。どっちの汽車でもやろうと思えばやれるんだわ。残念なことに、あの看護婦を疑うわけにはいかないかな。午後じゅう外出していて、行先だって誰にもわからないけど。むろん、この家の誰かがトリヴェリアン大佐を殺したなんて、とてもあたしには思えないけれど、とにかく、やろうと思えばやれたのだということがわかっただけでも、励みになったわ――あ、誰かが玄関に来た――

ホールで人声がして、ドアが開くと、ジェニファー・ガードナーがエミリーのいる部屋に入ってきた。

「あたし、エミリー・トレファシスですの。あの、ジム・ピアソンと婚約している者ですが――」

「まあ、あなたがエミリーね、驚いたわ」夫人はそう言って、握手をした。

エミリーはその瞬間、自分を弱々しく、小さく感じた。何かとてもばからしいことをしようとしている少女のようだと思った。ジェニファー伯母は独特の雰囲気を持っている。風格というものなのだろう。伯母は三人分ぐらいの風格を持っている。

「お茶はもうお飲みになったの？　まだ？　そう――じゃあ、とにかくお掛けになって。ちょっと待っててね、わたし、ちょっと二階へ行ってロバートに会ってこなくちゃなりませんの」

夫の名前を口に出したとき、彼女の表情にはちらっと異様な影が走った。厳しい美しい声が和らいで、ちょうど、暗いさざなみの上を、さっと過ぎ去ってゆく光のような感じだった。

――夫人は夫を深く愛している――と応接間にひとり残されたエミリーは胸の中でそう思った――というものの、ジェニファー伯母さんにはなにかぞっとさせるところがあるわ。ロバート伯父さんは、ああいうふうに愛されて、いい気分なのかしら――

そんなことをエミリーが考えていたとき、ジェニファー・ガードナーが戻ってきたが、もう帽子は脱いでいた。額から真後ろになでつけた髪の美しさに、エミリーは見とれた。

「エミリー、あなた、あのことについてお話ししたいんでしょ？　触れたくないとしても、あなたのお気持ちはよくわかるつもりだけど」

「お話ししたところで、どうにもならないんじゃないでしょうか？」

「残された希望は、一日も早く警察が真犯人を見つけてくれることね。ちょっと、エミリー、すまないけどそのベルを押してくださらない？　看護婦のところにお茶を持っていかせますから。ここであの女にべちゃべちゃしゃべられたくはありませんの。わたしは、看護婦というのが嫌いなのよ」

「でもここの看護婦さんはいい方じゃありません？」

「そうね、ロバートもそう言っておりますわ。でも、わたしは大嫌い。ロバートに言わせると、一番いい看護婦に当たったそうなんですけどね」

「それにちょっと美人ですわ」

「まあばかばかしい。あんなきたならしいごわごわした手をしてて？」

エミリーは、ミルク瓶や砂糖のスプーンに触れる伯母のすんなりとした白い指を見つめた。

ビアトリスが入ってきて、お茶のカップと菓子皿を受けとると、またすぐに出て行った。

「ロバートは、こんどの事件ですっかり神経をかき乱されて、だんだんとおかしくなってしまってるのよ。みんな病気のせいだと思いますけどね」

「伯父さまは、トリヴェリアン大佐をよくはご存じなかったんでしょう？」

ジェニファー・ガードナーは首を振った。

「いいえ、知りもしないし、それに大佐のことなんぞ、てんで気にかけたこともないんですよ。正直なところ、このわたしでさえ、兄の死を別に悲しみもしないくらいですもの。兄という人は残酷で欲ばりでね、エミリー。わたしたち夫婦がさんざん貧乏で苦しんでいるのを知ってたくせに——貧乏！　わたしたちが欲しいと思っていたときに兄がお金さえ貸してくれて、ロバートに特別の治療を受けさせてやれてたら、きっとこんなふうにはなっていなかったのよ。そうよ、天罰が下ったんだわ」

深く垂れこめるような声で夫人はそう言った。

エミリーは思った——まあなんと驚くべき女なのだろう！　まるでギリシャ悲劇に出てくるような、美しさの反面に身の毛もよだつようなところをもっている人だわ——

「ちょっと早すぎるかもしれないけど、今日、エクスハンプトンの弁護士に手紙を書いて、前金でいくらかもらえないか問い合わせたところなのよ。わたしがお話しした特別の治療法というのは、人によってはいかさま療法だなんて言うだろうけれど、でも今までに、ずいぶんたくさんの人を癒してきたんですよ。エミリー、ロバートがまた歩けるようになったら、どんなにすてきでしょう！」

夫人の顔は紅潮して、まるでランプのように輝いた。

エミリーはへとへとになっていた。一日じゅう、食うや食わずでいたのと、そのうえ感情を嚙み殺していたのとで、すっかり疲れきってしまったのだ。部屋の中がぐるぐる回っているように感じた。

「どうかなさったの？」

「いいえ、大丈夫」とエミリーは喘《あえ》ぎながら答えたが、どうしたことか急に涙がこぼれ出してきたので、驚くやら恥ずかしいやらで、すっかりあわててしまった。

ガードナー夫人が別に立ち上がろうとも慰めようともしなかったのが、かえってエミリーにはありがたかった。夫人はエミリーの涙が乾くまで、ただ黙って坐っていた。やがて、夫人は思いやりのある静かな声でこう囁《ささや》いた――

「かわいそうに、ジム・ピアソンが捕まるなんて、ほんとに運が悪かったわね、ほんとに。何か打つ手があればいいのだけれど」

21 会話

どんなことも自分の頭でやらなければならなくなったいま、チャールズ・エンダビーは努力の手をゆるめなかった。

シタフォード村にいるあいだにいろいろなことに精通しようと思って、ちょうど水道の蛇口をひねるように、カーティス夫人の口から、できるだけ多くのことを訊き出そうとしていた。夫人の口から飛び出してくるいろいろな秘話、思い出話、噂、臆測、それに細事にわたった世間話に耳を傾けながら、チャールズはまるでもみがらから穀物をふるい分けるように、必死になって手がかりをつかもうとした。彼がちょっと他の名前を口にすると、カーティス夫人の話はすぐその方向に走って行くのだ。彼は、ワイアット大尉が激しい性格のうえに、野蛮で、近所の人たちと喧嘩ばかりしているが、きれいな若い女には驚くほど親切な態度を示すこともある、というような話も聞いたのである。それに大尉の生活といったら、インド人の使用人を置いて、きちんと作られた規定の食事を、彼独特の時間に食べるという話だった。またチャールズは、ライクロフトの書庫のことや、ヘアトニックをつけて、いつも小ざっぱりと身ぎれいにしていること、几帳面なこと、他人のすることに過度の好奇心を持っていること、彼が以前手に入れた二、三の持ち物を最近売り払ったこと、説明がつかないほど鳥が大好きなこと、おまけにウィリット夫人がライクロフトの気を惹こうとしているという噂話まで聞かされたのである。それから、ミス・パーシハウスの毒舌や、彼女が甥を顎であしらう様子や、その甥がロンドンで送っている派手な生活のことなどもチャールズは耳にした。そしてまた、バーナビー少佐がトリヴェリアン大佐と非常に仲の良かったことや、この二人の過去の思い出、二人ともチェスが好きだったことなども、何度も繰り返し聞かされた。ウィリット一家のことも、聞けるだけのことは細大洩らさず耳に入れた――その中にはヴァイオレットがロニー・ガーフィールドをうまく操りながら、そのじつ、彼女はロニーを愛していないということ。彼女は原野のほうへ内緒で出かけていき、そのとき、若い男と一緒だということをほのめかした。カーティス夫人の臆測では、二人がこの寂しいところへ来たのはそのせいであり、ヴァイオレットの母親は、すぐに娘を青年から引きはなし、〝世間体をつくろおう〟とした。だが〝娘というものは婦人が考えもつかないほど狡猾だ〟というのである。デューク氏については、べつに得るところもなかった。まだここにきて間もないことだし、それに彼の活動といえば、独りきりで園芸をこつこつとやっているだけだからだ。

三時半だった。チャールズはカーティス夫人の長談義に、すっかり頭がくらくらしてしまって、とにかくブラブラしてこようと、散歩に出かけた。彼の目的はパーシハウスの甥にあたるロニー・ガーフィールドと、もっと親しくなることだった。抜け目なく、パーシハウスのコテージのまわりをブラブラしてみたものの、その甲斐はなかった。ところが、好運にもチャールズは、シタフォード荘の門から、がっかりした顔をして出てきたロニー・ガーフィールドとぶつかった。

「やあ！　ここがトリヴェリアン大佐の山荘なんですね？」とチャールズが口をきった。

「そうです」とロニー。

「今朝、ここのスナップ写真を撮っておこうと思っていたんです、新聞用にね。でもこの天気ではだめなんですよ」

ロニーはチャールズの言葉を真正直に受けとってしまって、もし写真が上天気の日でなければ撮れないものなら、毎日の新聞に、あんなに写真が載るわけがないということに気がつかなかった。

「でも、あなたのお仕事はとても面白そうですね」

「なあに、犬のような人生です」と、チャールズは、自分の職業をたいしたことのないように言う世間の習慣どおりに言った。彼はシタフォード荘を肩越しに眺めていた。

「ちょっと陰気な感じですね、気のせいかもしれないけれど」

「でもウィリットさんたちがこちらに移ってきたので、これでも、ずいぶん感じが変わったのですよ。ぼくは去年、ちょうど同じ頃にここへ来たんですが、前と同じ家だとはちょっと思えないくらいです。といっても、家具の位置をちょっとずらし、クッションやなにかを少し持ってきたくらいでしょうけれど。まあ、あの人たちがここに移ってきたのは、ぼくにとっちゃ、まるで天の賜物ですよ」

「それにしても、あまり愉快なところだとは言えませんね」

「愉快？　もしぼくがここにこのまま二週間もいたら、それこそ死んでしまいますよ。まったく伯母ときたら、ぼくを虐待することで、どうにかこうにか余命を保っているんですからね。まだ家の猫どもをごらんになったことはないでしょう？　今朝も、そのうちの一匹にブラシをかけてやらなければならなかったんですがね、見てくださいよ、この残忍な引っ掻き傷を！」そう言って、彼は腕を差し伸ばした。

「ひどいもんですな」とチャールズ。

「まったくですよ。ところで、こんどの事件については、なにか捜査をしていらっしゃるんですか？　それなら、お手伝いさせてくださいよ。ひとつ、シャーロックのあなたにワトスンのぼくといった具合で、どうです？」

「この山荘に、なにか手がかりになるようなものはないでしょうか？　つまりね、大佐は自分の持ち物を何か残して行かなかったのかな？」

「あるとは思えませんね。伯母は、大佐が、象の足やら、カバの歯、ライフル銃からその他いろいろ、いっさいがっさい持って行ったと言ってますからね」

「まるで二度と山荘に帰ってこないみたいじゃないですか」

「そうなんです、それで——ぼく考えたんだけど——大佐が自殺したんだとは思わないですか？」

「自分の後頭部をサンド・バッグでうまく殴れるような人間なら、まず自殺界の天才といったところでしょうね」

「ええ、それはすこしおかしいと思いました。でも、大佐にはそんな予感があったんじゃないでしょうか？」ロニーの顔は輝いていた。「じゃ、こういう考えはどうです？　大佐は誰かに狙われていた、そいつらがやって来ることを知った大佐は、さっさと山荘から逃げ出して、あとをウィリット家の人たちに押しつけた——っていうのは」

「それにしても、ウィリット家の人たちも変わっていますよね」とチャールズは言った。

「ええ、ぼくにもよくわかりません。こんな田舎にわざわざ移り住むなんてね。でも、ヴァイオレットは、自分でも、こういう田舎が好きだと言ってるくらいですから、べつにかまわないと思うんですが。今日はいったいどうしちゃったのかなあ——きっと、使用人のことだと思うんです。女って、どうしてあんなに使用人のことで頭を悩ますのか、ぼくにはわかりませんよ。そんなにいやなら、追い出しゃいいのに」

「だから、そうするんでしょう?」とチャールズ。

「ええ、そうなんです。でも、そのことで、ウィリット母娘《おやこ》ときたら、すっかり参っているんですよ。夫人はヒステリーを起こしてなにやらわめきながらベッドに入ったままですし、ヴァイオレットはまるでカメのように堅く口をつぐんでしまうし。現にぼくも追い出されてきたばかりなんですよ」

「ここには警官は来なかったようですか?」

ロニーはびっくりした。

「警官ですって? いいえ、でも、またどうしてです?」

「いやべつに。ただナラコット警部が今朝、シタフォードに来てたものですからね」

ガタンと音を立てて、ロニーのステッキが落ちた。彼はそれを拾うために立ち止まった。

「今朝、来てたって、あの——ナラコット警部がですか？」

「そうですよ」

「じゃあ、あの——こんどのトリヴェリアンの事件を担当している——？」

「そのとおりです」

「シタフォードで何をしてるんでしょうね？　どこでお会いになったのですか？」

「そこらを嗅ぎ回っているだけだと思いますよ。きっとトリヴェリアン大佐の経歴のことで、いわば裏付け調査に来たんでしょうよ」

「それだけでしょうか？」

「そう思いますが」

「でも、あの事件になにか関係のある人間が、このシタフォードにいると思っているんじゃないでしょうか？」

「いや、そんなことはないと思うけど——」

「でも、ぞっとしますよ。警察の人間がいったいどんなものだかご存じでしょう、いつも見当違いの方面ばかりに頭を突っ込んで——少なくとも探偵小説じゃそうですよ」

「そうはいうものの、やっぱり警官は、ズブの素人よりは頭の働く人たちだと思いますよ。もっとも、あの人たちにとって、新聞もずいぶん役立ってはいますがね。しかし、実際に注意深く事件を読んでみると、手がかりとなるはっきりとした証拠もないのに、一歩一歩と犯人を追いつめていく、あの人たちの捜査方法には、じつに驚くべきものがありますからね」

「そういうことがわかるのは、いいことですね。警察があのピアソンという男を逮捕したのは、たしかにすばやかったですからね。あれはかなりはっきりした事件のようですが」

「単純明白な事件ですよ。もっとも、これがきみやぼくじゃなくってよかったですね。さて、電報を打ってこなくちゃ——こんな土地じゃ電報を打つやつなんて、めったにいませんからね。一度に二シリング半もするような電報を打ったら、きっと精神病院あたりから逃げ出してきた異常者だと思われるでしょうよ」

チャールズは社に電報を打ってから、煙草を一箱と、あやしげな飴玉を少し、それにペーパーバックの古本を二冊買った。それからコテージに帰ってくると、彼のまわりで、エミリーとのことが噂されているのも露知らずに、ベッドにもぐりこんで、ぐっすりと眠ってしまった。

現在、シタフォード村の中で話題にのぼっているトピックスが三つある、といっても過言ではない。その一つは殺人、二番目は四人の脱獄、三番目はミス・エミリー・トレファシスと彼女の従兄のことだった——実際、あるときには、彼女の噂話が、時を同じくして四つの場所で話題になっていたくらいだった。

第一の会話は、使用人のすべてに暇を出してしまったシタフォード荘で、ヴァイオレットと母親との間で、自分たちで茶道具を洗いながら交わされていた——

「そのこと、あたしに言ったのはカーティス夫人なのよ」とヴァイオレットが言った。

彼女の顔はまだ青ざめて血の気がなかった。

「あの女のおしゃべりときたら、まるで病気ね」と彼女の母親が言った。

「ええ。でもあの女のひと、従兄とかいう人と一緒に泊まっているんですって。そういえば、あの女《ひと》、カーティスさんの家にいるって今朝あたしに言ってたけど、パーシハウスさんのところに泊まる部屋がないからだとばかり、あたし思ってたのよ。それが今では、あの女《ひと》、パーシハウスさんとは今朝まで一度も会ったことがなかったということがわかったの」

「あの女は大嫌いですよ」ウィリット夫人が言った。

「カーティス夫人のこと?」

「いいえ、違うわよ、パーシハウスですよ。ああいう女が危険なのよ。他人のアラ探しのために生きているような人なんだから。コーヒーケーキの作り方を訊きに、女の子なんかを寄越したりしてさ！　毒入りケーキでも持たせてやればよかったのに――そうしたら、あの女も永久にお節介が焼けなくなるだろうに！」

「あたし、どうして、もっと早く気がつかなかったのかしら――」と言うヴァイオレットを、母親がさえぎった。

「そんなこと、わかるはずないじゃないの。いいんだよ、どっちにしたってたいしたことじゃないいんだから」

「あの女《ひと》、どうしてここへ来たと思います？」

「心になにか決めてきたとも思えないけれど――土地の様子でも探りにきたんじゃないのかい。でも、あの娘がジム・ピアソンのフィアンセだって、カーティス夫人はほんとにそう言っているの？」

「たしかライクロフトさんに、あの女《ひと》、自分からそう言ったそうだけど。カーティス夫人は最初からそうじゃないかと思っていたと、言ってたわ」

「それなら、ここに来るのは当たり前じゃないの。ただひょっとしたら、なにか手がかりになるようなものがつかめるかもしれないと思って、当てもなくやって来たんですよ」

「でもお母さんはお会いにならなかったでしょ、当てもなくなんかじゃなかったわ」

「わたしだって会いたかったんだよ、でも今朝は、神経がイライラしていたものだからね。それも昨日、警部さんと会ったせいだと思うのよ」

「お母さんたら、すごいのね。あたしなんか、すっかり驚いて、気絶してしまったくらいですのに――あんな醜態を見せて恥ずかしいわ！　それなのにお母さんときたら、まったく冷静に落ち着きはらっていて、眉一つ動かさないんですもの」

「わたしは、修業ができてますからね」とひどくそっけない口調でウィリット夫人は答えた。「でもねえ、ヴァイオレット、おまえもわたしのように苦労を重ねてくれれば――いいえ、おまえにはそうはさせたくないわ。お母さんはね、おまえがこの先、ほんとにしあわせに暮らせるものと心から信じて、願っているんですよ」

ヴァイオレットは首を振った。

「そうなれるかしら――あたし――」

「大丈夫よ、それに――おまえがきのう、気絶して秘密を漏らしてしまったと言ってるけど、そんなこと、なんでもないの。気にしなくても大丈夫よ」

「だって警部さんが――きっと気がついたわ――」

「おまえが気絶したのは、ジム・ピアソンの名前が出たからというんだろう？　そうね、彼は必ずそう思うでしょうね。彼だってばかじゃないよ、あのナラコット警部はね。だけどかりにそう思ったとしても、いいじゃないの？　ピアソンとの関係を疑うでしょう──そして一応は調べたりするだろうけど──それだって彼はなにも見つけられないよ」

「そう思う？」

「もちろんよ、どうして警部にわかる？　ねえ、ヴァイオレット、わたしを信じなさい！　わたしはびくともしないからね、それに見方を変えたら、おまえが気絶したのも、かえってよかったかもしれないね。そういうふうに考えましょう」

第二の会話は、バーナビー少佐のコテージで交わされていたが、カーティス夫人から切り出されたものだけに、いささか一方的な解釈が多かった。彼女は少佐のところに洗濯物を取りに来て、もう三十分もねばっていたのである。

「今朝も夫にそう話したんでございますけどね、まったくわたしの大伯母のセアラのところにいるベリンダにそっくりでございますよ。まわりにいる男という男を片っ端からまるめこんじゃうような食えない女ですからね」とカーティス夫人は息巻いた。

バーナビー少佐がうなり声をあげた。

「婚約者がいながら、また別の男をひきずりまわしているんですからね。なにからなにまでサラ大伯母のとこのベリンダそっくりですよ。断わっておきますが、当人は大真面目——ただの浮気じゃなく、裏があるんだからまったく驚きますよ。それに見ていてごらんなさい、いまにあのガーフィールドさんだって、あっという間に引っかかっちゃいますからね。今朝のあの方ときたら、まるで小羊かなんかのようでしたもの、それが、なによりの証拠ですよ」

と言って、夫人は息を大きく吸った。

「さあさあ、もういいかげんにしてくれないかね」とバーナビー少佐が言った。

「もうそろそろ、夫がお茶を待っている時間ですわ」と言いながらも、夫人はまだ動こうとはしなかった。「わたしは、噂話に暇を明かすような女じゃございませんですよ。さあ、仕事だっていうふうに、いつも自分をせき立てておりますの。ところで仕事の話をしたついでに、このへんでひとつ大掃除をしましょうか？」

「いいや！」少佐は力を込めて言った。

「この前のときから、ひと月もたっておりますわ」

「いいや。私はどんな物でもちゃんと置き場所をきめておくのが主義なのに、あんたの大掃除のあとときたら、なに一つとして、もとの位置にもどしてないんだからな」

カーティス夫人はがっかりしたように溜め息をついた。彼女ときたら、大掃除をして徹底的にきれいにするのが、何より好きなのだ。

「春の大掃除をどうしてもしなくちゃならないのは、ワイアット大尉のところですわ。インド人の男なんぞに、いったい、どんな掃除ができるっていうんでしょう。知りたいもんですわ。ふん、あんなインド人なんか！」

「植民地人の使用人よりいいものはありませんよ。彼らはちゃんと自分の仕事をわきまえている上に、無駄な口はききませんからな」

この最後の言葉にこめた皮肉も、カーティス夫人にかかっては、なんの効きめもなかった。夫人はまたもや話を蒸し返した。

「あの娘は、三十分ぐらいのうちに二本も電報を受け取ったんですよ。わたしはすっかりあわてててしまったんですけれど。あの娘ときたら、それを読みながら眉ひとつ動かしませんでしたわ。そのあとで、これからエクセターまで行くから、明日まで帰らないって言ってました」

「じゃ、あの青年も一緒に行ったのかね？」少佐は期待に目を輝かせながら尋ねた。

「いいえ。あの方はまだこちらにいらっしゃいます。話上手ないい青年ですわ。あの方たちだったら似合いの夫婦になれますよ」

またバーナビー少佐がうなり声をあげた。

「さて、そろそろおいとましなくては――」

夫人がそう言うと、少佐はこんどこそ夫人の決意を翻させないようにと、息を殺して待ちかまえた。やがてカーティス夫人は、その言葉どおりに出て行った。

戸が閉まると、少佐はほっと溜め息をついて、パイプを引き寄せ、ある鉱山の事業趣意書を熱心に読みはじめた。だが、その内容は、未亡人や退役軍人を除けば誰でも警戒してしまうくらい、仰々しく楽天的な宣伝文句を並べたてたものだった。

「十二パーセントか、ふーん、こりゃあ悪くないぞ……」と少佐はつぶやいた。

その隣の家では、ワイアット大尉が、ライクロフトを相手に、頭ごなしにどなりつけていた。

「まったく、あなたみたいな人間には、この世のことなどなにもわかっちゃいないんだ。すべて事なかれ主義なんだからな。人生を楽しんだこともない。不自由な暮らしをしたこともない」

ライクロフト氏はなにも言わなかった。ワイアット大尉には、うかつな口のきき方は禁物なので、たいていの場合は黙っていたほうが安全だった。

大尉は彼の車椅子から身を乗り出すようにして言った。

「ところで、あのあばずれ《ビッチ》はどうした？　なかなかいい女だがなあ」

大尉にとっては、この二つの表現はごく自然に結びつくのだが、ライクロフト氏は少なからずあきれたようだった。

「あの娘は、いったいここでなにをしているんだ？　ぼくが知りたいのはそれなんだ」と大尉が問いただすように言った。「アブダル！」

「はい、旦那さま？」

「ブリーはどうしたんだ？　またどっかへ行っちまったのか？」

「かのじょなら台所にいます、旦那さま」

「そうか、なにも食わしちゃいかんぞ」大尉はまた椅子に身を沈めると、二つめの質問をライクロフトに発した。「あの娘はここになんの用があるんだろう？　こんなところにいるいったい誰に話があるんだろう？　きみたちみたいな時代物相手じゃ、あの娘は退屈してしまうだろうな。今朝ちょっとあの娘と話をしたんだがね。実際、こんなところでぼくみたいな男に会ってびっくりしたようだったよ」

大尉は口髭をひねった。

「彼女は、ジェイムズ・ピアソンの婚約者ですよ。ご存じでしょう、こんどの殺人事件で引っぱられた男――」

とライクロフトが言った途端に、大尉が口まで持って行きかけたウィスキー・グラスが、音をたてて床に砕けた。彼はすぐさまアブダルを呼びつけると、自分の椅子に対してテーブルの位置が悪いと言って、口ぎたなく罵《ののし》った。それからまた話を戻した。

「そういう娘か。しかしあんな店員風情にはもったいないな。ああいう娘には、ほんものの男でなくちゃ」

「ピアソンという青年はなかなかの美男子ですよ」とライクロフトが言った。

「美男か――美男ね――床屋の看板のような男なんか、女の子はほしがらないよ。毎日事務所なんかでコツコツ働いてるような男に、いったい人生のなにがわかるんだ？　実際にどんな経験をしたっていうのかね！」

「こんどの事件で殺人容疑者として起訴されるようなことになれば、将来、彼の人生にとって、じつにいい経験になるんじゃないでしょうかね」とライクロフトは冷やかな口調で言った。

「警察じゃ、彼の犯行と確信しているんだね？」

「十中、八、九までクロとにらんでいなければ、逮捕したりはしないでしょうな」

「カボチャ頭めが！」ワイアット大尉は軽蔑的な口調で言った。

「いや、そうでもありませんよ。今朝、会いましたが、ナラコット警部はなかなか鋭敏な手腕家ですよ」

「今朝、どこで会ったんだ？」

「私の家に訪ねて来ましてね」

「ぼくの家へは来なかったな」ワイアット大尉は機嫌を損じたといった調子で言った。

「たぶん、あなたがトリヴェリアン大佐とはあまり親しくなかったからなんでしょう、そんな理由じゃないですか——」

「それはどういう意味だ！　あのケチンボ野郎、ぼくは面と向かってそう言ってやったよ。ぼくのところにまで殿様風を吹かされちゃたまらないからな。ほかの連中みたいにペコペコするなんて、真っ平だ！　それでなきゃ、しょっちゅうフラフラやって来るからね。もしぼくが一週間でも一カ月、いや一年でも、誰にも会いたくないと思ったら、それはぼくの勝手なんだから」

「そういえば、この一週間というもの、誰にもお会いにならなかったんじゃないですか？」

「会わないとも！　会わなきゃいかんのか？」逆上した病人はテーブルをたたいた。ライクロフト氏は、いつものように、また悪いことを言ってしまったと気がついた。「いったい、なんだって会わなくちゃいけないんだ？　さあ、その理由を言ってくれ！」

ライクロフト氏は用心深く口をつぐんでいたので、大尉の怒りもどうやらおさまっていった。

「まあ、いずれにしても、警察がトリヴェリアン大佐のことについて知りたいなら、ぼくのところへ来るべきだな。ぼくは世界中を放浪して回ったからね、判断力というものを持っているよ。人を見れば、その人物評価ぐらいすぐできる。ヨボヨボの婆さんのところなんかへ行って、なにになるんだ？　警察にとって必要なのは、〝男の判断〟じゃないか」

そうガミガミ言うと、またテーブルをたたいた。

「警察にしてみれば、自分たちの目指すものはちゃんと心得ているつもりなんでしょう」とライクロフト氏は言った。

「連中はぼくのことを尋ねたでしょうな？　むろん、そうするにきまっているが——」

「さあ——どうでしたかな、私はよく憶えていないのです」とライクロフトは慎重に言った。

「なぜ憶えていないんだ？　まだそれほどもうろくする年でもないだろう」

「つまり——その、あたふたしちゃったものですからね」ライクロフト氏はなだめるように答えた。

「あたふたしたって？　きみは警察が怖いのか？　ぼくは平気だよ。来るなら来てみるがいいんだ、目に物をみせてやるよ。ところで、このあいだの晩、ぼくは百ヤードぐらい離れたところから猫を一匹射ち殺したよ、知ってたかい？」

「それは本当ですか？」とライクロフト。

この大尉ときたら、猫を見ると――ときによってそれは単に幻覚に過ぎないのだが、そのたびにピストルをふりまわすので、かねがね近所の非難の的だったのだ。

「ああ、疲れた」と、突然、ワイアット大尉は言った。「帰るまえに、もう一杯やっていくかい？」

このほのめかしをいちはやく感じとったライクロフト氏は腰を上げた。だが、ワイアット大尉はなおも飲み物を勧めた。

「もう少し飲めると、きみも倍は男を上げるんだがな。酒をたのしめないような男は、男とは言えんからな」

そう言われても、ライクロフト氏はかさねて辞退した。もうすでに、恐ろしく度の強いウィスキー・ソーダを一杯飲みほしていたのだ。

「お茶はどんなものを飲むのかね？　ぼくはお茶のことはなんにも知らんのでね。そのうちに、あの娘が遊びに来るかもしれないので、アブダルにお茶を買うように言いつけたんだが――すごい別嬪《べっぴん》じゃないか。こんなところで話し相手もなく、死ぬほど退屈しているんじゃないかな。なんとかしてあげなくちゃ――」

「彼女には若い男がついていますよ」とライクロフト。

「近頃の青年にはげっそりするよ。いったい、あの連中のどこがいいんだい？」

それに、どう答えてよいものかライクロフト氏にはわからなかったので、返事をしないで、ただ挨拶をしただけで帰途についた。

彼のあとから、雌《めす》のブルテリアが門までくっついてくるので、ライクロフト氏は思わず悲鳴を上げてしまった。

第四の会話は、四号コテージのミス・パーシハウスとその甥のロナルドであった。

「おまえに気のない娘のまわりをうろつくのは、そりゃあ、おまえの勝手だがね、ロナルド、でもやっぱりウィリットのところの娘に力を入れておいたほうがいいよ。なにかのチャンスがあるかもしれないからね。もっとも、それもあんまり見込みはないと思うけどね」

「そんなこと言ったって――」とロニーは反駁《はんばく》した。

「もう一つ言いたいことはね、シタフォードに警官が来たとき、なぜそれをわたしに知らせなかったんだい？　わたしから重要な情報を教えてあげられたかもしれないんだよ」

「警官が来たってことがわかったときは、もう帰ってしまったあとだったんですよ」

「まったくおまえらしいよ、ロニー。おまえときたら――」

「ごめんなさい、キャロライン伯母さん」

「それに、庭の椅子にペンキを塗るのに、なにも顔にまで塗りたくらなくったっていいだろう。そうしたからって男前になるわけじゃあるまいし、ペンキが無駄だよ」

「ごめんなさい、キャロライン伯母さん」

「さあ、もうこれ以上つべこべ言わないでおくれ、わたしは疲れたよ」と言いながらミス・パーシハウスは目を閉じた。

それでもまだロニーはのろのろと歩きまわっていたが、なにかわだかまりがある様子だ。

「どうしたんだい？」とミス・パーシハウスは鋭い声で訊いた。

「いいえ、なんでもないんです――ただその――ちょっと」

「ちょっとって――なんだい？」

「あの――ぼく、明日エクセターまで行ってきてもいいでしょうか？」

「なぜ？」

「その、友だちにちょっと会いたいんです」

「どんな友だち？」

「どんなって——ただの友だちです」

「ねえおまえ、嘘をつくなら、もう少し上手につくもんだよ」とミス・パーシハウス。

「ああ！　そんなこと——でも——」

「弁解なんかするんじゃないよ」

「じゃぼく、行ってもいいんでしょうか？」

「なにを言っているんだね、ぼく行ってもいいんでしょうか——なんて、まるで小さな子どもみたいじゃないか。おまえ、もう二十歳《はたち》を過ぎているんだよ」

「ええ、でもぼくは、ただ伯母さんが——」

ミス・パーシハウスはふたたび目を閉じた。

「もう黙っておくれって、言っているじゃないの。疲れたから休みたいんだよ、わたしは。おまえがエクセターで会う、その〝友だち〟っていうのが、スカートをはいていて、エミリー・トレファシスという名前なら、おまえはよくよくのばかだよ——わたしの言いたいのは、それだけ」

「でもそれは——」

「わたしは疲れているんですよ、ロナルド。もうたくさん！」

22 チャールズの夜の冒険

チャールズは、今夜の見張りのことを思うと、うんざりして、とても楽しみにはできなかった。彼には、それは単に無謀な企てとしか思われなかったのだ。まったくエミリーという娘は、想像力がたくましすぎる！

彼女はふと立ち聞きしたわずかな言葉に、彼女自身の頭のなかで創りあげた意味を、無理矢理にこじつけてしまったにちがいない。ウィリット夫人が夜を待ちこがれていたのは、単に疲労のためだったのではないか。

チャールズは窓の外を眺めて、思わず身ぶるいをした。骨身に突き刺さるように寒く、おまけに湿って霧の深い夜だった――よりによってこんな夜に一晩中、外をウロウロしながら、はたして起きるものやら、とんとわからないような出来事を待っていなければならないとは――

だがチャールズは、この心地よいあたたかい部屋にじっとしていたいという内心の誘惑を乗り越えた。「ほんとに心から信頼のできるあなたのような方とお近づきになれて、あたし、とても嬉しいわ」と言った、エミリーの澄みきったメロディのような声を、彼は思い出したからだ。

エミリーはぼくを頼りにしているんだぜ、チャールズ。だから当然ぼくにかける期待だって大きいはずだ。あの絶望している、美しい娘をがっかりさせる? そんなことぜったいにできない。

彼はありったけの下着をつけたうえに、セーターを二枚着込み、さらにその上にコートを着ながら考えた――もし、エミリーが帰ってきて、彼が約束を果たしていないのを知ったら、彼女はすっかり感情を害してしまうだろう。

彼女はきっと嫌なことを言うにちがいない。いいや、彼にはとてもそんな危険は冒せなかった。――だが、いったい、どんなことが起きるのであろうか?

それにしても、なにか起きるとしたら、いつ、どんな具合に起きるのだろう? まあ、たぶん、起きるとしたら山荘の中でだろうが、いったいどんなことが起きるのか、彼に見当がつくはずはなかった。

「まったく小娘というのは――」彼は一人で、不平がましくつぶやいた。「嫌なことは人にやらせて、自分はさっさとエクセターへ出かけて行ってしまうんだからな――」

そこでチャールズはまた、彼にすがるときのエミリーのあの澄んだ声音を思い出して、かんしゃくを起こしたりした自分を恥ずかしく思った。

彼は身仕度をととのえると、家のものに気づかれないように外へ出た。思ったよりもずっと寒く、ゾッとするような夜だった。こんなにまでして、彼女の代わりに苦労していることを、エミリーはわかっているのだろうか？　そんなことを思わずにはいられなかった。

チャールズはそっと手をポケットに入れて、その中に忍ばせてあるボトルを撫でながら、

「男子最良の友、こんな晩にはこいつが一番だ」とつぶやいた。

用心に用心を重ねながら、彼はシタフォード荘の庭に忍びこんでいった。ウィリット家では犬を飼っていなかったので、吠えられたりする心配はなかった。庭番小屋に灯がついているところをみると、誰かそこに住んでいるのだ。山荘はというと、二階の窓の一つに灯が見えるだけで、あとは真っ暗だった。

この家にいるのは、あの二人の婦人だけだが、ぼくだったらご免《めん》こうむるな。気味が悪いや！――――と彼は心のなかでつぶやいた。

彼はエミリーがドア越しに聞いたという、〝今夜が待ちどおしい〟という言葉を、い

ろいろと考えてみた。実際にはどういうことを意味するんだろう？　ひょっとすると——と彼は考えた——あの連中、夜逃げでもするつもりかな？　まあいいさ、いずれなにが起こるにしても、はばかりながら、このぼくが拝見していますからね——

彼はあまり近寄らないで慎重に山荘を一周まわってみた。深い夜霧のおかげで、人に姿を見つけられるような心配はまずなかった。彼が見て歩いたかぎりでは、べつにこれといって怪しい様子はなかった。念のために納屋もたしかめてみたが、ちゃんと鍵がかかっていた。

時がたつにつれて彼は——早くなにか起こってくれればいいのに——としきりに思った。酒を一口飲みながら——ひどいね、この寒さときたら——《父さん、大戦のときはどうしてました？》——これよりはまだいいだろうな——

彼は腕時計を見て、まだ十二時に二十分もあるのに驚いた。もう間もなく夜が明けるはずだと思いこんでいたのに——

そのとき、思いがけぬ物音に彼はドキッとして耳をそばだてた。それは、何かをはばかるように、そろそろとかんぬきを引き抜く音で、山荘のほうから聞こえてきた。チャールズは足音を忍ばせて、草むらから草むらへと飛び移った。空耳ではなかった！　小さなサイド・ドアがそろそろと開いて、黒い人影が入口にぽっかりと姿を現わしたではないか！　そして、その人影はじっと闇の中をうかがっているのだ。

——母親のほうか、それともヴァイオレットか。きっと、あの美しいヴァイオレットにちがいない——

人影は一、二分の間、そうやってたたずんでいたが、やがて小道に足を踏み入れて、ドアをそっと閉めると、山荘とは反対側のほうに歩いていった。その問題の小道は、小さな植え込みを通って、開けた荒野のほうへつづいていた。

その小道は、チャールズが隠れている草むらのすぐそばを通っているので、目の前を通り過ぎた人影を、はっきりと見ることができた。やっぱり思ったとおり、それはヴァイオレットだった。彼女は長い黒っぽいコートを身にまとい、ベレー帽をかぶっていた。

ヴァイオレットが小道を登って行く後から、チャールズは足音を忍ばせてつけていった。見られる心配はまずなかったが、足音で気づかれないように注意を払わねばならなかった。あの娘をびっくりさせたらまずいぞ！　彼があまり足音に気を配っていたために、すっかり彼女との間隔が引き離されてしまった。一瞬、彼女の姿を見失ったかとチャールズはドキッとしたが、植林地を抜けてひと曲がりすると、前方の小道にヴァイオレットの立っている姿が目にとまった。その地所にめぐらされている低い塀が、そこでとぎれて門になっていた。その門のそばにヴァイオレットは立って、身体を乗り出すようにしながら闇の中に眼を注いでいるのだ。

思いきってチャールズはできるだけ近くに寄って行って、じっと見守っていた。時は刻々と過ぎていった。彼女はポケットに入る小さな懐中電灯を持っていて、一度、それもほんのちょっとつけたが、腕時計を見るためだとチャールズは思った。それからまた、誰かを心から待つ様子で彼女は門によりかかった。不意に、低い口笛が二度繰り返して鳴ったのを、チャールズは耳にした。

すると彼女は前よりもいっそう身体を門から乗り出すと、同じようなサインを送った――低い口笛を二度繰り返して――

驚いたことに、男の影が闇の中からぽっかりと現われてきた――低い叫び声がヴァイオレットの口から洩れた。彼女が一、二歩後ろに退いて、門が内側に開くと、男は彼女に近寄ってきた。彼女は低い声で早口になにやら言った。二人の話がどうしても聞きとれないので、チャールズがうっかり前に乗り出したとたんに、足下の小枝がポキッと音を立てて折れた。その男はくるっと振り返った。

「あれはなんだ！」

男は、チャールズの逃げ出す姿に目を止めた。

「待て！　ここで貴様《きさま》、何をしてるんだ！」

そう言ったかと思うと、男はチャールズの後ろから跳びかかった。チャールズもこれに振り向くや、すばやく男にタックルした。次の瞬間、二人はしっかりと組み合ったまま、上になったり下になったりして、転げまわった。

だが、この格闘も長くはつづかなかった。チャールズの敵のほうがはるかに大きくて強く、とても相手にならなかった。男は捕虜の手をひねると立ち上がった。

「スイッチをつけて、ヴァイオレット。こいつの顔を見てやらなくちゃ」

恐ろしげに二、三歩離れて立ちすくんでいたヴァイオレットは、すなおに前に進むと、懐中電灯を照らした。

「あらっ！　この人、この村に来ている新聞記者だわ」

「新聞記者だって！」男は叫んだ。「ぼくは大嫌いだよ、こういう種類のやつは。おい、こらっ！　こんな夜中に人の家をうろうろ嗅ぎまわって、いったい何をしてたんだ！　このイタチ野郎！」

懐中電灯の光が、ヴァイオレットの手で揺れていた。はじめて、その男の全身がチャールズの目に映った。ひょっとしたら、この男は脱獄囚じゃないだろうかというひやな予感がしていたが、一目見たらそんな考えは吹っ飛んでしまった。その男はまだ二十四、五にもならないような若者で、背が高く、とても追われている身の犯罪者だとは思えない毅然《きぜん》とした美青年だった。

「で、貴様の名前は？」青年は鋭く問いつめた。

「ぼくはチャールズ・エンダビー。ところできみの名前はまだ聞いてないね」

「くそっ！　生意気なやつだ！」

不意にチャールズの頭にインスピレーションが閃《ひら》めいた。このインスピレーションが一度ならず彼を救ってきたのだ。的は遠い、しかしきっと命中するぞ！

「でも、ぼくにはきみの名前ぐらい当てられますよ」とチャールズは静かに言った。

「なんだって？」

明らかに相手の青年はびっくりしていた。

「オーストラリアから来たブライアン・ピアソン君でしょう？　どうです？」

誰もひと言も発しなかった——長い沈黙——チャールズは心の中で感じていた。これで形勢逆転だ！

とうとう男は口を開いた。「いったい、どうしてきみが知っているんだ！　そう、きみの言うとおり、ぼくはブライアン・ピアソンだけど——」

「こういうときは」とチャールズ。「みんなで山荘に行ってから、いろいろと相談したいものですね」

23 ヘイゼルムアにて

ちょうどその頃、バーナビー少佐は会計簿をつけていた——あるいはディケンズ流に言えば、彼は自分の関心事に目を通していたわけである。少佐はきわめて几帳面な男だったので、子牛革で装丁した帳簿に売買した株や、それに伴う損益をそのつど記入していたが、いつも損の場合が多かった。それは多くの退職士官の場合と同じく、少佐も、安全に地味に儲けようとしないで、一気に大きな利益をあてこんで、かえって損をしてしまうからだった。

「この石油株は有望だと思ったんだが。将来、相当な金になるように見えたよ。だが、前のダイヤモンド鉱山と同じくらい、ひどいもんだ！　カナダの土地は今のところ間違いあるまい」と、彼はつぶやいていた。

が、こうして思案しているとき、開け放った窓から、ロナルド・ガーフィールドが顔を出したので、彼の思案も邪魔されてしまった。

「こんにちは、お邪魔じゃありませんか？」と、ロニーが元気よく呼びかけた。

「入るなら玄関へまわりなさい」とバーナビー少佐は言った。「岩生植物に注意して。そら、もう踏んでいるんじゃないかね」

ロニーはあわてて飛びのきながら謝ると、やがて表の入口に姿を現わした。

「マットで、よく靴を拭いて！」と少佐がどなった。

ロニーが言われたとおり一所懸命に靴をこすっているのが、少佐にはわかった。実際のところ、少佐がここ数年というもの、めずらしく好意を持ち得た青年と言えば、あの新聞記者のチャールズ・エンダビーだけだった。

――なかなかいい若者だ――と少佐は思った――ボア戦争の話に感激していたっけ。だが、ロニー・ガーフィールドに対しては、こうした好意をいっさい感じていなかった。事実、この不運なロニーの言うことなすことのすべてが、少佐の気分を害してしまうようなことになるのだった。それでも一応、もてなさないわけにもいくまい。

「飲み物はどうかね？」慣例にしたがって、少佐は訊いた。

「いいえ結構です。じつは、ご一緒にお供させていただけるかどうか、ご都合をうかがいに来たんですが。ちょうどエクスハンプトンへ行きたいと思っていたところ、あなたが自動車の予約をなさったとエルマーから聞いたものですから」

バーナビーはうなずいた。

「トリヴェリアンの遺品を点検しに行くんだ。もう警察は、あの家での仕事を終えたからね」と彼は説明した。

「じつはですね」と、ロニーはおずおずと言った。「ぼくも今日、エクスハンプトンへ行きたいのですが、もしよろしかったら同乗させていただいて費用の半分をもちたいと思うんですが、いかがでしょう?」

「ああ、結構だね。だがきみ、歩いたほうが体にいいんだが。どうも近頃の若い者は少しも運動せんからな。早足で十キロ行き、早足で十キロ帰る——これほど健康にいいものはない。この私だって、帰りにトリヴェリアンの荷物を持ち帰る必要さえなければ、歩こうと思っていたんだ。柔弱になっていく——このごろの傾向はまったくけしからん!」

「ああそうですね、だけど、ぼくは体をやたら酷使するほうじゃありませんからね。とにかくご承諾いただけまして、さいわいです。で、エルマーは十一時にあなたがお発ちになると言ってましたが、そうですか?」とロニーが尋ねた。

「そのとおりだ」

「わかりました。ではその時間までにまいりましょう」

だが、約束どおりにうまく行かないで、ロニーがその場に着いたときは十分も遅れていた。バーナビー少佐はカンカンに腹を立ててしまっていて、なまじっかな謝罪などは耳に入れようともしなかった。

おいぼれのあがきだ！――とロニーはひそかに思った――こういう連中ときたら、自分じゃいい気なつもりでいるんだが、時間厳守だとか、なんでも時間どおりに几帳面にやったり、くだらない運動で健康を保ったりすることをわめきたてて、他人にとっちゃ、どんなにいまいましいことか、ぜんぜん見当もつかないんだ。

彼はちょっとのあいだ、かりに少佐とキャロライン伯母さんとが夫婦だったら――と空想してたのしんだ。さて、どっちのほうが上手《うわて》だろう？　そりゃあやっぱり、伯母さんのほうに軍配は上がるだろうな。伯母が手をたたき、金切声をあげて少佐を降伏させる有様は、たしかに想像しただけでも痛快だった。

やがてこの空想から我に返って、ロニーは元気に少佐に話しかけた。

「シタフォードも急に賑やかな場所になりましたね。あのトレファシスさんとエンダビーという男と、オーストラリアから来た若い男と……でも、あの若い男はいつ、どうやって来たんでしょう？　今朝になってひょっこり現われたんですが、誰もあの男がどこから来たか知らないんですよ。まったくぼくの伯母なぞ、顔色を青くして気を揉《も》んでいますよ」

「ウィリット母娘《おやこ》と一緒にいるんだろ」とバーナビー少佐は辛辣に言った。

「そうです。だが、どこから不意にやって来たんでしょうね？　ウィリットさんが、自家用の飛行機を持っているわけではなし。ぼくには、あの若いピアソンという男には、なにか不可思議な影があるような気がしてならないんですよ。眼にもいやな光が現われているし……あれは非常に険悪な光ですよ。あの気の毒なトリヴェリアンを殺したのは、あの男ではないかとさえ思われますよ」

だが、少佐はなにも答えなかった。

「ぼくはこんなふうに見るんですが」と、ロニーは話し続けた。「植民地にでも行こうとする人間は、たいていごろつきですよ。親類からは嫌われ、何かのきっかけで追い払われるのが普通でしょう。まあ、それからが問題なんですが、そのごろつきがもどって来る、金に困って、クリスマスの時分に金持ちの伯父を訪ねるとします。その金持ちの伯父は、むろん一文なしの甥なんか追い払うに決まっています。そこでこの一文なしの甥が伯父を一撃のもとに殴りつける……こんな推理はどんなものでしょうね」

「そんなことは警察にでも話してみるんだな」と、バーナビー少佐。

「ぼくは、あなたが話されればと考えているんですが。あなたはナラコットさんと心安いのでしょう？　ところで、あの人がまた、シタフォードのあたりを嗅ぎ回っていませんでしたか？」

「なにも知らんね」

「今日、あなたは山荘でお会いにならなかったんですか？」

バーナビー少佐の素っ気ない返事に、ロニーにもやっと、彼の機嫌が悪いのがわかったようだった。

「ああ、そうですか」と曖昧に言って、そのまま黙ってしまった。

自動車はエクスハンプトンに着いて、スリー・クラウン館の前に停まった。ロニーは降りて、帰りに落ち合う時間を四時半に決めると、商店のほうに歩いて行ってしまった。

少佐は、まずカークウッド氏に会いに行き、しばらくのあいだ彼と話をしてから、鍵を受けとって、ヘイゼルムアの家へ向かった。

彼はエヴァンズに、そこで十二時に会うように告げてあったので、この忠実な下男は入口のドアのところで待っていた。バーナビー少佐は厳格な顔をして、入口のドアに鍵を差し込んで、ガランとした空虚な家の中へ入って行った。エヴァンズは、すぐ後からつづいた。彼はあの惨劇のあった晩以来、一度もこの家へ入らなかったので、気の弱さを見せまいと固く決心していたにもかかわらず、客間を通り抜けるとき、思わず身震いしてしまった。

エヴァンズと少佐は、互いに協力して黙々と働いた。彼らのうちの片方が、ひと言でも口に出せば、すぐその意味はもう片方の者に通じるのであった。

「こんな仕事は愉快ではないが、やらねばならんからな」と少佐が言った。エヴァンズはソックスを選んで束ねたり、パジャマを数えたりしながら言った。

「ほんとに情に反するような気もしますが、おっしゃるとおり、私たちでやるほかはないでしょう」

エヴァンズは、こういう仕事に器用であり手慣れてもいた。すべての品物は、きちんと選り分けられ整頓されて、積み上げられていった。一時になると、二人は軽い昼食を取りにスリー・クラウン館へ出かけた。食事から戻ってきて二人が玄関に入るとすぐ、少佐は不意にエヴァンズの腕をつかんで、後ろ手にドアを閉めた。

「しっ！　二階に足音がする、聞こえるか？　ジョーの寝室だ」

「ええっ、たしかに聞こえます」

一瞬、得体の知れぬ恐怖が二人を襲った――やがて少佐は気をとりなおすと、肩をいからせながら大股に階段の下まで歩いて行き、大声でどなった。

階段の上に姿を現わしたのは、ロニー・ガーフィールドだった。彼の仕業と知った少佐は、非常に驚いたと同時に腹立たしく感じたものの、一方では、いささか、ほっとしないでもなかった。ロニーは気まずそうに、おずおずしていた。

「やあ、ずっとあなたを探していたんですよ」

「というと、なにか用事でもあったのかね？」

「ええ、じつは四時半までに都合がつかないんです。エクセターまで行かなければならないもんですから――ですから、ぼくのことはお待ちにならずに、どうぞいらしてください。ぼくはエクスハンプトンで車を拾いますから」

「きみは、どうやってここへ入ったのかね？」と少佐が尋ねた。

「玄関が開いていましたよ。ですから、あなたはここにおいでになるものとばかり思っていました」

少佐はエヴァンズに向かってきびしい声で言った。

「出るときに鍵をかけなかったのか？」

「かけてません、第一、私は鍵を持っておりませんので」

「迂闊《うかつ》だった！」と少佐はつぶやいた。

「いけなかったですか？　下には誰もいないので、二階へ上がって探していたんですけれど」とロニーが言った。

った。

「いや、かまわん。ただ、ちょっとびっくりしたものだから」少佐はつっけんどんに言った。

「そうですか」とロニーは陽気に言った。「じゃ、ぼくはもう行きます、では、失礼」

少佐はうなった。ロニーが階下に降りて来た。

「あの――ちょっと」と、まるで子どものような口調で少佐に訊いた。「あの事件のあったところは、どこなんです？」

少佐は親指でグイと客間のほうを指してみせた。

「へえ、なかを見てもいいですか？」

「ご随意に！」少佐はうなるような声で言った。

ロニーは客間のドアを開けて入ると、しばらく中にいたが、やがて出て来た。

少佐はもう二階に上がってしまっていたが、ホールにはまだエヴァンズが残っていた。彼は、まるで見張りのブルドッグのように腰を据えていて、落ちくぼんだ小さな眼は、敵意ありげにじろじろとロニーを見ていた。

「ねえ」とロニーは声をかけた。「ぼくはね、血の痕《あと》っていうのは絶対に洗い落とせないものだと思っていたけど――いくら洗っても、しみが残るじゃないですか。ああ、そういえばあの老人はサンド・バッグで殴られたんでしたっけね、うっかりしてたな、こんなふうな物でしょう?」と言って、彼はドアのところに置いてある細長い詰め物を取り上げた。彼は思案顔でその重みを計るように、手で持ってバランスをとってみた。

「ちょっとばかり、しゃれた玩具《おもちゃ》じゃない?」とロニーは言うと、こんどは試みに二、三度それを宙に振り回してみた。

エヴァンズは黙ったままだった。

「さて、そろそろ出かけるとしようかな」エヴァンズの友好的でない沈黙に気づまりを感じて、ロニーは言った。

「ぼく、少し失礼だったかな」と訊きながら、彼は頭で少佐のいる二階のほうを示した。

「ぼくは、あの二人が親友だったということをすっかり忘れていましたよ。二人は似た者同士だったんですね。それでは、こんどはほんとに出かけます。気に障るようなことばかり言ったとしたら、許してくださいね」

彼はホールを横切って、玄関から出て行った。エヴァンズは冷然としてホールに突っ立ったままだったが、ロニーが出たあとでガチャンと門が閉まる音を聞くと、すぐさま階段を昇って少佐のところへ戻って行った。彼はなおも黙々としたまま部屋の真ん中を横切って行き、靴戸棚のまえで膝をつくと、ふたたび午前中にやり残した仕事にとりかかった。

やっと三時半には、この仕事も終わった。衣服と下着類を入れたトランクが一つ、エヴァンズに与えられた。そしてほかのものは、海軍の孤児院に送るために革紐で荷造りされた。書類や証券類はアタシェ・ケースにつめられた。エヴァンズは、いろいろの競技のトロフィーや猟でとった動物の頭を入れた大きな箱を運搬するために、この辺の運送屋の倉庫を探すように言いつけられた。バーナビー少佐のコテージには、これらを預かる余地がなかったからだ。ヘイゼルムアは、家具付きで借りてあったので、そのほかには問題はなかった。

仕事がすっかり終わると、エヴァンズは神経質に二、三度咳払いをしてから、少佐に言った。

「じつは旦那さま、私も大佐のときと同じように、またどなたかの身のまわりのお世話をしたいと思っておりますんですが——」

「ああそうか、じゃ雇い主が見つかったときには、いつでも推薦状を書いてあげるから。そのことは心配せんでもいいよ」

「いいえ旦那さま、私が申しますのは、つまりそういうことじゃございませんので。家内のレベッカとも何度も話し合ったんでございますが——そのう、旦那さまご自身が、私どもを使ってみようというお気持ちはないものかと存じまして——」

「ああ、そういうことなのか！　だがね、私はおまえの知っているように、身のまわりのことは自分でするのでね――それに、あのなんとかいう老婦人が一日に一度、洗濯物を取りに来てくれるし、また、ちょっとした料理ぐらいこしらえてくれるんでね。まあ、それがせいぜいというところなんだよ」

「お給金のことなんぞ、たいした問題じゃございませんのですよ、旦那さま」とエヴァンズはすばやく言った。「ご存じのように、私は亡くなった大佐をたいへんお慕いしておりました。ですから、こんどは、それと同じようなことをご親友の旦那さまにしてあげられたら――と思うんでございます。この気持ち、おわかりいただけると存じますが」

少佐は咳払いをして、視線をそらしながら言った。

「親切に言ってくれて、ほんとにありがたい。そう――そうだね、考えてみるよ」そして、さっさと逃げるようにして、ほとんど駆けるように道を下って行った。道に立ったまま少佐を見送っていたエヴァンズは、納得したように微笑していた。

「まったく、亡くなった旦那と瓜二つだ」とつぶやいた。

それからふと、彼は謎に突き当たったような表情をした。「いったい、あの二人はどこで知り合ったのだろう？　こいつはなんだかおかしいぞ。そうだ、レベッカの意見を訊いてみなくちゃ」

24 ナラコット警部、事件を論じる

「まったく困りはてましたよ」と、ナラコット警部は言った。

州警察本部長は、次の言葉をうながすように彼を眺めた。

「だめです……」と、警部が言った。「ますます納得がいかなくなってきました」

「きみは、われわれが逮捕した男を真犯人だとは、考えていないらしいね？」

「どうしても、そうは思えないのです。ご承知のように、はじめはすべてのことが、一つの道を指していたのです。でも今は違います」

「だが、ピアソンに対する証拠は依然として残っているんだからね」

「おっしゃるとおりですが、新たな事実が判明して来たのです。まず、ピアソンにはブライアンというもう一人の弟がいますが、はじめ、われわれは彼がオーストラリアにいるという報告を受けていました。そこで、この男はまったく調べる必要がないと思っていたのです。ところが、彼はずっと英国にいたことが判明したのです。彼は二カ月程前にあのウィリット母娘《おやこ》と同じ船に乗って英国に帰って来たらしいのですが、その航海中、あの娘と恋愛していたと思われるのです。とにかく、理由はわかりませんが、彼は家族の者とほとんど文通をしていなかったので、姉も兄も彼が英国にいたとは考えてもいなかったわけです。先週の木曜日に、ラッセル・スクエアのオムズビー・ホテルを出発して、パディントンまでドライブしてきたのはわかっているのですが、それから火曜日の晩にエンダビーが彼に出くわすまで、その間どこにいたのか、彼はどうしても話そうとしないのです」

「そんなことをしていたら、彼自身にとってためにならないと、きみは言ってやったのか?」

「彼はそんなこと知るもんかと言っています。彼はこの殺人事件には何一つ関係していないのだから、それでも関係していると証明したいならば、勝手にやってみろといった調子です。どういうふうに時間を使おうが、それは自分だけの問題で、あんたたちの知ったことではないと言い張って、どこで何をしていたかについては、あくまで証言を拒否してるんです」

「まったく驚くべき事件だな――」

「そうです、驚くべき事件です。事実を無視することはありません、この男のほうが、ずっと犯人らしいですよ。ジェイムズ・ピアソンがサンド・バッグで大佐の頭を殴ったという説には、どうも筋道の通らぬふしがあるのですが、だが一方、ブライアン・ピアソンにしてみれば、そんなことはいたって簡単なことかもしれないのです。彼は激しやすい横柄な男ですし、その上、ご存じのように大佐の死によって手に入る遺産は、ジムとまったく同額ですからね。

覚えていらっしゃるでしょう。彼は今朝エンダビーと一緒に私のところへ来ました。話をしている間は終始聡明でしかも快活、几帳面、その上、たいそうもっともらしい態度をとっていましたが、しょせん、むなしい一人芝居ですな」

「というと？」

「つじつまがあわないからですよ。彼はなぜもっと早く姿を現わさなかったのでしょう？　彼の伯父の死は、土曜日のあらゆる新聞に掲載されていました。兄が逮捕されたのは月曜日です。それでもまだ、彼からはなんの音沙汰もありませんでした。おそらくきのうの真夜中、シタフォード荘の庭でのエンダビーとの遭遇の一件がなかったならば、彼は依然として沈黙をつづけたでしょう」

「ところでエンダビーだが、彼はいったい、あそこでなにをしていたんだね？」

「新聞記者というのがどんな連中かご存じでしょう。そのせんさく熱ときたら、まったく無気味なくらいですよ」とナラコットが答えた。

「ああ、まったくやりきれなくなるときがあるね。それなりに役に立つこともあるんだが」と本部長。

「彼があんなことをしたのも、みんなあの娘さんの差し金だと思いますよ」

「あの娘?」

「エミリー・トレファシスのことです」

「また、その娘はどうしてそんなことを知っているのかね?」

「彼女はシタフォードでさかんに嗅ぎまわっていましたよ。どうしてなかなか利口な女性です。なにごとも彼女に知られずに済むのはむずかしいようです」

「で、ブライアン・ピアソン自身は、彼の行動についてどう言っているんだね?」

「彼は、ただ恋人に——つまりヴァイオレットなんですが、彼女に会うためにシタフォード荘に来たと言っているんです。恋人のほうも母親に知られたくなかったため、みんなが寝てしまったあとで、彼に会うため家を脱け出したと言っているのです。彼らの話はこれだけです」

だが、ナラコット警部の声は、その話を自分では信じていないようであった。

「もし、エンダビーが遭遇しなかったら、彼はけっして姿を現わさなかっただろうと、私は思います。彼はそのままオーストラリアへ帰って、そこから遺産を請求しただろうと――」

これを聞いて、本部長の唇にかすかな微笑が浮かんだ。

新聞記者のしつこいせんさくには、さぞかし彼もいまいましく思っただろうな――と本部長はつぶやいた。

「このほかにも、いろいろの事実がわかりました。ご存じのように、ピアソン家には三人の兄弟がいるのですが、シルヴィア・ピアソンは、小説家のマーチン・ディアリングと結婚しているのです。ディアリングは、あの日の午後は米国の出版業者と昼食を共にして、その夜には文学の晩餐会に行ったと話しましたが、今になってみると、彼はどうやらその夜、文学の会へは行かなかったらしいのです」

「誰がそう言ったんだね？」

「これもエンダビーです」

「うむ、私もそのエンダビーに会わねばならんな。どうやらこの捜査では、彼は相当な活躍をしているらしいな。そうだろう、デイリー・ワイヤー紙には優秀な青年記者がそろっているからね」と本部長は言った。

「もちろんです。でもこのことはあまり大きな問題ではないようです」と、警部は言葉を続けた。「トリヴェリアン大佐が殺されたのは六時前でしたから、その晩、ディアリングがどこにいようと、本当を言えば大して関係はありません――しかし、なぜ彼が計画的に嘘をつかなければならなかったか？　私にはそうした点が気に入らないんです、本部長」

「そうだな、そんな必要はないね」と、本部長は同意した。

「一つでも嘘があれば、すべてが嘘のように考えられても仕方ないのです。こんな想像もできると思います。つまり、ディアリングが十二時十分の汽車でパディントンを出発して、五時過ぎにエクスハンプトンに到着して、老人を殺してから、六時十分の汽車で真夜中前に自分の家に帰って来ていたかもしれないということです。一応、詳しく調べられました。彼の経済状態を調査しましたら、ひどく窮迫していたようです。妻の金まで彼が持ちだして使っていたということは……彼の妻に会ったらすぐわかりました。われわれとしましても、その日の午後の彼のアリバイを徹底的に調べてみましょう」

「すべてが異常そのものだ」と本部長は自分の考えを述べた。「だが、やはりピアソンの犯行であることの証拠は決定的なようじゃないか。きみは同意できないらしいがね――きみは誤って無実の人間を逮捕したと思っているんじゃないのかね」

「証拠のことはとやかく申しません」とナラコット警部はすなおに言った。「情況証拠も結構です。陪審員はそれに基づいて評決するのが当然なのですから。だが、本部長のおっしゃることはすべて正しいにもかかわらず、私には依然としてピアソンが犯人であるとは思えないのです」

「ピアソンの恋人も、この事件には非常に積極的なんだね」

「ミス・トレファシスですか、ええ、彼女はしっかりした美しい女性です。そして、ピアソンを救おうと固い決心をしているんです。現在、エンダビー、ええ、あの新聞記者をしっかり摑んで、その魅力で最大限に活用していますがね。どう考えても、ジェイムズ・ピアソンにはもったいないですな。彼は美男子ではあるけれど、個性のほうはどうも少し物足りないでしょう」

「あの娘はやり手だからこそ、ああいうタイプの青年が好きなんだよ」と本部長。

「まあ、蓼《たで》喰う虫も好きずきと言いますからな。では本部長、話はこれくらいで、私はディアリングのアリバイ調査に出かけることにします」

「よし、すぐにとりかかってくれ。ところで、遺書による四人目の遺産相続人はどうなんだね？　たしか四人いたと思ったが？」

「はあ、大佐の妹ですが、そこはもう調査済みです。彼女は当日午後六時には家にいたことが証明されていますから、なにも問題はありません。これからすぐディアリングの件にとりかかります」

ナラコット警部がふたたびディアリングの小さな応接間に現われたのは、それから五時間ほど後であった。こんどはディアリングが家にいた。メイドははじめ、主人はただいま執筆中ですから面会はなさいませんと言ったが、ナラコット警部は公務用の名刺をもたせて、至急取り次ぐように言った。部屋の中を行きつもどりつしながら、彼は返事を待った。頭脳は生き生きとしている。警部は見るともなしにテーブルの上の物をときどき手にとっては、またもとへ戻した――オーストラリアのフィドルバック模様のシガレット・ケース――おそらくブライアン・ピアソンからの贈物だろう。彼は一冊のだいぶ痛んだ本をとりあげた。題は『高慢と偏見』。なにげなく表紙をめくったとき、扉の見返しに、ほとんどインクの消えかかった走り書きの署名があるのに眼がとまった――マーサ・ライクロフト。ライクロフト――おやっ、聞き憶えのある名前だ。だがどうしてだろう、思い出せない。ちょうどそのときドアが開いて、マーチン・ディアリングが入って来たので、彼の考えは中断されてしまった。

この小説家は濃い栗色の髪をした中肉中背の男で、どこかどっしりとした風采で、目立って真っ赤な大きな唇をしていた。ナラコット警部は、こうした彼の印象にあまり好意をもてなかった。

「おはよう、ディアリングさん。またお邪魔して恐縮です」

「いいえ、ぼくはかまいません、警部さん。でも、すでに申し上げた以外に、もう本当になにも申し上げることはありませんが」

「われわれはあのときあなたの義弟のブライアン・ピアソン氏はオーストラリアにいるとお聞きしましたが、われわれは現在、二カ月ぐらい前に彼が英国に来ていたということを知ったのです。私は、もっと前にお話しいただいたほうがよかったと思うのですが。奥様は彼がオーストラリアのニュー・サウス・ウェールズにいると、私に話されましたが……」

「ブライアンが英国に！　ぼくはそんな事実は知りませんでした。保証してもいいですよ、妻だって知らないはずですから……」と、ディアリングは本当に驚いた様子だった。

「では、彼はあなた方と、なにも連絡を取り合わなかったのですか？」

「そのとおりです。彼がオーストラリアにいるころ、シルヴィアが二度ぐらい手紙を書いたことは知っていますが」

「そうですか、もしそうでしたら私はお詫びしなければなりませんが。しかし、常識から言っても、いくらなんでも親類ぐらいとは文通しているだろうと考えましたので、これはあなた方が私に隠しているのではないかと、つい皮肉を言ってしまったのです」

「前にも申し上げたとおり、ぼくはなにも知らないのです。ま、煙草でもいかがですか？　それはそうと、あの逃亡した囚人はもう捕まったのですね」

「ええ、火曜日の夜、捕まえました。むしろ霧が発生したのが、逃亡犯人には運が悪かったのですな。捜査網のなかをぐるぐると歩きまわっていたにすぎません。三十キロも歩いて、とどのつまりはプリンスタウンから一キロのところにいたのです」

「霧の中だと、みんな、ぐるぐるとまわってしまうのは不思議ですな。だが、金曜日に逃げなくてよかったですね。そうなれば、彼にあの殺人の嫌疑がかぶせられてしまいますからね」

「あれはじつに危険な男でしたよ。通称フリーマントル・フレディと呼ばれていて、強盗でも暴行でもなんでもやったのですから……それに予想もできない二重生活をして来たのです。教育もあり、体裁もよく、金もある反面——ブロードムアの病院あたりが似合いなんでしょうな——一種の犯罪マニアのような状態に時々なるのです。姿を消してしまい、もっとも下劣な性格に一変してしまうんですよ」

「でも、プリンスタウンから逃亡することは、どんな人間にだってできないのではないですか？」

「まあ不可能ですね。だが、この逃亡だけは、じつに驚くほど巧みに計画的に運ばれたのです。われわれにはその背後関係がほとんどわかっていないのです」

「そうですか」とディアリングは立ち上がり、腕時計をちらっと見て、「ほかにご用がありませんでしたら、ぼくはこれで失礼します。なにしろ忙しい身体なもので」と言った。

「いや、もう一つあるのですが、ディアリングさん。なぜ金曜日の晩に、セシル・ホテルの文学晩餐会へ行ったと、私に話されたんですか？」

「ぼ——ぼくには、ご質問の意味がよくわからないのですが、警部」

「そうおっしゃると思っていました。ディアリングさん、あなたは、あの会には出席なさらなかったはずですが」

マーチン・ディアリングは、ちょっとためらった。彼の眼は、ぼんやりと警部の顔から天井へ、それからドアへ動き、そして彼の足下へ落ちた。

警部は静かに落ち着いて返事を待っていた。

彼はついに口を開いた。「ぼくが出席しなかったからといって、それが一体全体、あなたにどんな関係があるんですか？　ぼくの伯父が殺されてから五時間ほど後のぼくの行動が、どんなものであろうと、それであなたや他の人にどんな関係が生じるというんです？」

「あなたはわれわれに、たしかに出席していたと言われたんですが、私は、その言葉をたしかめたいのです、ディアリングさん。というのは、あなたのあの言葉が事実でないことが、すでに明らかになったからです。ですから私は、あなたのほかの言葉も調べておきたいと思うんです。あなたは、友人と昼食をすませてから、一緒にあの日の午後を過ごしたと言いましたね」

「そのとおりです。米国の出版業者とです」

「その方の名前は？」

「ローゼンクラウン……エドガー・ローゼンクラウンです」

「それで、その方の住所は？」

「もう英国から立ち去りました。先週の土曜日です」

「ニューヨークへ向かったのですか？」

「そうです」

「それでは、今は航海中のわけですね。乗った船は？」

「よく覚えていません」

「ではどこの航路ですか？　キュナード、それともホワイト・スター？」

「ぼくは——本当に覚えていません」

「そうですか。では、ニューヨークの出版社のほうへ打電してみましょう。そこでなら知っているでしょう」

「船はガルガンチュア号でした」と、ディアリングは不機嫌に言った。

「いや、ありがとう、ディアリングさん。私は、あなたが思い出してくださると思っていました。さて、そのローゼンクラウン氏と食事をして、一緒に午後を過ごしたというお話でしたが、何時にあなたは彼と別れたんです？」

「五時ごろだったと思います」

「それから？」

「話すことはお断わりします。それはあなた方とは関係がないことです。断言しますよ」

ナラコット警部は、深く考えながらうなずいた。もし、ローゼンクラウンがディアリングの言葉を事実であると証明すれば、ディアリングに対するその他の嫌疑もすべて根拠を失ってしまう。彼の謎の行動すら、あの夜の事件にはなんの影響もなくなるのだ。

「これから、どうするんですか？」と、ディアリングは不安な様子で尋ねた。

「まず、ガルガンチュア号のローゼンクラウン氏へ無線連絡します」

「とんでもないことです」と、ディアリングは叫んだ。「あなたは、ぼくを世間のあらゆる風評の巻き添えにしようと言うのですか。待ってください――」

彼は机のほうへ歩いて行き、紙片にわずかばかりの言葉を書き込んで、それを警部に手渡した。

「あなたが何をなさろうと結構ですが、しかし少なくとも、このようにやっていただけませんか。罪のない他人につまらぬ迷惑をかけるのも、あまりほめた話ではありませんからね」

その紙片には、次のように書いてあった。

汽船ガルガンチュア号気付　ローゼンクラウン兄

十四日金曜日の昼食から五時まで、私が貴兄と一緒に過ごしたる事を証明されたし。

マーチン・ディアリング

「返事は直接あなたに送らせます――それは結構です。しかしスコットランド・ヤードや警察署に送らせては困ります。あなたは米国人の性格をご存じありませんが、ぼくが警察から嫌疑をうけていることがわかると、ぼくが相談していた新しい契約が水泡に帰してしまうでしょう。どうぞ個人の事柄については秘密を守ってください」

「それについては差支えありませんよ、ディアリングさん。私の知りたいのは事実だけですから。この返事は送料支払い済みで、私のエクセターの自宅のほうに送られるようにしますよ」

「ありがとう、いい方ですね。文学で食うのは容易じゃありませんからねえ、警部さん。返事さえご覧になれば、明白になるでしょう。ぼくは、晩餐会のことでは嘘を言いましたが、しかし事実は、ぼくが妻にもその会にいたと話してあったからなんで、あなたにも同じように話したほうがいいと考えたのです。さもないと、ぼく自身いろいろな問題を起こしてしまうからです」

「もし、ローゼンクラウン氏があなたの話を証明してくれれば、なにもほかにご心配はないでしょう」

ナラコット警部は家を出た。そのとき警部は、この男は嫌な奴だがあの米国の出版業者が自分の話を真実だと証明してくれるものと確信しているようだ、と心では思っていた。

デヴォンへ帰る汽車に飛び乗ったとき、突然、警部にある記憶が甦《よみがえ》った。「ライクロフト、そうだ、シタフォードのコテージのひとつに住んでいるあの老紳士の名前じゃないか！　これは奇妙な暗合だぞ！」

25 デラーズ・カフェにて

エミリー・トレファシスとチャールズ・エンダビーの二人は、エクセターのデラーズ・カフェの小さなテーブルについていた。三時半だったので、比較的落ち着いて静かだった。数人の客が静かにお茶を飲んでいるだけで、店内は閑散としていた。

「それで、彼について、あなたはどう考えますか?」と、チャールズは言った。

エミリーは眉をひそめた。

「なかなかむずかしい問題だわ」と彼女は答えた。

警部とのインタヴューがすんでから、ブライアン・ピアソンは彼らと昼食をともにしたのだ。彼はエミリーが不審に思うほど、彼女にたいしては丁重な態度をとっていた。敏感なエミリーは、その態度になにかぎごちない感じがあるのを見逃さなかった。この若者が〝秘めたる恋〟を演じているところへ、見ず知らずのおせっかいが干渉したわけだ。それなのに、ブライアンは子羊のようにおとなしくチャールズの意見に従い、車を駆って警部のもとへ同行したのだ。なぜこんなに従順に言いなりになるのだ？

エミリーの判断によるブライアン・ピアソンとは、まったく似ても似つかない態度ではないか。悪態を吐いていたほうがよっぽど彼らしいとエミリーは思った。この子羊のような態度はどうも不可解だ！　彼女はなんとかして自分の考えをエンダビーに伝えようとした。

「たしかに、あのブライアンにはなにか秘密がありますよ。それでなければ、持ち前の横柄な態度がなくなるはずがありませんからね」

「あたしもそう思うの」

「彼がトリヴェリアンを殺したかもしれないとは思いませんか？」

「ブライアンが――そうね、彼は無視できない人だわ。どちらかと言えば無節操な男だから、もしなにかほしいと思えば、因習的な道徳基準などに左右されずに、なんでも自分流にやってしまうのではないかしら？　彼は平凡なお人好しの英国人ではけっしてないわ」と、エミリーは考え深げに言った。

「あらゆる個人的感情を別にしても、彼はジムよりもはるかにやりそうじゃない？」

エミリーはうなずいた。「そうだと思うわ。それに彼だったら、神経なんてまるで持ちあわせていない感じだから、どんなことだって平気でやり遂げてしまうでしょうよ」

「エミリー、正直なところ、あなたは彼が犯人だと考えているんですか？」

「それは、あたしにもわからないわ。ただ彼が、条件に適《かな》っているたった一人の男だとは言えると思うの」

「あなたの言う、条件に適ってるってなんですか？」

「第一に、殺人の動機」と、エミリーは指を一本ずつ折っていった。「同じような動機で、二万ポンドのため。第二に、機会。彼が金曜日の午後どこにいたか、誰にもわからない。もし、彼がどこか言えるような場所にいたのなら、はっきり言うでしょう？　それで、あたしたちは、金曜日にはヘイゼルムアの家の近所に彼がいた、と推定してもいいのよ」

「反対に、エクスハンプトンで彼を見たという人も誰もいませんが、とにかく彼は注意すべき人物ですね」と、チャールズが指摘した。

するとエミリーは軽蔑するように首を振った。

「彼はエクスハンプトンにはいなかったわ。でもチャールズ、あなたにもわかっているでしょ、もし彼が殺人でも犯そうとしたら、あらかじめ、それくらいの計画を立てるのは当然よ。ばかみたいに、ひょっこりと事件が起きた土地へ行って、泊まり込んでいるのはジムくらいなものだわ。ライドフォードからでも、チャッグフォードからでも、エクセターからでも、エクスハンプトンへは行けるわ……もしかすると、ライドフォードから歩いて行ったのかもしれないわね。道は広いし、雪で通れないということもなかったでしょうから。むしろ、雪のせいで人目につかずに楽に行けたんじゃないかと思うの」

「ぼくらは、何から何まで尋ねまわる必要がありますね」

「それは、警部がやっているわ。そういうことは、あたしたちよりも警察のほうが上手にやるでしょう。すべて公にやれる事柄は、警察にやってもらえばいいのよ。あたしたちは、カーティス夫人から個人的な事柄を聞いたり、ミス・パーシハウスからヒントを引き出したり、ウィリット母娘の行動でも見守っていたりして、点を稼ぐのよ」

「というより、稼げないかもしれないな、場合によっては」と、チャールズ。

「だから、あらゆる条件を備えているブライアン・ピアソンこそ、もう一度考えてみなくてはならないのよ。あたしたちは、動機と機会の二つを考えたけど、そのほかに三つめがあるの。ある意味では、これが一番大切だとあたしは思うんだけど」

「それはなんです?」

「あたし、最初から考えていたんだけど、あの奇妙なテーブル・ターニングは、絶対に軽視できないわ。あたし、できるだけそれを論理的に、そして明快に説明しようと思ってやってみたの。それにはちょうど、三つの解答があるわ。第一は、あれが超自然的なものだったとすること。もちろん、それはそうだったかも知れないけれど、あたし個人としては、そのようには考えられないの。第二は、あれは計画的に、誰かがある目的でやったと見ることよ。でも、まだ正確な理由を発見できないので、あたしたちはこれに決めることもできないわ。第三は、偶然だったという場合。誰かが意図的にでなく、自分の意志に反してやってしまった。一種の無意識的な自己顕示。もしそうだとすると、トリヴェリアン大佐があの午後に殺されるということ、または誰かが彼に会いに行き、そのために恐ろしい凶行が起こるということを、あの六人の中の誰かがたしかに知っていたことになるのよ。ですから、あの六人の中の誰かが直接の殺人犯でなかったとしても、あの中の誰か一人は殺人犯と共謀していたに違いないの。バーナビー少佐も、ライクロフトさんも、ロニー・ガーフィールドさんも、みんな犯人とつながりはないようだけど、ただウィリット母娘だけは別だわ。ヴァイオレット・ウィリットとあのブライアン・ピアソンとの間だけはたしかにつながりがあるのよ。二人は非常に親しい間柄だし、それにあの娘さんは殺人のあったあと、ひどくびくついていたし……」

「じゃ、あの娘は殺人を知っていたと、あなたは考えるのですか？」チャールズは言った。

「彼女か母親のほうか、どちらかが知っていたと思うの」

「それからもう一人、あなたは言及しませんでしたね。あのデュ－ク氏について」とチャールズは言った。

「わかってるわ。奇妙よね。あたしたち、彼だけについてはなにも知らないわね。あたし、前に二度ほど会いたいと思って、失敗してしまったの。でもあの人は、トリヴェリアン大佐とも、それから大佐のご親類の人たちとも、べつに関係はないように思われるの。実際、どんな点からも、あの人がこの事件に関係があるとはまったく考えられないわ。でも……」

「でも？」と、チャールズは、エミリーの言葉が途切れたので先をうながした。

「でも、ナラコット警部が、あの人の家から出て来られたとき、あたしお会いしたのよ。ナラコット警部は、あたしたちが知らないことを何か知っているのではないかしら？それが知りたいのよ」

「あなたは――」

「これは想像だけど、デュークが疑わしい人間で、警察がそれを知っているのではないかしら。トリヴェリアン大佐も、デュークについて、なにか見つけ出したのではないかしら。ご存じのように大佐は、借家人にはやかましい人だったので、警察にそれを告げようとしたのかもわからないわ。そこでデュークが、共犯者と一緒に彼を殺そうとしたのかも……あら、あまりに突飛すぎて、メロドラマのような話であることは、あたしにもよくわかっているわよ。でも結局、こんなことでも、ないとは言えないんじゃないかしら」

「そういう考えもたしかにあり得ますね——」と、チャールズはゆっくりと言った。

二人とも、しばらく押し黙ったまま、めいめいの考えにふけっていた。

突然、エミリーが口を切った。

「ねえ、誰かが自分のことをじっと見つめているときって、なんかとても妙な感じがするものでしょう？　あたし、いま首の後ろに誰かの焼けつくような視線を感じるの。気のせいかしら、それともほんとにいま、あたしを見つめている人が誰かいる？」

チャールズはちょっと椅子をずらすと、何気ないふうを装ってカフェの中を見まわした。

「窓のそばのテーブルに婦人が一人いますよ。背が高くて色の浅黒い美人です。その人が、あなたのことを見つめていますよ」とチャールズが報告した。

「若い人？」

「いいや、そんなに若くない。おやっ、あれは！」

「どうしたの？」

「ロニー・ガーフィールドです。彼はたったいま入って来て、あの婦人と握手して、一緒のテーブルに坐りましたよ。婦人が、なにかぼくたちのことを話しているようだ」

エミリーはハンドバッグを開けると、派手な素ぶりで鼻にお白粉をはたきながら、小さな手鏡をちょうどいい角度に合わせた。

「ジェニファー伯母さんだわ」エミリーはそっと言った。「二人とも、立ち上がったわ」

「行ってしまうかもしれませんよ。どうします、彼女に話しかけますか？」

「いいえ」とエミリーは言った。「あたしは気がつかなかったふりをしたほうがいいわ」

「どっちみち、ジェニファー、伯母さんがロニー・ガーフィールドを知っていて、一緒にお茶を飲んだからといって、べつにいけないことじゃないでしょう？」

「いいことだとでもおっしゃるの？」

「なぜ、いけないんです？」

「まあ、チャールズったら、くどくど言うのはやめてちょうだい——いい、いけない、いい、いけない。むろん、そんなことは取るに足りないことよ、なんの意味もないでしょう！　でも、たったいまあたしたちは、あのテーブル・ターニングに参加した人々は、大佐の一族とは、誰もなんの関係もないと言っていたところでしょう。それなのに、五分もたたないうちに、ロニー・ガーフィールドとトリヴェリアン大佐の妹が、一緒にお茶を飲んでいるのを目撃したのよ」

「つまり、あなたにはまだなにもわかっていないということですよ」

「つまり、あなたはまたもや振り出しへ舞いもどりということね」

「いろいろな意味でね」とチャールズ。

エミリーはチャールズの顔を見つめた。

「それ、どういうこと？」

「いや、いまはやめておきましょう」

チャールズはエミリーの手の上に自分の手を重ねた。彼女はあえてその手を引っ込めようとはしなかった。

「とにかく、この仕事を済ませてしまわなければ。そうしたら──」

「そうしたら？」とエミリーはやさしく訊いた。

「ぼくはあなたのためなら、どんなことでもしますよ、エミリー──ほんとにどんなことでも」

「そう？　あなたっていい方ね、チャールズ」

26 ロバート・ガードナー

エミリーがローレル館の玄関のベルを鳴らしたのは、それからちょうど二十分ほどしてからだった。急に、そういう衝動にかられたのだ。

ジェニファー伯母さんは、彼女の知っているかぎりでは、ロニー・ガーフィールドと一緒にまだデラーズ・カフェにいるはずだった。ドアを開けたビアトリスに彼女は明るく微笑みかけた。

「またうかがいましたわ。ガードナー夫人はお留守でしょう、あたし、存じておりますの。でも、ご主人にお目にかかれないでしょうか？」

こんな面会はめったにないこととみえて、ビアトリスはいかにもいぶかしそうだった。

「さあどうですか、上へ行って、うかがってまいりましょうか？」

「ええ、お願いします」とエミリー。

ビアトリスはホールにエミリーを残して二階へ上がっていったが、しばらくして戻ってくると、どうぞお通りくださいと言った。

ロバート・ガードナーは二階の広間の窓ぎわで、長椅子に横になっていた。彼は骨格の大きい、青い目の金髪の男だった。《トリスタンとイゾルデ》の三幕に出てくるトリスタンにうってつけだわ、いままでのどんなワグナー歌いのテノールだって、これほどふさわしい人はいなかっただろうとエミリーは思った。

「やあ、あなたがあの犯罪人の配偶者になる人なんだね？」

「そうですの。ロバート伯父さん。もう伯父さんとお呼びしてもよろしいわけですわね？」とエミリーが尋ねた。

「ジェニファーが承知すればだ。刑務所で悩んでいる恋人をもっているのは、いったいどんな気持ちだね？」

残忍な人だ、とエミリーは思った。人の傷口を突ついて、意地の悪い喜びを感ずるような人。でもエミリーは負けてはいなかった。彼女は微笑をたたえて言った。

「とてもスリルがありましてよ」

「ジム坊ちゃんにとっちゃ、スリルどころじゃないだろう、ええ？」

「そりゃそうですわ。でも、これも一つの経験でしょう？」

「世の中は、そんな甘っちょろいものじゃないという教訓だ」ロバート・ガードナーは意地悪く言った。「大戦のときは、まだほんの子どもだったんだろう？　それで、のほほんと暮らしていて――まあこれで、別の方法で人生の辛さを味わったわけだ」

彼は不審そうにエミリーを眺めていた。

「それで、なんの用で私に会いに来たのかね？」といかにも疑わしそうな調子で尋ねた。

「結婚するときには、前もって、相手の親戚の方々にお目にかかっておいたほうがよろしゅうございましょう」

「手遅れにならないうちに、いちばん嫌なものを見ておくというわけか。で、ほんとにジムと一緒になる気なのかね？」

「むろんですわ」

「殺人罪にもかかわらず？」

「殺人罪にもかかわらず」

「ふん、しっかりしたもんだな。まるで愉しんでいるみたいだ」

「ええ、そのとおり。殺人犯を追いつめるのは、とてもスリルがありますもの」

「なんだって？」

「殺人犯を追いつめるのは、スリル満点だと申しましたの」とエミリー。

ロバート・ガードナーはエミリーをじっと見つめていたが、やがて枕に身をなげると、いらいらした声で言った。

「ああ疲れた。もう話はしたくない。看護婦、看護婦はどこだ！　看護婦、疲れたよ！」

看護婦のデイヴィスは、彼の呼び声に素早く隣の部屋から入ってきた。「ガードナー様は、すぐにお疲れになるのです。失礼ですが、もうお帰りになっていただいたほうが――トレファシスさん」

エミリーは立ち上がって、彼女に快活にうなずくと言った。

「さよなら、ロバート伯父さん。またいつかうかがいますわ」

「なんだって？」

「じゃまたお目にかかりますわ《オ・ルボワール》、ご機嫌よう」

彼女は玄関を出かけたとき、ふと立ちどまった。

「あ、いけない、あたし手袋を忘れましたわ」とエミリーはビアトリスに言った。

「私がとってまいりましょう、お嬢さま」

「いいえ、あたし、自分でとってきますから」と言うや、彼女は軽やかに階段を駆けのぼると、ノックもせずに部屋に入った。

「まあ！　ごめんあそばせ。あたくし、手袋を忘れたものですから」とエミリーは身ぶりよろしく手袋をとりあげると、そこで手に手を取り合っている二人の人間に愛らしく微笑みかけて、ふたたび階段を駆けおりて玄関をとび出した。――この〝手袋忘れ〟はすごくいい案だわ――とエミリーは自分に言った――成功したのはこれで二度目。かわいそうなジェニファー伯母さん、ご存じないのかしら？　いいえ、きっとご存じないわ。さあ早く行かないと、チャールズが首をながくして待っている――

チャールズは約束どおり、エルマーのフォード車で待っていた。

「上首尾でしたか？」エミリーを膝掛《ひざかけ》で包んでやりながら、彼は尋ねた。

「ある意味ではね。だけど、よくわからないの」

エンダビーは興味津々といった顔つきで、エミリーを見た。

「いいえ」とエミリーは彼の眼差しに答えて言った。「そのことは、お話ししないつもりよ。だって、もしかしたら、この事件とはまったく関係のないことかもしれないんですもの。そうだとすれば、口外すべきことじゃないわ」

エンダビーは溜め息をついた。

「ひどいですね、それは」

「ごめんなさい、でもほんとにそうなんですもの、仕方がないわ」とエミリーは頑固に言った。

「どうぞご勝手に」チャールズは冷たく言った。

彼らは黙って走っていた――チャールズは怒って黙っている――エミリーは、ほかのことに気をとられて黙っていた。

車がエクスハンプトンの近くにさしかかったとき、それまでの沈黙を破って、いきなりエミリーは突飛な質問をした。

「チャールズ、あなたはブリッジをする？」

「ええ、やりますよ。どうして？」

「あたし、いま、考えていたの。ねえ、ブリッジで自分の手の価値を測るとき、よく言うでしょう、防御《ぼうぎょ》するときには勝ち札をかぞえろ、攻撃するときには負け札をかぞえろって。いまのあたしたちは攻撃態勢にあるのよ、だけど、いままでのあたしたちはきっと間違った方法で進んでいたんだわ」

「どう間違っているんです？」

「あたしたちは、もっぱら勝ち札に重点を置いていたわね。つまり動機のあるなしにかかわらず、トリヴェリアン大佐を殺害し得る状態にあった人たちを中心に調査していたでしょう。おそらくそのためよ、あたしたちが、いまこんなに混乱してしまったのは」

「ぼくはべつに混乱していませんがね」とチャールズ。

「そう、じゃ、あたしだけね、混乱してしまったのは。正直に言って、もう万策尽きてしまったの。だからこんどは、もう一つ別の考え方をたどってみたいのよ。ね、こんどは負け札に重点を置いてみましょうよ。つまり大佐を殺害し得る可能性のなかった人たちを中心にするのよ」

「そんなら、えーと」とチャールズは考えた。「まずはじめにウィリット家の二人、バーナビー、ライクロフト、ロニー――あっ！　それからデューク」

「そうね」とエミリーは相槌を打った。「その人たちは、いずれも大佐を殺害し得ない情況にあったことはわかっているわね。だって犯行がなされた時間には、あの人たちはシタフォード荘にいて、お互い同士、顔を合わせていたんですもの。みんながそろって嘘をついているとは考えられないわ。だからこそ、その人たちは問題外よ」

「事実、あのとき、シタフォードにいた人々は、残らず問題から除外しなくちゃなりませんよ、このエルマーですら――」チャールズは運転手に聞こえないように声をひそめた。「だって金曜日には、シタフォードへの道は車が通れませんでしたからね」

「でも歩いて行くことはできたわ」とエミリーも同じく声を低めて言った。「バーナビー少佐があの晩に行きつけたのなら、このエルマーだって、お昼に発ってエクスハンプトンに五時に着き、大佐を殺して、また歩いて帰ることができたはずよ」

チャールズは首を振った。

「もう一度、歩いて帰れたとは思えませんね。だって雪が降りはじめたのは六時半ごろだったんですよ。とにかく、あなたはエルマーが犯人だと思っているわけじゃないんでしょう?」

「ええ」とエミリー。「でも、もしかしたら、彼は殺人狂かもしれないわよ」

「しっ! もし彼に聞かれたら、それこそ感情を害してしまいますよ」

「いずれにしろ、彼がトリヴェリアン大佐を殺害し得なかったとは断定できないわけよ」

「いや、十中、八、九たしかですよ、それは。そんなことをしたとすれば、いまごろシタフォードじゅう、彼の怪しい夜の外出の噂で持ちきりになっているはずですからね」

「そういえばそうね、まったくシタフォードという土地は、秘密の行動なんかできないところだわ」とエミリーは同意した。

「そのとおり」とチャールズ。「だからぼくは、シタフォードにいた人々は全部、問題外だと言うのです。ウィリットのところにいなかった人と言えば、ミス・パーシハウスとワイアット大尉だけですけど、あの人たちは病人だしね、とうてい吹雪のなかを歩いて行くなんてできませんよ。あの親愛なるカーティス夫妻にしたって、もしそのいずれかが下手人であったとしても、彼らならエクスハンプトンでゆっくり週末を過ごして、ことが終わってから、おもむろに帰ってくるでしょうし」

エミリーは笑った。「だけど、誰にも気づかれずにシタフォード以外の場所で週末を過ごすなんて芸当は、できやしないわよ」

「あの夫人が外泊したら、カーティス氏はたちまちその静寂に気がつくだろうからね」

「そうですとも。犯人の資格があるとするならアブダルよ。小説によくあるじゃないの。彼はインド人水夫で、かつての暴動の際に、彼の親愛なる兄がトリヴェリアン大佐によって海に投げこまれた、おのれ兄の仇敵――とこんな具合に」

「そりゃだめだ、あの男には、とても誰かを殺すような気力なんかありませんよ」

「わかった！」と不意にチャールズが言った。

「なにが？」エミリーが熱をこめて尋ねた。

「あの鍛冶屋のおかみさんだ。近いうちに八人目の子どもが生まれるっていう人ですよ。あの勇猛な婦人は、不自由な身体もいとわずに遠路を歩きとおし、サンド・バッグで大佐を殴り殺したんだ」

「まあ！　どうしてそんな？」

「七人目までは鍛冶屋の子どもだったけど、八番目に生まれる赤ん坊の父親は、トリヴエリアン大佐だったのだ」

「チャールズ、少し慎みなさい！」

「でも、とにかく」とエミリーはつづけた。「やるとしたら、おかみさんでなく鍛冶屋の主人のほうだわ。可能性ありよ。あのたくましい腕で、サンド・バッグを振りまわしているところを想像してごらんなさいな！　それにおかみさんは七人の子どもの世話に追われて、ご主人の留守には気もつかなかったでしょう。忙しくて忙しくて、一人の男性のことなんかすっかり忘れてしまって」

「こいつはまた、ずいぶんばかげた話に落ちてしまいましたね」とチャールズ。

「つまり、負け札に重点を置くことも、あまり成功ではなかったわけね」エミリーも同意した。

「で、あなたはどうなんです？」とチャールズは尋ねた。

「あたし？」

「犯行がなされたとき、あなたはいったいどこにいました？」

「まあ驚いた！　あたし、そんなこと考えてもみなかったわ。もちろん、ロンドンよ。とは言っても、そのアリバイがないわね。だって、あのときはアパートの部屋に一人でいたんですもの」

「そーらごらんなさい」とチャールズ。「動機もそのほかのものも、あるじゃありませんか。あなたの恋人は二万ポンドの遺産が手に入る——これだけで、充分でしょう？」

「負けたわ、チャールズ」とエミリーは言った。「このあたしが、もっとも疑わしい人物であることが、やっとわかったわ。考えてみたこともなかった」

27　ナラコット警部、行動開始

それから二日目の朝、エミリーはナラコット警部の部屋に坐っていた。その朝、彼女はシタフォードからやって来たのだ。

ナラコット警部は彼女を一瞥《いちべつ》し、その屈せぬ勇気と明朗な態度に舌をまいた。ナラコット警部は闘志にあふれた人を尊敬した、そしてエミリーもまた勇敢なる闘士《ファイター》であった。ジムにはもったいないような女性だと、ナラコットは胸の中で思った。たとえジムの身が潔白であったとしても。

「いろいろな小説を読みますとよく、警察が犯人を挙げるのに焦ったあげく、証拠さえあれば、その容疑者が無実であろうとなかろうと検挙したがる、といったことが書いてありますね。そんなことは嘘ですよ。トレファシスさん、われわれが望んでいるのは罪を犯した人間だけなのですから」と、ナラコット警部は言った。

「今でもあなたは、ジムが犯人だと信じておいでですの？　ナラコット警部」

「それについて、まだ公式のご返事を申し上げるわけにはまいりませんが、トレファシスさん。ただこれだけは、あなたに申し上げておきましょう。われわれ警察としては、ただ彼に対する証拠だけではなく、その他の人たちに関する証拠も注意深く調べているところなのです」

「ジムの弟についてはどうお考えですの？　ブライアンのことは？」

「あまり感心できませんね、ブライアン・ピアソンという男は。自分のことになると、どんな質問にも答えないし、それかといって自分からは何も話してくれないのですから。だが――」このとき、デヴォンシャー地方特有の笑いが警部の顔に浮かんだ。「だが、あの男の行動については、あらまし想像がついています。もし私の想像が当たっていれば、もう三十分もすればわかるでしょう。それからディアリングという男がいますね」

「もうあなたはお会いになりましたの？」エミリーは好奇心にかられて尋ねた。

ナラコット警部は彼女のいきいきした表情を眺めた。そうして眺めていると、警部は職務からはなれて、個人的なくつろぎを得たい気分にさえなるのだった。それから椅子に背をもたれながら、ディアリングと会ったときのことを詳しく話し、そばにあったファイルからローゼンクラウン宛に彼が打った無線電報を取り出して言った。「これは私が打ったほうで、こちらがその返事です」

エミリーは電文に目を走らせた。

　エクセター・ドリスデール街二番地、ナラコット様
　ディアリングの言葉に間違いなし。金曜日の午後じゅう、彼は小生と共に行動す。
　　　　　　　　　　　　　　ローゼンクラウンより

「おやまあ、あいつったら《オー！ブラザー》」これでも、この古風な警部殿を驚かしてはまずいと思い、エミリーは思わず口をついて出そうになった女性らしからぬ言葉を抑えて、控え目に言ったのだ。

「ええ、感じの悪い返事でしょう？」警部も何か思案しながら言った。そして彼のデヴォンシャー風の笑いがふたたび浮かんだ。

「だが、私は非常に疑り深い人間なのですよ、トレファシスさん。ディアリングの言う理由があまりもっともらしく聞こえますので、彼の思うつぼにたやすく落ちるのも悔しいと思い、そこでもう一つ別の伝言を打っておいたのです」

　ふたたび彼は二枚の紙片を彼女に手渡した。はじめの電文は、

トリヴェリアン大佐殺人事件について貴下の証言を得たし。貴下は金曜日の午後におけるマーチン・ディアリングのアリバイを証明されるか。

エクセターにて
警部ナラコットより

その返信は料金のことなど意に介さない、ひどく興奮したものであった。

犯罪事件に関するものとは考えもせず、ただ離婚の訴訟手続のために彼をその妻が監視したるものと信じ、第三者には、友人として彼の主張どおり認めたるにすぎず。金曜日にはマーチン・ディアリングには会わず。

「まあ、本当にいい思いつきでしたわね」エミリーが言った。警部も、自分はたしかにうまくやったと思っているらしく、満足そうに微笑していた。「男というのは、よく団結するのね。どんな理由があるにしても離婚するなんて、そんな男は獣です。気の毒なシルヴィア！　ですから、心から信頼できる方に出会うなんて、ほんとにすばらしいわ」エミリーは電報を繰り返し眺めながら言った。

そして、いかにも感激にたえぬような笑顔を警部に向けた。

「だが、これに関しては、絶対に秘密を守っていただかなければね」警部は彼女に注意するように告げた。「あなたには必要以上の秘密までお教えしたわけですから」

「ほんとに警部さんはすばらしい方。決して忘れませんわ」とエミリー。

「いいですね、どんな人にも、お話しになってはいけませんよ」

「それではチャールズにも話してはいけませんの……エンダビー氏にも」

「新聞記者はどこまでも新聞記者なのです。そうではないですか？ ニュースはニュースでしょう？」

「それでは、話さないことにしますわ。彼にはたぶん口止めできるでしょうけれども、あなたがおっしゃるとおり、彼が新聞記者であることにちがいないんですから」

「つまらぬ情報でも、ちょっとしたことでも洩らしてはいけないのです。それが私の方針なのですから」ナラコット警部は言った。

エミリーの眼がかすかに瞬いた。この三十分ほどの間に、ナラコット警部自身、その言葉にだいぶ違反してしまっているのに気づいたからだ。

突然、あることが彼女の心に浮かんだ。今となっては何も問題になることではないかも知れないが。あらゆることがこれまでとまったくちがう方向に向かっている。だがこれだけは聞いておいたほうがいいのだろう……

「ナラコット警部！　デュークさんってどんな方ですの？」突然、彼女は言った。

「デューク氏？」

警部は彼女の質問にひどく面食らったようだった。

「いつか、あなたがちょうどシタフォードの彼の家から出ていらっしゃったとき、お会いしましたわね、憶えていらっしゃいません？」エミリーは言った。

「ああ、そうそう思い出しました。じつを言うと、トレファシスさん、私はあのテーブル・ターニングの一件については独自な立場で考えてみたいと思っていたので、それを訊きにいったのです。バーナビー少佐は話すことにかけては得意じゃありませんからね」

「だけど」エミリーは考え深げに言った。「もし、あたしがあなたでしたら、そのことではライクロフトさんのような人のところに行ってみますわ。どうしてデュークさんのお宅へいらっしゃいましたの？」

警部はしばらく黙っていた。

「それは見解の相違ですな」

「そうかしら。警察ではデュークさんについて何か知っているからじゃないかしら」

警部は答えないで、じっと吸取紙を見つめていた。

エミリーは言った。「まったく非難の余地がない生活をしている人……これがデュークさんに正確にあてはまる言葉ですわ。でもあの方はずっとそうだったんですか？　たぶん警部さんなら、ご存じのはずだと思いますけど？」

そのとき彼女は、警部の表情が微笑を隠そうとして、かすかに動いたのを感じた。

「それもあなたの想像なのでしょう、そうではないですか？　トレファシスさん？」彼は優しく言った。

「どなたもおっしゃってくださらないときには、想像するしか方法がありませんわ！」

エミリーは言い返した。

「もし、あなたが言われるように、彼が非の打ちどころのない生活をしている人間であり、その過去の生活をせんさくされることを好まないとすれば、警察は彼の秘密を守ってやらなければなりません。われわれは個人の秘密を洩らすことは望みませんからね」

警部は言った。

「よくわかりましたわ」エミリーは言った。「では、あなたはあの方をお調べになったのですね？　あの方がこの事件に関係していらっしゃるにちがいないと、はじめからあなたがお考えになっていることはわかっていました。でも、あたし、デュークさんが本当はどんな方かとても知りたいのです。また、過去に、犯罪学のどんな特殊な分野にあの方が耽《ふけ》っておいでだったかも」

彼女は訴えるように警部を見つめたが、警部は微動だにしなかったので、この点ではどうしても彼を動かすことが望めないと悟ると、エミリーは溜め息をついて別れを告げた。

彼女が立ち去ってしまっても、警部はじっと吸取紙を見つめたまま坐っていたが、その唇にはまだ微笑がただよっていた。それからベルを鳴らすと、部下の一人が入って来た。

「それで?」警部は報告を求めた。

「万事、上首尾でした。だがプリンスタウンの公領地ではなく、ツー・ブリッジのホテルでした」

「ああ、そうか、ご苦労。万事はそれで決まった。きみは金曜日にもう一人の若いやつを調査したかね?」警部は差し出された書類を受け取りながら言った。

「やつはたしかに最終列車でエクスハンプトンに着きましたが、ロンドンを何時に発ったかは、まだわかっていませんので、目下調査中です」

ナラコットはうなずいた。

「警部、これがサマーセットの登記所にあった書類です」

ナラコットは開いてみた。それはウイリアム・マーチン・ディアリングとマルタ・エリザベス・ライクロフトとの一八九四年の婚姻届書だった。

「やっぱり！　で、その他には……」

「はい。ブライアン・ピアソン氏はオーストラリアからフィディアス号というブルー・ファネル社の船に乗り込み、その船はケープタウンに寄港しましたが、ウィリットなんていう名前の乗客はありませんでした。南アフリカからも母娘《おやこ》らしいものは一組も乗船していません。メルボルンからはエヴァンズ母娘《おやこ》とジョンソン母娘《おやこ》とが乗船しましたが、後のほうの母娘《おやこ》がウィリット母娘《おやこ》に似ているとのことでした」

「なるほど。ジョンソン……恐らくジョンソンもウィリットも本当の名前ではあるまい。彼らは監視させてあるから大丈夫だろう。そのほかには？」警部は尋ねた。

そのほかには何もないようだった。

「よし。これで、先に進めるだけの材料は手に入れたな」

28

ブーツ

「だが、お嬢さん、あなたはヘイゼルムアで何か発見できると思っていらっしゃるのですか？　トリヴェリアン大佐のあらゆる私物は他に移ってしまいましたし、警察は、あの家をすっかり捜索してしまったのですよ。私はあなたの立場もよくわかりますし、あなたがピアソンさんの身の上をご心配になっていらっしゃることもわかります。それにしても、あなたに何ができるおつもりなんです？」と、カークウッドは言った。

「あたし、何も発見できるなんて考えておりませんの」エミリーは答えた。「警察が全部調べつくしてしまったことを、べつに気にもとめておりませんし。ちょっと口ではご説明できないんですけれど、カークウッドさん、あたしは、その場の雰囲気に浸りたいんです。どうぞ、鍵をお貸し願えませんか、ご迷惑はおかけしませんから」

「いや、迷惑というほどのこともありませんがね」カークウッドはもったいぶって言った。

「では、どうかお願いしますわ」

カークウッドは根が親切だったので、寛大な微笑を浮かべながら鍵をエミリーに渡した。彼はぜひエミリーのお伴をしたいとねばってみたのだが、その結果は、彼女の如才ない調子と鉄のごとき意志で、かるく一蹴されてしまった。

その朝、エミリーは一通の手紙を受け取っていた。それはスリー・クラウン館のベリング夫人から届いたもので、次のような内容が書かれていた。

トレファシスさまへ

あなたは以前、この事件についてもし変わったことが起きたら、どんなことでもすぐ知らせて欲しいとおっしゃいましたので、あまり重要なことではないかもしれませんが、とりあえずお嬢さんに、今晩の最後便か、明朝の最初の便でお手許にとどきますように、至急お知らせいたします。といいますのは、私の姪から聞いたことですが、いささか変わった事なのです。先日、警察では、トリヴェリアン大佐の家からは何も紛失していなかったとのお話でした。そのときには、別段気に止めるほど重要な話でもありませんので、何も申し上げませんでしたが、最近になってエヴァンズがバーナビー少佐と一緒に大佐の衣類などを片づけました際に、大佐のブーツが一組なくなっていることに気がついたのでございます。あまり重要なことではありませんけれど、お嬢さんには一応お知らせいたします。そのブーツは油を塗ったぶ厚いもので、大佐が雪の中へでも出かけて行ったのでしたら、べつに不思議もありませんが、大佐は絶対に雪の中へなどお出かけになりませんでした。で、どうしたのかさっぱり訳がわかりません。誰が紛失したのかも、誰が持っていったのかも、全然わからないのです。あまり重要ではなさそうですが、あなたのご希望によって、少しでもお役に立てば幸いと存じます。そしてあなたが、あの若い青年の方にあまりお気を遣いすぎになられぬよう、お祈りいたします。

ご機嫌よろしく

J・ベリングより

エミリーはこの手紙を何度も読み返して、チャールズと相談した。

「ブーツ？　あまり重要だとも思えませんね」チャールズは考えながら答えた。

「でも、これには何か意味があるに違いないわ。一組のブーツが紛失したことには、何かがあると思うけど？」

「エヴァンズのいたずらじゃないかな？」

「どうして彼が？　いたずらだったら、もう少し気のきいたやり方があるわよ。こんなつまらないことはしないと思うわ」

「ブーツというと、足跡が連想されますね」とチャールズは考え深げに言った。

「そうね。でもこの事件には足跡はなんの関係もなかったと思うわ。もしあのときに、また雪が降り出さなかったら――」

「そうですね、それにしても――大佐はそのブーツを浮浪者かなんかにやったんじゃないかな」とチャールズ。「そしてその浮浪者が大佐を殺した――」

「そうね、あり得ることね」とエミリー。「だけど、それは大佐らしいやり方じゃないわ。彼だったら、なにか仕事を与えるなり、一シリングぐらいはあげるなりしたでしょうけど、いちばん上等のブーツをあげるようなことはしないと思うわ」

「ああ、ぼくはもう匙《さじ》を投げますよ」

「いいえ、あたしはあきらめない！」とエミリー。「どんなことをしてでも、この真相をつきとめて見せるわ」

　そこでエミリーはエクスハンプトンに出かけ、まずスリー・クラウン館を訪ねると、ベリング夫人がさも待ちかねたように彼女を迎え入れた。

「それで、あなたのフィアンセはまだ監獄なんですか？　お嬢さん、本当にお気の毒なこと。誰もあの方だなんて信じませんよ。少なくともあたしは信じてなんておりません。あたしの手紙受け取ったんですね？　あなた、エヴァンズにお会いになりたくはありません？　彼はこの角を右に曲がったフォア・ストリート八十五番地に住んでいます。あたしもご一緒に行きたいのですけれども、ここを離れられませんので、でも、おまちがいになることはありませんよ」

エミリーはまちがわずにエヴァンズのところへ行った。彼は留守だったが、妻がいて彼女を迎え入れてくれた。エミリーは腰をおろすと、すぐ問題の核心に触れて尋ねた。

「あたし、あなたの旦那さんがベリング夫人にお話ししたことで、ちょっと伺いたいと思ってお訪ねしました。あの紛失したトリヴェリアン大佐のブーツのことなんですけど」

「それが、たしかにおかしいんですよ」

「なくなったのは本当なんですの？」

「本当ですとも。あの靴は、冬のあいだほとんど大佐がおはきになっていたのですから。あまり大きなものですから、いつも靴下を二重にはいておりましたのよ」

エミリーはうなずいた。

「修繕か何かにお出しになったのではないでしょうか？」と尋ねた。

「エヴァンズがおりませんのでわかりませんが、そうではないと思いますよ」エヴァンズの妻は誇らしげに答えた。

「それではおかしいですわね」

「たしかに変だと思いますよ。けれど、それが人殺しに関係あるとはどうしても思えませんね。お嬢さんはいかがですか？」

「あたしも、そのように思いますけど」エミリーは夫人の言葉に同感した。

「あれから、何か新しいことでもおわかりになりましたか？」夫人の声はひどく熱心であった。

「ええ少しばかり……。でもそれほど重要ではないことなんですの」

「あの警部さんが、今日もまた、エクセターからここへおいでになったものですから、何か起こったに違いないと思っていました」

「ナラコット警部さんが来たんですか？」

「ええ、来ましたとも」

「では、汽車で来たのですね？」

「いいえ、あの方は自動車で来られました。すぐにスリー・クラウン館へ行って、あの若い方の荷物のことをお訊《き》きになりました」

「若い方の荷物って、なんですの？」

「お嬢さんとご一緒の方ですよ」

エミリーは、びっくりした。

「あの方たちがトム（エヴァンズの愛称）にお訊きになりました。そのとき、わたしがそばを通りかかったので、彼から聞いたんですの。あの、彼ってトムのことですけど。あの方たちは荷物のことを訊いてましたが、そのとき、あの若い方の荷物には、エクセターとエクスハンプトンの二つのラベルを貼った荷物があるのを、トムが思い出したんです」

エミリーは、チャールズが独りで特ダネを探しまわって伝える犯罪記事を思い描くと、思わずかすかな苦笑を洩らした。あのチャールズならこの事件で、ものすごい三面記事を書くに違いないと思った。と同時に、ナラコット警部が、たとえ犯罪に関係がない人に対してもあらゆることを詳細に調べようとする、その熱意に感嘆してしまった。警部は、あのとき彼女と別れてから、すぐにエクセターを発ったのに違いない。速い自動車なら、たやすく汽車を追い抜けるし、あのとき彼女はエクセターで昼食をとっていたのだ。

「それから警部さんはどこへ行ったんですの？」彼女は尋ねた。

「シタフォードですよ、お嬢さん。運転手にそう話しているのを、トムが聞いてたんですよ」

「シタフォード荘へですの？」

エミリーは、ブライアン・ピアソンがまだウィリット母娘《おやこ》と一緒に山荘にいることを知っていたので訊《き》いてみた。

「いいえ、違います、お嬢さん。デュークさんのところです」

またデュークだ。エミリーはいらいらし、狼狽した。つねに謎の人物なのだ……しかし、証拠さえあれば、彼を推定できるはずである。また、彼が誰にでも〝ごく普通の朗らかな人物〟という同じ印象を与えることから考えると、それが、非常に難しいことのようにも思われた。

シタフォードへ帰ったら、すぐに会ってみよう――とエミリーは自分に言いきかせた。

それから、彼女はエヴァンズの妻にお礼を言うと、その足でカークウッド氏の許へ行き、鍵を借りた。そして今、ヘイゼルムアの居間に独りで佇《たたず》んでいた。その現場で、彼女は何をどんなふうに感じるかを知りたいと思った。

彼女は、静かに階段をのぼり、最初の部屋へ入って行った。部屋にはトリヴェリアン大佐のベッドがそっくりそのままあり、カークウッド氏が言ったように、故人の私物は何一つなく、がらんとしていた。毛布はきちんと重ねられ、引出しは空っぽで、棚にはハンガーすら残っていなかった。ブーツが入っていた戸棚も棚だけが置き忘れられていた。

エミリーは吐息を洩らすと、歩を返して階下へ行った。そこには故人がいつも坐っていた居間があり、開いた窓からは雪が吹き込んでいた。

彼女は、そのときの情景を思い描こうとしていた。誰の手がトリヴェリアン大佐を殴り倒したのだろうか？　またなぜ？　みんなが信じているように、はたして大佐は五時二十五分に殺されたのだろうか？　ジムは、ほんとうは恐くなって嘘をついたのかもしれない。ジムがフロント・ドアのところで待っていてもなんの返事もないので、テラスのガラス・ドアのほうへまわって行き、部屋をのぞいたとたんに伯父の死体を発見して、急に恐怖を感じて、夢中で逃げだしたのだろうか？　自分にわかったらいいのに。ダクレス氏の話によると、ジムは依然として自分の言葉に固執しているそうだが……彼は恐ろしくなっているのに違いないのだ。だが、エミリーにはたしかなところはわからなかった。

ライクロフト氏が言ったように、家の中に誰かがいたとしたなら、そして誰かが二人の喧嘩を立ち聞きして、そのチャンスをとらえたのだとしたら？

もしそうだとしたら、ブーツの問題にどんな光を投げるのだろう？　誰かが二階にいたとしたら……おそらくトリヴェリアン大佐の寝室にいたとしたら？　エミリーはふたたび居間を通り抜けながら、ちらっと食堂に眼を向けた。そこにはきちんと荷造りしてラベルを貼ったトランクが二つ置いてあった。食器戸棚は空っぽだった。銀のカップは、すべてバーナビー少佐の住居へ運び去られてしまっていた。

だが彼女は、チャールズがエヴァンズから聞いてきて楽しそうに脚色して話してくれた、賞品の新刊小説三冊が椅子の上に置き忘れられてあった、という話を思い出した。

エミリーは部屋を見まわしたが、首を振った。そこには何もなかった。

彼女はふたたび二階へ上がっていって、もう一度寝室へ入っていった。

なぜ、あのブーツがなくなってしまったのか？　彼女は、その紛失の原因について彼女自身に納得できるような理屈を考えつくまでは、どこまでもこの問題から離れまいと決心したものの、なぜか心細さを感じてしようがなかった。何か解決の糸口はないだろうか？

彼女は引出しをひとつひとつ引き出しては、その背後を探してみた。これが探偵小説ならば、この辺で都合よく、紙くずかなにかが発見されるのだが。現実にはそうやすやすといくものじゃない。そんな生易しいものなら、ナラコット警部をはじめ彼の部下たちは、もうとっくの昔に事件を解決してしまっているはずだ。ゆるんだ板の隙間を、また絨毯の端々を指先で探ってみた。ベッドのマットレスを調べてもみた。何を見つけようとしているのか自分でもわからなかったが、彼女は犬のような忍耐強さで探し続けていった。

そうしているうちに、彼女が背を伸ばしてまっすぐに立った瞬間、彼女の眼は炉の中に溜まった一塊の煤《すす》に注がれた。きちんと片づけられたこの部屋に、ちょっと不釣合な感じがしたからだった。

エミリーは、蛇にねらわれた小鳥のように魅せられたまなこで、じっとそれを見つめた。見つめながら、次第に引き寄せられていった。それは、論理的な推理とか見通しからではなく、ただ見つめていると、なにか一種の予感に襲われたからだった。エミリーは袖をまくり上げて、煙突の中へ両腕を突っ込んだ。

つぎの瞬間、新聞紙できちんと包まれた小さな包みを、彼女は胸を躍らせながら見つめていた。ひと振りすると新聞紙は落ち、紛失した一組のブーツが現われて来た。

「でもなぜだろう？　ブーツがこんなところに。なぜだろう？　なぜ、なぜ、なぜ？」

エミリーはつぶやきながら、ブーツを見つめた。それをひっくり返して、外側や内側を調べてみた。しかし同じ疑問が、彼女の頭の中に浮かんでくるだけだった。なぜだろう？

誰かがトリヴェリアン大佐のブーツを盗み、この煙突の中へ隠したのだ。なぜそうしなければならなかったんだろう？

「ああ、気が変になりそう」エミリーはやけになって叫んだ。

彼女は、ブーツを床の真ん中に注意深く置き、椅子をその前にひっぱってきて、腰をおろした。それから慎重に、彼女自身で知ったことや、他人の噂で知ったあらゆる出来事を、事件の最初から考えはじめた。このドラマの内部と外部のあらゆる登場人物を思い浮かべて、その一人一人について考察してみた。

そして突然、ある奇妙な漠然とした考えが形を成してきた――それは床の上に置かれている、何も言わず何も変わったところのない一組のブーツが暗示してくれたのだ。

「もし、そうだとすると……もし……とすると」

エミリーはブーツをつかみあげて、急いで階下へ駆けおりた。食堂のドアを押し開けて、隅にある戸棚のほうへ行ってみた。そこには、トリヴェリアン大佐のいろいろな競技のトロフィーや競技の服や、その他、ウィリット母娘の手に触れられることを嫌って持ってきた多くの品物が雑然と置かれていた。スキー用具、オール、象の足、牙、釣り竿――それらのすべてが、ヤング&ピーボディ運送会社に荷造りしてもらうために、そのまま置かれていた。

エミリーはブーツを手に持って、そこにかがんでいた。

それから一、二分して彼女は、頬を紅潮させて、だが疑うように立ち上がった。

「そうなんだわ。やっぱりそうだったんだわ」

彼女は椅子の上に身体を投げ出した。だが、まだわからないことがたくさん残っているのだった。

数分後、彼女はいきなり立ち上がると、大声で叫んだ。

「わかったわ……トリヴェリアン大佐を殺したひとが誰だか。でも、なぜ殺したのかがわからない。なぜだか、まだ考えられないわ。でも、こんなことはしていられない」

彼女はあわててヘイゼルムアの家を飛び出すと、すぐに車を拾い、シタフォードへ走らせた。車はまたたく間にデューク氏の家の前に着いた。彼女は金を払って車が走り去ると、小道を歩いていった。

ノッカーをつかんで手荒くドアを叩くと、しばらくして、大柄な男が平然とした表情でドアを開けた。エミリーははじめてデューク氏と会った。

「デュークさんですね？」彼女が尋ねた。

「そうです」

「あたし、トレファシスですが、お邪魔してもよろしいでしょうか？」

一瞬、ためらったようだったが、彼は脇に寄って、彼女を中に入れた。エミリーは居間に歩いていった。彼はドアを閉めて、彼女について来た。

「あたし、ナラコット警部さんにお会いしたいんですの。お宅にいらっしゃるのではございません？」エミリーは言った。

デューク氏はしばらくのあいだ、どう答えてよいか迷っていたが、とうとう意を決して、奇妙な微笑を浮かべながら、「ナラコット警部はここにおりますが、彼に会ってどうなさるおつもりですか？」と言った。

エミリーは持ってきた小包を解いて、一組のブーツを取り出すと、彼の前のテーブルの上に置いた。

「あたし、このブーツのことで、あの方にお会いしたいんですの」

29　二度目の降霊会

「ハロー、ハロー」とロニー・ガーフィールドが呼んだ。

郵便局からの帰途、急な坂道をゆっくりと上って来たライクロフト氏はしばらく立ち止まって、ガーフィールドが追いつくのを待っていた。

「田舎のハロッズへでもお出かけになったんですか？」ロニーが言った。「つまり、ヒバートさんのところへ」

「いや、鍛治屋のところを通って、ちょっと散歩していたところです。あんまり天気がよいものですから」ライクロフト氏は答えた。

ロニーは青い空を眺めた。

「そうですね、先週とはずいぶん天気が変わってきましたね。ところで、ウィリットさんの家へこれからいらっしゃるのではないのですか？」

「そうです。あなたも、そうですか？」

「ええ、あの愉しいウィリット家の山荘――いつもくよくよしないで陽気でいること、それがあの人たちのモットーですよ。いつもどおりに振る舞う。ぼくの伯母は、お葬式が終わるか終わらないうちにお茶の会をするなんて、非常識もはなはだしいと言っていましたが、くだらない話ですよ。伯母がそんなことを言ったのも、ペルー皇帝のことで、ちょっとごたごたがあったからなんです」

「ペルー皇帝？」とライクロフト氏は驚いて尋ねた。

「ええ、いまわしい猫の名前ですよ。ところが、なんとその皇帝、じつは女帝であることが判明したんです。キャロライン伯母さん、すっかりあわてちゃいましてね。伯母はこういう性にからむ問題は大嫌いなんですよ。それで、ウィリット家の人たちの悪口を言って、ちょっとウサを晴らしたというわけなんです。だけどなぜ、ウィリットさんはお茶に招待しなくなっていたんでしょうか？　トリヴェリアン大佐はべつに親戚でもなんでもないんですから、すぐにお茶の会を開いたって悪いことはないでしょう？」

「そうですとも」と言いながら、ライクロフト氏は、いましがた彼の頭上を飛んで行った一羽の珍しい鳥を振り返って見た。

「しまった。双眼鏡を忘れてきてしまった」と彼はつぶやいた。

「はあ。ところで、トリヴェリアン大佐のことですが、ウィリット夫人は、あの人が言うよりも、大佐とは親しかったのではないですかね？」

「どうしてそんなことを訊くんです？」

「夫人が少し変わってきたからですよ。いままであなたは、そんなふうに気づかれませんでしたか？　先週から二十も歳が老けたようですよ。たしかに、あなたも気づかれていると思うんですけど」

「おっしゃるとおり、私もそれは気づいていましたよ」

「ああ、そうですか。大佐の死は、なんらかの意味で夫人にとっては大きな打撃だったに相違ありません。あの夫人が、もし彼の若い時分に見捨てたままにしていた妻であり、彼がそのことに気がつきもしなかったなんていうことになれば、どうでしょうね」

「私はそんなふうには考えられませんね、ガーフィールド君」

「あまりに映画じみて、ばかげていますか？　でもこうしたことは起こるもんですよ。ぼくはデイリー・ワイヤー紙上で、本当にそういうすごい例を読んだことがあるのです。あなたは、新聞記事にされなければお信じにならないでしょうが」

「何かほかに信じられる理由でもあるのですか？」とライクロフト氏は気むずかしげに言った。

「あなたは、エンダビーという青年をあまり良く思っていらっしゃらないんじゃないですか？」とロニー。

「私はあまり関係のないことに不作法に首を突っ込むことは好みません」

「でも、これは彼と関係があることですよ」とロニーは言い張った。「詮索するのが彼の商売なんですから、仕方がないですよ。彼はバーナビー少佐とは、どうやらうまくやっているようですよ。おかしなことに、ぼくはあのオヤジにすっかり嫌われちゃいましてね。ぼくが行くと、まるで牡牛に赤い布を振るようなことになってしまうんです」

しかし、ライクロフト氏は答えなかった。

ロニーはふたたび青い空を眺め上げながらしゃべりつづけた。「あっ、今日は金曜日ですね？　ちょうど一週間前の今日、それも今ごろの時間、ぼくたちはこうしてウィリットさんの家へ行こうとてくてく登って行ったものですね。でも、天気はまるきり違っていましたが……」

「一週間前、そう、ずいぶん長いような気がしますが――」

「ひどい一年がたったようじゃありませんか？　やあ、アブダル」

二人がワイアット大尉のコテージのところまで来ると、あのもの憂げなインド人が門によりかかっていた。

「こんにちは、アブダル。ご主人はどうだね？」とライクロフト氏が尋ねた。

インド人は首を振った。

「旦那さまは今日も病気。誰にも会わない。長いこと、誰にも会わない」

「ねえ、ライクロフトさん」コテージを通りすぎると、ロニーが口を開いた。「あのインド人なら、誰にも知られずにワイアット大尉を殺すことができますよ。殺してから何週間も、ああいうふうに首を振って、旦那は誰にも会わないと言っても、みんな不思議には思いませんよ」

ライクロフト氏は、いかにも、というようにうなずいた。

「でも、それからあとで、死体をどう処理するかという問題が残っていますよ」と指摘した。

「ええ、それですよ、いつも面倒なことになるのは。まったく人間の体なんて厄介なもんだ」

二人は、バーナビー少佐の家の前を通った。少佐は庭にたたずんだまま、邪魔になるほど生い繁った雑草をいかめしく眺めていた。

「こんにちは、少佐。あなたもシタフォード荘へおいでになるんですか？」と、ライクロフト氏が話しかけた。

バーナビーは鼻をこすりながら言った。

「行きたくないんだがね。招待状はもらったんだが……あまり、私は気が進まないのでね。あんた方にはよくわかってもらえると思うが」

ライクロフト氏は、いかにもわかったというように頭を下げた。

「いずれにしても、行かれたほうがよろしいのではありませんか？　ある理由のためにも……」

「理由？……どんな理由のために？」

ライクロフト氏は、ちょっとためらった。それは明らかにロニー・ガーフィールドがそばにいるからだった。だがロニーは、そんなことにぜんぜん気がつかなかったので、無邪気にじっと耳を傾けながら立っていた。

「私は、一つ実験をやってみたいと思っているんです」ライクロフト氏はやっとしぶしぶ答えた。

「実験とは、またどんな種類の？」とバーナビー少佐は強い調子で尋ねた。

ライクロフトは、またも躊躇していた。

「ここではお話しできませんが、もしあなたがいらっしゃるのでしたら、私が考えていることをすっかりお話ししましょう」

これを聞いて、バーナビー少佐の好奇心は燃え上がった。

子はどこだ」

「よろしい。では、私もまいりましょう。あなたは話してくれますな。おや？　私の帽

彼は帽子をかぶって二人の仲間に加わり、三人はシタフォード荘の門を入って行った。

「どなたか、あんたのところへ来られるそうだね、ライクロフトさん」

バーナビーは愛想よく言った。すると、この老人の顔には困惑の影が浮かんだ。

「誰がそんなことを言ってました？」

「鵲《かささぎ》のようにおしゃべりなカーティスのおかみさんからだがね。あのかみさんは、はっきりして正直なんだが、じつにおしゃべりで、ひとが聞いていようといまいと、てんで頓着しないでしゃべりつづけるんだからなあ」

「それは本当なんです。明日、姪のディアリング夫妻が来ることになっているんです」

彼らはそうこうするうちに、玄関の所へやって来た。ベルを押すと、ブライアン・ピアソンが開けてくれた。

三人がホールでコートを脱いでいたとき、ライクロフト氏は、興味深げな眼をした、背が高く広い肩幅の青年に気がついた。

——これは見事な標本だ、と彼は思った。——じつに見事だ。気性が激しいにちがいない。なんと特異な顎の線だ。場合によっては、おそろしく厄介なやつだぞ。危険な青

年かもしれないな。

バーナビー少佐は客間に入ると、妙に怪しい空気が忍び寄ってくるのを感じたが、ウィリット夫人はすぐに挨拶するために立ち上がって来た。

「まあまあ、よくいらしてくださいました」

彼女は先週と同じ言葉で迎えた。また同じように炉の中でも火が燃え上がっていた。母娘のガウンまでが同じように思われたが、はっきりとは思い出せなかった。

まったく奇妙な感じだった。まるで先週の金曜日とそっくり同じであった——ジョー・トリヴェリアンがまだ生きていて——まるで何も変わったことがなかったようだ。いや、ちがう。ウィリット夫人はすっかり変わり果てていた。身も心もボロボロ——こんな言葉が今の彼女にはぴったりとしていた。もはや順調だった頃の彼女の面影はどこにもなかった。ただ、疲れ切った人間がいつものように表面をつくろうのに、見え透いた、そして哀しい努力を払っているだけであった。

だが、ジョーの死が彼女にとってどんな意味があろうと、私の知ったことじゃない——と、少佐は思った。

そして、ウィリット家から受ける、このひどく変わった印象について、何べんも何べんも繰り返して考えた。

いつものように彼は黙り続けていたが、ふと、彼に話しかける誰かの声に我に返った。

「もしかすると、これが皆様との最後の集まりになるかもしれませんの」ウィリット夫人が言った。

「どうしてです?」ロニー・ガーフィールドが、突然見上げて尋ねた。

ウィリット夫人は無理に笑いをつくりながら、首を振った。「わたし、シタフォードでこの冬を過ごすことを断念いたしましたの。もちろん、わたし個人は、ここの雪も丘も、それからこのさびれた景色も、すべて大好きなんです。でも、家事のことが! 家事の問題があまりにも困難なんですの、もう精も根も尽き果ててしまいました」

「執事や下働きの男が来るものとばかり思っていましたが」バーナビー少佐が言った。

突然、ウィリット夫人は、身体をふるわせながら言った。

「いいえ、わたしもう、そんな考えを捨ててしまいましたわ」

「おやおや、それは」とライクロフト氏。「われわれみんなにとっても大打撃ですね。あなたに行かれてしまっては、われわれはもとのつまらない日常生活に沈んでしまうでしょう。で、いつお発ちになるんです?」

「月曜日にしようと思っていますの。明日行くというわけにはいきませんので。使用人がいませんので困っております。もちろん、カークウッドさんといろいろと整理しなければなりませんし、四カ月くらいは、この家もそのままにしておきますわ」

「ロンドンへ行かれるんですか？」ライクロフト氏が訊いた。

「ええ、たぶん。とりあえず行こうと思っています。そのあとで、リヴィエラの避寒地へでも行くつもりですわ」

「本当に残念です」ライクロフト氏は慇懃《いんぎん》に頭を下げながら言った。

ウィリット夫人は奇妙な、漫然とした忍び笑いを返した。

「本当にご親切はありがたいですわ、ライクロフトさん。お茶でもいかがですか？」

お茶はすでに用意されてあった。ウィリット夫人がカップになみなみと注ぐと、ロニーとブライアンとが手渡した。一同の顔には、妙に当惑した感情が浮かんでいた。

「あなたはどうなさるんだね？」突然、バーナビーがブライアン・ピアソンに話しかけた。「あなたもまた、出発されるのかね？」

「ロンドンへね、ええ。この事件が解決するまでは、船にも乗れないでしょうが」

「この事件？」

「ぼくの兄にふりかかっている、このばかげた嫌疑が晴れなくては、という意味ですよ」

彼は、みんながなんと言ってよいかわからぬほど、挑戦的な口調で傍若無人に言葉を投げつけた。

「誰もお兄さんの有罪など信じておらんよ、一瞬たりとも」と、バーナビー少佐は、その場の緊張を救って言った。

「そうですとも、誰もそんなこと考えてもいませんわ」と、ヴァイオレットが彼に優しい微笑を送りながら言った。

ベルがチリチリと鳴って、そのあとの気まずい沈黙を破ってくれた。

「きっとデュークさんでしょう」と、ウィリット夫人が言った。「ブライアン、お入れしてくださいな?」

ブライアンは、窓のほうへ行った。

「デュークじゃない、新聞記者のやつだ」彼は言った。

「まあ! でも、みなさんと同じようにご案内しなくては」と、夫人が言った。

ブライアンはうなずき、しばらくしてチャールズ・エンダビーと一緒に部屋に戻ってきた。

エンダビーはいつものように、いかにも満ちたりたというような無邪気な顔つきで入って来た。自分が歓迎されていないなどという考えは、まるで思いもつかないようだった。

「こんにちは、ウィリット夫人、お元気ですか？　どうしていらっしゃるかと思って、ちょっとお寄りしてみました。ぼくは、シタフォードの人たちがみんなどこへ行ってしまったのかと心配していましたが、ここでお目にかかれましたよ」

「お茶でも召し上りません？　エンダビーさん」

「恐縮です。いただきます。ところで、ここにはエミリーがいませんが、ガーフィールドさん、彼女はあなたの伯母さんの家にでもいるんでしょうね」

「さあ、よく知りませんね……彼女はエクスハンプトンへ行ったんだと思ってましたが」とロニーはびっくりしながら言った。

「あれっ、でも、もうそこからは帰って来たんですが、どうしてしまったのかなあ？　どうして知ってるかって？　小鳥がさえずってくれたんですよ。あのおしゃべりのカーティスさんがね、ぼくに話してくれたんだから間違いないでしょう。自動車が郵便局の前を通り過ぎて、小道に沿って上って行き、空車になって戻って来たそうですから。彼女は五号コテージにも、シタフォード荘にもいませんね。まったく謎ですよ……彼女はどこへ行ったのか？　パーシハウスさんのお宅にいなければ、あの女たらしのワイアット大尉のところでお茶でも飲んでいるにちがいないな」と、チャールズ。

「日没でも眺めに、シタフォードの丘へでも行ったのかもしれんよ」ライクロフト氏が言った。

「そうは思いませんね。彼女が通るのを見かけるはずだし、私はそのころ、庭にいたんだから」と、バーナビーが言った。

「まあ、べつに命にかかわるような問題でもないでしょう」チャールズは楽観して言った。「つまり、誘拐されたり、殺されたりしたとは思えませんからね」

「それはきみの新聞の立場から見たら、残念なことだな、そうじゃないかね、え？」と、ブライアンが嘲笑した。

「ぼくは、エミリーを新聞の種になんてしやしないよ。エミリーはユニークな女性なんだ」チャールズは考え深げに言った。

「まことに魅力的ですよ。私たちは……共同戦線を張っているのですよ……彼女と私は」ライクロフト氏が言った。

「皆さん、お茶はもうよろしくて？」と、ウィブリット夫人が言った。「では、ブリッジでもいたしましょうか？」

「えーと、ちょっと待ってください」ライクロフト氏が言った。

彼はもったいぶって咳払いをした。みんなは彼のほうに顔を向けた。

「ウィリットさん、あなたもご存じのように、私は心霊現象というものに深い興味を持っております。ちょうど一週間前の今日、この場所で、われわれはじつに驚くべき、また恐怖すべき経験に出合ったわけですね」

このとき、ヴァイオレット・ウィリットの口からかすかな溜め息が洩れたので、彼は彼女のほうに振り向いて言いつづけた。

「ねえ、ウィリットのお嬢さん、私はわかりますよ。あの心霊現象にあなたは、本当にびっくりされたことでしょう。ほんとうに恐ろしいことだったのは、私も否定しません。あの犯罪が起こってからというもの、警察は大佐の殺人犯人を躍起となって追求していますね。そして、容疑者を一人、逮捕したのですが、少なくとも、この部屋にいるわれわれには、ジム・ピアソンさんが犯人だとはどうしても信じられません。そこで、私は先週の金曜日の実験をもう一度繰り返してみたいと思うのですが、そうすれば、あのときと違った別の霊魂が現われてくるかもしれませんが、いかがなもんでしょうか」

「もう、たくさん！」ヴァイオレットが叫んだ。

「それはあまりにも残酷ですよ。ぼくだってやりたくありませんね」と、ロニーが言った。

ライクロフト氏は、彼には目もくれなかった。

「ウィリットさん、いかがなものでしょう？」

夫人は、口ごもっていた。

「率直に言って、ライクロフトさん、わたし、あなたのお考えに賛成できません。まったく賛成できませんわ。先週のあの悲惨なできごとは、わたしにものすごく嫌な印象を焼きつけました。あの事を忘れるには、ずいぶん長い時間がかかるでしょう」と言った。

「あなたは、どんなことが起こると思っているのです？　霊魂が、トリヴェリアン大佐を殺した犯人の名前を告げるとでも考えておられるんですか？　それは途方もないことだと思いますがね」エンダビーは面白そうに尋ねた。

「先週、大佐の死を教えてくれた予言は、あなたが今おっしゃったように、途方もないことだったのですよ」

「たしかに、そうですね」と、エンダビーは同意したが、「だが、あなたのお考えが、まったく予想もしない結果に終わるかもしれないということは、あなたもご承知なんでしょうね」と言った。

「例えばどういうことです？」

「ある名前が告げられたと仮定して、あなたはそれが、誰かがわざと出した名前でないと、断言できますか？」

そこで、彼がちょっと息をついだので、ロニー・ガーフィールドが言葉を差しはさんだ。

「押す。つまり、彼の言う意味は、誰かがわざとテーブルを強く押すかもしれない、ということなんですよ」

「だが、これはあくまでも真剣な実験なんですから、誰もそんなことをするはずがありません」とライクロフトはおだやかに言った。

「ぼくは知りませんよ。だれだってインチキをやりかねませんもの。ぼくはやりませんよ。やらないと誓います、でもだれかが罪をぼくにかぶせて、ぼくが犯人だなんて言われたんではね。すごく嫌ですよ」と、ロニーは疑わしそうに言った。

「ウィリットさん、私は真面目なんですよ。どうです、実験させてくださいませんか」ライクロフトは、ロニーに頓着しないで言った。

彼女はためらっていた。

「わたし、やりたくありませんの。本当に好みませんの。わたし……」と言って、逃げ場を求めるように周囲を見まわしたが、「バーナビー少佐、あなたは大佐のご親友でしたね。あなた、どう思われます?」と言った。

そのとき、少佐の眼がライクロフトの眼と合った。先刻匂わしていた偶発性というのはこのことだな、と彼はすぐに理解した。

「やったらどうです？」と、少佐はぶっきらぼうに言った。

このひと言ですべてが決定した。

ロニーは隣の部屋に行って、前に使った小さなテーブルを持って来た。彼は部屋の真ん中にそれを置くと、その周囲に椅子をならべた。誰もひと言も口をきかない。明らかに、誰も実験を望んでいなかったのだ。

「これで、いいと思いますね」ライクロフト氏は言った。「われわれは、先週の金曜日の実験とほぼ同じ状態で繰り返すわけです」

「まったく同じでもありませんわ。デュークさんがいませんもの」と、ウィリット夫人が異議を唱えた。

「そうですね。あの人がいないのは残念ですね。本当に残念です。では、あの人の代りにピアソンさんに加わってもらいましょう」ライクロフト氏は言った。

「お入りになってはいけませんわ、ブライアン。頼むから、どうかお入りにならないで」ヴァイオレットが叫んだ。

「どうしたんです？　どうせ、ばかげた遊びじゃありませんか」

「そういう了見はいけませんよ」ライクロフトが厳しく言った。

ブライアン・ピアソンは返事をしなかったが、ヴァイオレットの隣に坐った。

「エンダビーさん」とライクロフト氏は言ったが、チャールズが彼をさえぎって言った。

「ぼくは前回いませんでした。ぼくは新聞記者ですし、あなたはぼくを信用していないようですね。ぼくは、これから起こる現象《フエノメナ》を……この言葉でいいですか？……とにかく、起きることをどんなことでも速記しますよ」

その件は、そうすることになった。ほかの六人は、めいめいテーブルの周囲に席を占めると、チャールズが電気を消して、炉格子の上に腰をおろした。

「ちょっと。今、何時かな？」と彼は言いながら、腕時計を暖炉の明かりで覗《のぞ》きこんだ。

「これは変だ」とつぶやいた。

「何が変なの？」

「ちょうど、五時二十五分ですよ」

ヴァイオレットが小さな叫び声を上げた。

ライクロフトが厳しく言った。

「黙って！」

数分間が過ぎた。一週間前のあのときとは、まるで雰囲気がちがっていた。忍び笑いも、囁き声も聞こえず……ただ沈黙が流れていた。すると突然、テーブルからかすかな、しかし鋭い物音がした。

ライクロフト氏の声が響いた。

「そこに、誰かいるのか?」

もう一度、かすかな音が……ゾッとするような物音が暗闇の部屋に響いた。

「そこに、誰かいるのか?」

こんどは音もしなかったが、大きな恐ろしいドアを叩く音がしたので、ヴァイオレットとウィリット夫人は悲鳴をあげた。

ブライアン・ピアソンの声が安心させるように言った。

「大丈夫。ドアを叩く音ですよ……ぼくが行って開けてきます」

彼は、大股で部屋を出て行った。

まだ誰も口を開こうとはしなかった。

突然、ドアが開いて、電気がついた。

戸口にナラコット警部が立っており、その背後には、エミリー・トレファシスとデュ
ーク氏が一緒にいた。

ナラコット警部は部屋へ一歩入るなり、すぐこう言った。

「ジョン・バーナビー、今月十四日の金曜日に起こったジョセフ・トリヴェリアン殺人事件の容疑者として、あなたを逮捕します。前もって言っておきますが、あなたの発言

はすべて書き止められて、あとで証拠に用いられることになります」

30　エミリー、説明する

その警部の言葉に人びとは驚いて呆然としてしまったが、すぐにエミリー・トレファシスの周囲に集まって来た。

ナラコット警部は、犯人バーナビー少佐を部屋から連れて行った。

チャールズ・エンダビーがまず沈黙を破った。

「こいつは驚いたね、すべて話してくれるね、エミリー……すぐ電報を打ちに行かなくちゃ。一刻もほっておけないからね」

「トリヴェリアン大佐を殺したのはバーナビー少佐だったのよ」

「そりゃそうだ、たしかにぼくは警部が彼をひっぱってゆくのを見たんだし、警部はもちろん正気なんだろうからね——まさか突然、頭へ来たわけじゃあるまい。だが、バーナビーにどうしてトリヴェリアンが殺せたんだろう？　とても人間業とは考えられないんだがな？　もし、トリヴェリアンが五時二十五分過ぎに殺されたとしたら……」

「いいえ、大佐は五時四十五分頃に殺されたんです」

「だが、それにしても――」

「わかるわ。それにしても変だと言うんでしょ。スキーなんです。スキーがこの事件を解決する鍵なんです」

「スキー？」一同は、思わず繰り返した。

エミリーはうなずいた。

「そうです。少佐は計画的に、あのテーブル・ターニングをたくらんだのです。チャールズ、あたしたちが考えたように、あれは偶然に起こったのでも、無意識に行なわれたのでもなかったの。あたしたちが一度は否定してしまった、あの二度目の推理、つまり、目的があって降霊術が行なわれた、という推理のほうが当たっていたというわけ。少佐には、ずっと前から雪が降ってくることがわかっていたの。そうなれば、まったく安全に事が運べるし、足跡も全部消えてしまうわけです。そこでまず、トリヴェリアン大佐が死んだという予感を与えて、みなさんを興奮状態に導いたのよ。それから彼はいかにも気を取り乱したように装って、どうしてもエクスハンプトンに行くと言い張ったわけなの。

彼は自宅へもどってスキーをはくと（そのスキーは、庭の物置の中に他の道具と一緒にしまってあったんだけど)、それから出かけたのよ。彼はスキーがとても上手だったんです。で、驚くほどの速さでエクスハンプトンまで丘を滑走したんだけど、ほんの十分くらいしかかからなかったでしょうね。

少佐が裏手のガラス・ドアのところに着いてノックすると、トリヴェリアン大佐は彼を全然疑う様子もなく部屋のなかへ入れたのでしょう。それから大佐が背中を向けたとき、その機会を抜け目なく利用して、あのサンド・バッグを振り上げて、大佐を殺してしまったのね。ああ！　あたし、そのときのことを考えると吐き気がするわ」

彼女は身を震わせた。

「まったく、あっけないくらいの犯行。時間はたっぷりありました。彼はやらねばならないことをやりました。スキーを拭いて、きれいにしてから、食堂の戸棚のいろいろな物のあいだに押しこみました。それから、これはあたしの想像だけど、ガラス・ドアを無理に押しあけて、引出しという引出しや、いろいろのものをひっぱり出して……まるで泥棒かなにかが押し入ったように見せかけたんだわ。

ちょうど八時前にすべてをやり終えて、彼は外へ出てわざとまわり道をしながら、まるでシタフォードからずっと歩き続けて来たように、はあはあと喘《あえ》ぎながら、ふたたびエクスハンプトンへもどって来る。誰もスキーに気がつかないかぎり、彼は完全に安全だったというわけ。お医者さんが、トリヴェリアン大佐は殺されてから少なくとも二時間はたっていた、と言った言葉は間違っていなかったのね。ですから、さっきも言ったように、だれもスキーのことを考えつかなければ、バーナビー少佐は完全なアリバイを持っていたと言えるの」

「だが、あのバーナビーとトリヴェリアンは親友だったのだし……二人とも、古い友人なのですよ。どうも私には信じられない」とライクロフトが言った。

「そうなんです。あたしも、それをよく考えてみたのですけれど、どうしても、その理由がわかりませんでした。途方に暮れてしまったので、とうとうナラコット警部さんとデュークさんのところを訪れたのですけれど」

そこで彼女はちょっと躊躇《ちゅうちょ》しながら、そばにいる落ち着きはらったデューク氏を見た。

「お話しして、かまいません?」

デューク氏は笑っていた。

「どうぞ、トレファシスさん」

「では……いいえ、あたしより、デュークさんのほうがよろしいのですけれど……お二人のところへ行き、すべてが明瞭にわかりました。チャールズ、あなた、あたしに話してくれたこと覚えてる? トリヴェリアン大佐は懸賞応募をするときには、いつもエヴァンズの名前を使っていたということ。シタフォード荘ではあまりにも立派すぎる、と彼は思っていたんでしょう。それで、フットボール試合にあなたの社で出した勝敗予想にも、彼は同じ方法で応募したんです。あなた、バーナビー少佐に五千ポンドあげたんでしょ。あの予想は、本当はトリヴェリアン大佐のものだったのよ。それを、バーナビー少佐の名前で郵送したんです。シタフォード第一号コテージというのは、似つかわしい住所だと、大佐は考えたのね。それから何が起こったか、もうおわかりでしょう？金曜日の朝、五千ポンドを獲得できるという手紙を少佐は受け取りました。ところでね、そのことであたしたちが不審を抱きやしないかと思って、彼はあなたに向かって、手紙はまだ見てないし、こんな天気だから、金曜日には着かなかったと話したのよ。でも、それは嘘だったのね。金曜日の朝にはもう着いていたんだから——あら、どこまで話したかしら？——ええと、バーナビー少佐は手紙を受け取ったというところまででしたわね。彼はその五千ポンドが欲しかったんです。のどから手が出るほど欲しかったんです。つまらない株や相場やなにかに彼はいくつも手を出して、大損をしてしまったのです。

犯行計画は突然、思いついたのに違いないんです。あたしは、きっとそうだろうと思います。たぶん、あの晩、雪が降って来たからだわ。トリヴェリアンさえ死ねば——あのお金はすべて自分のものになるし、誰もまだ知らないんだから——」

「まったく驚くべきことだ、夢にも考えられないほど驚くべきことだ。それにしても、お嬢さん、どうしてあなたはおわかりになったんですか？　最初の手がかりはなんだったんです？」ライクロフトが尋ねた。

それに答えるために、エミリーはベリング夫人の手紙を見せて、煙突の中のブーツを彼女がどうして発見したかを話した。

「このブーツを見ていて、こんな考えがふと浮かんだのです。ご存じのように、あれはスキー用のブーツでしたので、スキーのことが頭に浮かんだのです。で、もしや、と突然思いましたので、階下の戸棚まで駆け下りて、そこに二組のスキーがあることをたしかめたんです。一組のほうはずうっと長くて、そのブーツにぴったりと合いました。別のほうは合いませんでした。爪先のクリップも、そのブーツよりもっと小さかったのです。短いほうのスキーは、ほかの人の持ち物だったのです……」

「それにしても、少佐はもっとちがった場所にスキーを隠すはずでしょう」とそれに反対するような口ぶりでライクロフトが言った。

「いいえ、いったいどこに隠すことができます？　そこが一番安全な場所だったのです。一日か二日後、それらの品物は倉庫に預けられてしまうでしょうし、そのあいだくらいは、警察でも、トリヴェリアン大佐がスキーを一組持っていたか二組だったかなどということは気にもかけなかったでしょう——」

「だが、なぜ少佐はブーツを隠したんですか？」

「あたしはこう思います。つまり、警察があたしと同じように、スキー用のブーツを眺めたとたんに、スキーを連想するのではないか、たぶん少佐はそのことを恐れたんでしょう。そこでブーツを煙突の中へ詰めこんだのです。でも、彼はそこで失敗してしまったのですわ。なぜなら、エヴァンズがその紛失に気づいて、あたしがそれを探したのですから」

「では、彼は計画的にジムに罪をなすりつけようとしたんですか？」と、ブライアン・ピアソンが怒ったように詰問した。

「いいえ、ちがいます。あれはまったく、ジムの運が悪かったのですわ。あの人、おばかさんなんですもの」

「彼はもう潔白だ。あなたが彼のことをこれ以上、心配する必要はないでしょう。あなたがぼくにすべてを話してくれたのかな、エミリー、もしそうなら、ぼくは電報を打ちに行きたいんだけど。皆さん、ちょっと失礼します」

チャールズは部屋から走り去った。

「なんてエネルギッシュなんでしょう」とエミリーが言った。

すると、デューク氏が太い張りのある声で言った。

「あなたもなかなかエネルギッシュだったじゃありませんか、トレファシスさん」

「そうですとも」と賞讃するようにロニーが言った。

エミリーは、「あーあ！」と溜め息をついて、椅子の上にぐったりともたれた。

「何か、元気づけるものでもあげましょうか？ カクテルでも？」ロニーが言った。

エミリーは頭を振った。

「ブランデーでも少しあげたら？」と、ライクロフト氏が心配そうに言った。

「お茶はいかが？」と、ヴァイオレットも言った。

「あたし、お白粉をつけたいんだけど――」と、エミリーは沈んだ声でヴァイオレットに言った。「自動車の中へ化粧用パフを置き忘れて来たの。興奮したせいか、顔が光っているでしょ？」

ヴァイオレットは、この鎮静剤を探しに、彼女を二階に案内した。

「これでよくなったわ」とエミリーはパタパタと鼻を軽く叩きながら言った。「なんてすてきなお白粉でしょう。これで気分がよくなったわ。あなた、口紅をお持ちかしら？ やっと、人心地がついたわ」

「あなたはすばらしいわ。ほんとに勇敢で」

「そんなことはないわ。見せかけだけで、心の中はまるでゼリーのようにぶるぶる震えてばかりいたの。病気になりそうだったわ」

「わかるわ。あたしもそうだったんです。この数日というものは、震えてばかりいました——ブライアンのことでね。もちろん、彼はトリヴェリアン大佐殺害の罪で捕らえられることはなかったけれど……でも、あの時間に彼がどこにいたのかを話してたら、彼が父を逃亡させようと計ってた人間だということが、またたく間に嗅ぎ出されてしまいましたもの」

「なんのお話ですの?」と、エミリーはお化粧の手を休めて訊いた。

「あたしの父は、あの脱走した囚人なんです。あたしたちが——母とあたしがこちらへ来たのも、そのためなんです。かわいそうに父はいつも——ときどき、妙な精神状態になるんですの。それで、父はあんな恐ろしいことをやってしまったのです。オーストラリアから来る途中で、あたしたちはブライアンに会いました。そしてあの人とあたし——あの」

「わかってるわ。それでもちろん、ブライアンにお話しなさったんでしょう」と、エミリーは助けるように言った。

「あたし、何もかも彼に話しました。そして、三人で計画を立てましたの。ブライアンって、素敵なひと。あたしたちは幸いにもお金をたくさん持っていたので、ブライアンが、なにからなにまで計画を立ててくれました。プリンスタウンから逃亡させるのは、本当に困難な仕事だったのですが、ブライアンがうまく計ってくれました。ほんとに奇蹟だったんです。父を逃亡させてからの手筈は、まっすぐこの村にやって来て、妖精の洞窟へ隠れていて、それから時期をみて、父とブライアンの二人があたしたちの使用人という形になるはずでした。ご存じのように、その以前に、あたしたちはここに着いていて、ここなら絶対に嫌疑をかけられることはないと確信していました。あたしたちにここを教えてくれたのも、ブライアンだったんです、トリヴェリアン大佐に高い家賃を払うように勧めてくれたのも」

「ほんとにお気の毒でしたわ、みんな失敗してしまったのですものね」

「そのため、母はすっかり落胆してしまいました。でも、ブライアンってすばらしい人だと思いますわ。囚人の娘と結婚しようなんて望む男は、ほかにありませんもの。でも、あたし、あれは父の罪だとばかりは考えておりません。父は十五年ほど前に馬にひどく頭を蹴られたものですから、それ以来、少し変になってしまったのです。よいカウンセリングを受けさえすれば、治るとブライアンは言ってくれるのですが。でもこれ以上はあたし、お話しできませんわ」

「まだ何かなさることがありますの？」

ヴァイオレットは首を振った。

「父はひどく具合が悪いんです――打ち明けますと、ひどい風邪なんですの。肺炎なんです。あたし、もし父が死んだら――それが父にとって、ほんとはいいのじゃないかしら、という感情を抑えることができません。そんなこと申しますと、恐ろしい考えだとお思いになるでしょうね。でも、あたしの気持ち、わかっていただけると思いますわ」

「気の毒なヴァイオレット。ほんとに残念だわね」

ヴァイオレットは首を振った。

「あたしにはブライアンがいますわ。それからあなたにも……」

彼女はためらいがちに言葉を切った。

「そうね、そのとおりだわ」エミリーは考え深そうに言った。

31　ラッキー・マン

それから十分もすると、エミリーは小道を急いで下りていった。

門によりかかっていたワイアット大尉は、エミリーを見ると、引きとめようとして声をかけた。

「やあ、トレファシスさん、ちょっと話をききましたが、どういうことなんです？」

「みんな、ほんとですよ」先を急ぎながらエミリーは答えた。

「でもちょっと――中へ入ってお茶かワインでも召しあがりませんか？　時間は充分ありますよ。そんなに急ぐことはないじゃないですか。そこですよ、あなたがた文明人のもっとも悪いところは」

「ええ、わかっていますわ、あたしたちはろくでなしよ」と言うと、さらに急いで行った。

それから、まるで爆弾が破裂でもするように、ミス・パーシハウスの家へ駆け込んで行った。

「何から何までお話ししますわ」と言って、彼女は一気にこれまでの話を打ち明けた。ミス・パーシハウスは、「あらっ！　まあ！」「まさか！」「まあ！　驚いた！」といった調子で、その都度いろいろな絶叫を上げては、話を中断させた。

　エミリーの話が終わると、ミス・パーシハウスは肘で身体を起こしてから、おおげさに人差し指を振った。

「こんなこと、わたし、言いませんでしたか？」と強い調子で尋ねた。「バーナビーっていう人が、とても嫉妬深い人だっていうことを、あなたに話したことありましたわね。友人だなんて！　二十年以上ものあいだ、トリヴェリアンは何事においてもバーナビーよりも少しだけ勝れておりましたの。スキーだって上手でしたし、登山だって、射撃だって、それからクロスワード・パズルだって上手でした。バーナビーはそれほどの力量がなかったんですね。トリヴェリアンはお金持ちだし、バーナビーは貧乏でした——

　そんなことが、永いあいだにわたって大きな隔たりになっていったのです。誰だって、あらゆる点で自分よりほんの少しでも優れている人を、本当に好きになるのは困難なことですわ。バーナビーは度量の狭い、こせこせした人間だったので、それが気になってしょうがなかったのですよ」

「あなたがおっしゃるとおりですわ。ですからあたしも、あなたにお知らせしようと思って来たんですの。だって、あなただけが蚊帳の外なんて、フェアじゃないですもの。ところでね、あの、あなたの甥ごさんは、あたしのジェニファー伯母さんとお知り合いだったのですか？　水曜日にデラーズ・カフェでお茶を一緒にお飲みになっていましたから」

「彼女は名づけ親《ゴッドマザー》ですの。ああ、ではあの子がエクセターで会いたいと言っていた〝友だち《フェロー》〟というのは、あなたの伯母さんのことだったのね。ロニーのことだからお金でも借りに行ったんでしょ──わたし、意見してやりますわ」

「こんな喜びに満ちた日に、誰かさんを憂鬱にさせたりなさってはいけませんわ。では、失礼します。これから出かけるところもありますし、まだやらなければならないことが、たくさん残っていますから」

「これから、何をおやりになるんですの、お嬢さん？　もうすっかり、なさったじゃありませんか」

「いいえ、まだなんですの。あたし、ロンドンへ行って、ジムのいた保険会社の方にお会いしなくては。それからジムが借りたお金のことで、彼を告訴しないように、よく頼まなくてはなりませんの」

「ふーむ」とミス・パーシハウスは言った。

「大丈夫。ジムの将来はもう心配ないし、彼にはいい教訓になるでしょうから」

「たぶんね。でもあなた、保険会社の方を説得できると思いますか？」

「ええ」と、エミリーははっきり言った
「そう。あなたがそうおっしゃるのでしたら、できるんでしょう。で、それからあとはどうなさるの？」

「それからあとって……それでおしまいです。あたし、ジムのためにできるだけのことをしますから」

「でも、それから何かなさることがあるんでしょう？」とミス・パーシハウスは言った。

「と言いますと？」

「次はどうするの？　もしはっきり言ってほしいんなら、二人のうちのどちらなの？」

「ああ、そのことですか」

「そうですよ、わたしの知りたいのは。二人のうちのどちらが不幸な男になるんです？」

エミリーは笑っていた。身体をかがめると、この老嬢にキスした。

「おばかさんの真似はしないでくださいな。あなたは、どちらかご存じですわ」

ミス・パーシハウスはクスクス笑った。

エミリーが身軽に家から走り出て、ちょうど門のところへ来たとき、チャールズが小道を上がって来るところだった。

彼は両手で彼女を抱きしめた。

「ああ、エミリー!」

「チャールズ! すべてがすばらしいわね、でしょ?」

「さあ、キスしよう」そう言って、彼はエミリーの唇にキスをした。

「ぼくは成功者だ、エミリー。それで、どうだい?」

「どうって、何が?」

「その——つまり、もちろん、これで刑務所にいる気の毒なピアソンの一件も、すっかり片づいてしまったことだし。彼は、これでもう無罪だ……もちろん、彼もほかのみんなと同じように、辛い目に耐えてきたけど」

「いったい、なんのことを話しているの?」

「ぼくがあなたを死ぬほど愛しているってこと、あなたはよく知っているはずだ。きみもぼくのことを好きなんだ。ピアソンのことは間違いなんだ。つまり、きみとぼくは——お互いに求め合わなければ……いつもぼくらはそれを知っていたんだし、二人ともそれが必要だったんじゃないか？　ねえ、登記所と教会と、どっちがいい？」

「もし結婚のことだったら……何もする必要なんかないわ」

「ええっ、だって、ぼくの言っているのは……」

「いいえ」

「だって……エミリー……」

「そういうことなら、あたし、ジムを心から愛しているの！」

チャールズはうろたえるあまり、黙ったまま彼女を見つめていた。

「そんなこと、できるはずが……」

「いいえ、できます。そして、するわ！　いつもジムを愛していたんだし、これからも変わらないわ」

「あなたは……ぼくを……」

「そうね。心からある人に頼れるってすばらしいことだって、あたし言ったわね」と、エミリーは慎み深く言った。

「そうなんだ……ぼくは考えていたんだ、結婚できるとばかり」

「あたし、あなたがどう思おうと、仕方がないわ」

「どうしようもない悪魔だよ、きみは！」

「わかってるわ、チャールズ。わかってるの。あなたに何と言われてもいい。気にしないわ。ねえ、チャールズ、あなたの仕事がどんなにすばらしいか考えて。あなたは特ダネをものにしたのよ！　デイリー・ワイヤー紙独占の。あなたは成功者よ。女がなんなのよ？　女なんて、埃よりつまらないものよ。本当に強い男は、女性なんて必要としないわ。女は、蔦《つた》みたいに男に絡みついて邪魔になるばかりよ。偉い男というのは、女性の支配なんか受けないものよ。成功――これほどすばらしいものはないわ、男性を完全に満足させるのは、偉大な成功よ。チャールズ、あなたは強い人よ、ちゃんと一人立ちのできる男性なんだから」

「エミリー、やめてくれないか？　まるでラジオの青年訓話みたいだ！　きみはぼくの心を引き裂いてしまったよ。きみがナラコット警部と一緒に入って来たとき、どんなにきみは愛らしく見えたことか。わかっていないんだ。まるで、勝ち誇って、仕返しをしに凱旋門をくぐって行くみたいだったよ」

そのとき、足音が小道に聞こえて、デューク氏が現われた。

「あら、デュークさんだわ。チャールズ、あなたにお話しするけど、この方、スコットランド・ヤードの前の主任警部をなさってたデュークさんなのよ」

「えっ、あのデューク警部？」と、チャールズは有名な名前を思い出しながら叫んだ。

「そうなのよ。デュークさんは、退職なさってからこちらへ住まわれたんだけど、とても上品で控え目な方なので、あまり名前を知られたくなかったんだわ。あたし、前にデュークさんが何か事件にかかわりがあるのではないかと疑い、ナラコット警部に話しましたの。あのときナラコット警部があんなふうに眼をきらめかせていたのが、今になってやっとわかったわ」

デューク氏は笑って聞いていた。

チャールズはしばらく、恋人と新聞記者とのあいだで迷っていたが、結局、新聞記者が勝った。

「警部、あなたにお会いできて光栄です。どうでしょう、トリヴェリアン事件について、ごく短いコメントを、そうですね、八百語ぐらいいただけませんでしょうか」

エミリーはすばやく小道を上って、カーティス夫人の家へ入って行き、彼女の寝室へ駆け上がるとスーツケースを押し開けた。カーティス夫人は、彼女のあとからついて来た。

「おでかけですか？　お嬢さん」

「ええ。あたし、たくさんやることがありますの。ロンドンへ行って、それからあたしの好きな――」

カーティス夫人は近寄った。

「教えてちょうだい。どちらにお決めになりますの？　お嬢さん」

エミリーは手当たり次第に洋服をスーツケースに放りこんだ。

「もちろん、刑務所にいる男性よ。あたしには、そのほかの人はいませんわ」

「まあ！　そうでしょうか、でもそれは考え違いではないかと思いますよ。あなたにお似合いの方は、もう一人の若い方ではないでしょうか？」

「いいえ、違いますわ。あの人は自分でやっていける人」と、彼女は窓からチャールズを眺めると、彼はまだデューク前主任警部をつかまえて話しこんでいた。「あの人は、自分ひとりでやっていけるように生まれて来た人なんですもの。でも、もう一人の人は、もしあたしが世話を焼かなければ、どうなるかわかりませんの——ごらんなさい、ほら、あの人はあたしがいなくても、ああして立派にやって行けるんだわ！」

「もうこれ以上、おっしゃることはありませんよ、お嬢さん」カーティス夫人は言った。

そして夫人は、階下へ降りて行った。そこには彼女の配偶者である夫が坐ったまま、じっと空《くう》を見つめていた。

「あのお嬢さんは、うちのサラ大伯母さんのところのベリンダにそっくりね。ベリンダは、スリー・カウス館の借金で首のまわらないジョージ・プランケットのために、一身を投げだしたんですよ。全部抵当に入れちゃって。でも二年とたたないうちに、抵当で借りた金を清算して、立派に繁盛させましたからねえ」と夫人は言った。

「そうかね！」と、カーティス氏がパイプをかすかに動かしながらつぶやいた。

「あのジョージ・プランケットは、とてもハンサムな人だったわ」と、夫人は過去を追憶しながら言った。

「そうかね！」

「彼はベリンダと結婚してからというものは、けっしてほかの女には見向きもしなかったわ」

「そうかね！」

「ベリンダはけっして、そんなすきを与えませんでしたよ」

「そうかね！」とカーティス氏はつぶやいた。

フーダニットの女王あるいは降霊会効果

作家
飛鳥部勝則

『シタフォードの秘密』はよくできたフーダニットのお手本のような作品である。この作品の——あまりにも当然でありながら誰にも気づかれない——トリックはクリスティーの発明の中でも最上のものの一つで、それを補強する叙述のテクニックを含めて、女史がいかに推理小説愛好家の心理を読むのに長けていたかがわかる。周囲のすべての者をかしずかせるのが《女王》だとするなら、クリスティーこそ確かに二十世紀ミステリの女王だったのだ。

冒頭からして素晴らしい。閉ざされた雪の山荘で降霊会が行われ、霊魂が死の宣告をする。そしてその同時刻に、予言された人物が、実際に殺されていた……というのである。

ところでこれは典型的なハウダニットパターンの展開である。そんなことが起こったら、登場人物たちは《何故、どうして》と迷い、ひいては《どうやって、どんな方法で》という具合にストーリーが展開していくのが普通なのだ。しかしクリスティーの場合には、ついにそうはならない。一般的な推理作家なら、ハウダニットになりそうな設定とトリック——本来《どうやって殺したのか》というネタを、クリスティーは《誰が殺したのか》というパターンに無理なく持っていき、活かしきる。ここに、『シタフォードの秘密』の著しい特色がある。

いや、そもそもは話が逆で、初期クリスティーは意外な犯人の演出に命を懸け、あらゆるパターンを試みたのであり、このトリックも、そうした発想から生まれ出た素晴らしい成果の一つであることは間違いない。事実、一九二〇年代から三〇年代にかけての女史は、ミステリの女神に愛されていたらしく、『スタイルズ荘の怪事件』『アクロイド殺し』『オリエント急行の殺人』『三幕の殺人』『ABC殺人事件』『そして誰もいなくなった』などで——有名過ぎ、ことさら例示するのにためらいを覚えるほどの——フーダニット創案の驚くべき才を示している。

しかし、もう一度疑ってみよう。本当に、それだけなのであろうか。ここに、クリスティーという作家の、おそらく作家自身ですらはっきりとは意識しない、一つの特徴が見られるのではないだろうか。

例えばディクスン・カーならば、降霊会という素材をもっとおどろおどろしく演出したことであろう。カーには怪奇への憧れがある。憧れる、ということは、対象に対し距離があるということだ。彼はそれを特殊な出来事、異次元の世界と認識している。

ところが驚くべきことに、クリスティーにとっては、それは特別な出来事ではない。降霊の世界ですら、現実的な、日常生活の中に還元されてしまう類いのことなのだ。シタフォードの住人たちは、ごく自然に、ブリッジやラウンド・ゲームのような感覚で、降霊会を始める。あまりに自然な流れなので、うっかり読み過ごしてしまいそうだが、常識的に考えると、これはかなり異常な展開である。いい大人たちが、雁首揃えて幽霊を呼ぼうというのだ。さらにウィリット夫人はこんなことをいう。降霊会を「そのときまでに陽気に楽しんでいたんですもの。冬の夜の団欒《だんらん》――それが突然あれなんですよ」

確かに英国では二十世紀初頭から心霊研究が盛んとなり、スピリチュアリズムなども浸透していたが、当時のイギリス人のすべてが、降霊会を自然にやり始め、陽気に楽しみ、冬の夜の団欒にしていたわけではあるまい。しかしクリスティーにとって、それは平凡な日常生活の中の一環であった。女史は素朴に、ごく自然に神秘的な世界を感じ取れる人だったのかもしれない。たとえそれが、その頃のイギリス人の一般大衆的な感覚を出るものではなかったにせよ、である。短篇集『死の猟犬』の中で語られるいくつかの怪談の、何と素朴であることだろう。そしてあの、謎のクィン氏。つまり、逆説的に聞こえるかもしれないが、カーなどよりもクリスティーの方が、非常に庶民的な感覚の持ち主であるがゆえに、一層、本質的に幽界――彼岸の世界に接近しているのである。オカルト的な遠隔殺人を同じく扱う、カーの『読者よ欺かるるなかれ』とクリスティーの『蒼ざめた馬』の感触の違いはそこから生まれ、そして、だからこそ、クリスティーは怪奇的な設定をことさら騒ぎ立てることなく、『シタフォードの秘密』をフーダニットとして、あっさりと、しゃれた作品にまとめ上げることができた。

この異界に近いクリスティーの感覚こそ、女史の作品を長く生きながらえさせている秘密なのではないだろうか。霊媒師は降霊会の時、次のようにいうのだ。「確かにこれはトリックです。トリックが参加者に発覚した時、次のようにいうのだ。トリックを使う。そして万一、そのしかし降霊が成功するためには、参加者全員が、まず霊の存在を信じなければなりません。私がこんなトリックを使ったのは、皆さんに霊を信じこませ、本当の霊を呼び出すためだったのです。すなわち真の神秘の世界へ、あなたたちを自然に、速やかに導くためだったのですよ」

これは無論、詭弁である。しかし私たちは万一、……万が一にでもこの山師のいうことが本当なのではないかと、疑う瞬間がありはしないだろうか。そして彼の口上を認めることにより、未知や恐怖への憧れといった、ある種ロマンティックな気分に浸ることもあるのではないだろうか。ミステリ小説とはつまり、この途中で終わった降霊会のようなものだ。犯人はボロを出し、トリックは暴かれた。読者は満足し、現実界に帰っていく。しかしだからといってすべてが失われるわけではない。そこにはロマンへの郷愁といったものが、そこはかとなく漂っている。クリスティーのような、ある種現実的な探偵小説を書く作家のミステリですら例外ではない。だからこそ古びないのである。

むろん『シタフォードの秘密』は、しっかりした謎解き小説であり、読者を曖昧な気分にさせて置き去りにするようなことはない。私たちは、カーティス夫人いわく「男という男を片っ端からまるめこんじゃう」美女・エミリーと共に事件を追い、おしゃべりな登場人物たちの会話を楽しみ、推理し、謎解きに驚き、満足して本を閉じることになるであろう。未読の方は、是非読んでいただきたい。既読の方も、このクリスティー文庫で再読していただければ幸いだ。私はトリックも犯人も覚えていたが、なおかつ非常に面白く読了した。クリスティーは確かに《女王》だったのである。

訳者略歴　1923年生，1943年明治大学文芸科卒，1998年没，詩人，英米文学翻訳家　訳書『夜明けのヴァンパイア』ライス，『マギンティ夫人は死んだ』クリスティー（以上早川書房刊）他多数

シタフォードの秘密《ひみつ》

〈クリスティー文庫 76〉

二〇〇四年三月十五日　発行
二〇二二年四月十五日　四刷

（定価はカバーに表示してあります）

著者　アガサ・クリスティー
訳者　田《た》村《むら》隆《りゅう》一《いち》
発行者　早川　浩
発行所　株式会社　早川書房
郵便番号一〇一 - 〇〇四六
東京都千代田区神田多町二ノ二
電話　〇三 - 三二五二 - 三一一一
振替　〇〇一六〇 - 三 - 四七七九九
https://www.hayakawa-online.co.jp

乱丁・落丁本は小社制作部宛お送り下さい。
送料小社負担にてお取りかえいたします。

印刷・株式会社亨有堂印刷所　製本・株式会社川島製本所
Printed and bound in Japan
ISBN978-4-15-130076-9 C0197

本書は活字が大きく読みやすい〈トールサイズ〉です。